中国古典文学
读本丛书典藏

宋诗选注

钱锺书 选注

人民文学出版社

图书在版编目(CIP)数据

宋诗选注/钱锺书选注. —3 版. —北京：人民文学出版社,2016（2025.7重印）
（中国古典文学读本丛书典藏）
ISBN 978-7-02-011712-3

Ⅰ.①宋… Ⅱ.①钱… Ⅲ.①宋诗—注释 Ⅳ.①I222.744

中国版本图书馆 CIP 数据核字（2016）第 121853 号

责任编辑　葛云波
装帧设计　陶　雷
责任印制　王重艺

出版发行　人民文学出版社
社　　址　北京市朝内大街 166 号
邮政编码　100705

印　　刷　大厂回族自治县彩虹印刷有限公司
经　　销　全国新华书店等

字　　数　272 千字
开　　本　880 毫米×1230 毫米　1/32
印　　张　11.5　插页 3
印　　数　29001—32000
版　　次　1958 年 9 月北京第 1 版
　　　　　2005 年 8 月北京第 3 版
印　　次　2025 年 7 月第 11 次印刷

书　　号　978-7-02-011712-3
定　　价　42.00 元

如有印装质量问题，请与本社图书销售中心调换。电话：010-59905336

目 录

序　1

柳开
　　塞上　1
郑文宝
　　柳枝词　3
王禹偁
　　对雪　5
　　寒食　7
　　村行　8
寇　准
　　书河上亭壁　10
　　夏日　10
林　逋
　　孤山寺端上人房写望　12
晏　殊
　　无题　15
梅尧臣
　　田家　18
　　陶者　19
　　田家语　20
　　汝坟贫女　22

鲁山山行　23
　　东溪　23
　　考试毕登铨楼　23
欧阳修
　　晚泊岳阳　26
　　戏答元珍　26
　　啼鸟　27
　　春日西湖寄谢法曹歌　28
　　别滁　29
　　奉使道中作　29
苏舜钦
　　城南感怀呈永叔　31
　　夏意　32
　　淮中晚泊犊头　32
　　初晴游沧浪亭　33
　　暑中闲咏　33
柳　永
　　煮海歌　34
李　觏
　　获稻　38
　　乡思　38
　　苦雨初霁　39
陶　弼
　　碧湘门　40
文　同
　　早晴至报恩山寺　42

织妇怨　42
　　晚至村家　44
　　新晴山月　44
曾　巩
　　西楼　45
　　城南　46
王安石
　　河北民　51
　　即事　52
　　葛溪驿　52
　　示长安君　52
　　初夏即事　53
　　悟真院　53
　　书湖阴先生壁　54
　　泊船瓜洲　54
　　江上　55
　　夜直　55
郑　獬
　　采凫茨　57
　　道旁稚子　58
　　滞客　58
　　春尽　59
刘　攽
　　江南田家　60
　　城南行　61
　　雨后池上　61

3

新晴　62
晁端友
　　宿济州西门外旅馆　63
王　令
　　饿者行　64
　　暑旱苦热　65
　　渰渰　65
苏　轼
　　和子由渑池怀旧　70
　　六月二十七日望湖楼醉书　71
　　望海楼晚景　72
　　吴中田妇叹　72
　　法惠寺横翠阁　73
　　饮湖上初晴后雨　74
　　书双竹湛师房　75
　　中秋月　75
　　端午遍游诸寺　76
　　雨晴后步至四望亭下　76
　　正月二十日与潘郭二生出郊寻
　　　春忽记去年是日同至女王城
　　　作诗乃和前韵　77
　　南堂　77
　　题西林壁　78
　　春日　78
　　书李世南所画秋景　78
　　惠崇春江晓景　79

荔支叹　79

　　澄迈驿通潮阁　81

黄庭坚

　　病起荆江亭即事　86

　　雨中登岳阳楼望君山　87

　　新喻道中寄元明　88

孔平仲

　　霁夜　89

　　禾熟　89

吕南公

　　老樵　91

　　勿愿寿　92

秦　观

　　泗州东城晚望　94

　　春日　95

　　秋日　95

　　金山晚眺　96

　　还自广陵　96

贺　铸

　　清燕堂　97

　　野步　97

　　题诸葛谼田家壁　98

　　宿芥塘佛祠　98

陈师道

　　别三子　101

　　示三子　101

田家　102

绝句　102

春怀示邻里　102

张　耒

感春　105

劳歌　105

有感　106

海州道中　106

和周廉彦　107

夜坐　108

初见嵩山　108

福昌官舍　108

宗　泽

早发　110

洪　炎

山中闻杜鹃　111

四月二十三日晚同太冲表之公
　实野步　112

张舜民

打麦　113

村居　114

唐　庚

讯囚　115

春日郊外　117

栖禅暮归书所见　118

春归　118

醉眠　119
徐　俯
　　春游湖　123
江端友
　　牛酥行　125
韩　驹
　　夜泊宁陵　128
汪　藻
　　春日　129
　　己酉乱后寄常州使君侄　130
　　即事　131
王庭珪
　　和周秀实田家行　132
　　移居东村作　133
　　二月二日出郊　134
周紫芝
　　禽言　135
李　纲
　　病牛　138
曾　几
　　苏秀道中自七月二十五日夜大
　　　雨三日秋苗以苏喜而有作　139
　　三衢道中　140
吕本中
　　春日即事　141
　　兵乱后杂诗　142

柳州开元寺夏雨　143
　　连州阳山归路　144
朱　弁
　　送春　145
　　春阴　146
李弥逊
　　云门道中晚步　148
　　东岗晚步　149
　　春日即事　149
陈与义
　　襄邑道中　152
　　中牟道中　152
　　清明　153
　　雨晴　153
　　登岳阳楼　154
　　春寒　154
　　雨中对酒庭下海棠经雨不谢　155
　　伤春　155
　　牡丹　156
　　早行　157
曹　勋
　　仆持节朔庭自燕山向北部落以三分为
　　　率南人居其二闻南使过骈肩引颈气
　　　哽不得语但泣数行下或以慨叹仆每
　　　为挥涕惮见也因作出入塞纪其事用
　　　示有志节悯国难者云　160

望太行　162
董　颖
　　江上　163
吴　涛
　　绝句　165
刘子翚
　　江上　170
　　策杖　170
　　汴京纪事　170
陆　游
　　度浮桥至南台　180
　　游山西村　180
　　山南行　181
　　剑门道中遇微雨　182
　　九月十六日夜梦驻军河外遣使
　　　招降诸城觉而有作　183
　　秋声　184
　　春残　185
　　夜寒　185
　　大风登城　186
　　初发夷陵　186
　　夏夜不寐有赋　186
　　五月十一日夜且半梦从大驾亲
　　　征尽复汉唐故地见城邑人物
　　　繁丽云西凉府也喜甚马上作
　　　长句未终篇而觉乃足成之　187

9

小园 188

临安春雨初霁 188

病起 189

书愤 190

雪中忽起从戎之兴戏作 191

冬夜闻角声 192

秋夜将晓出篱门迎凉有感 192

十一月四日风雨大作 193

沈园 194

溪上作 194

初夏行平水道中 195

西村 195

追忆征西幕中旧事 196

醉歌 196

示儿 197

范成大

初夏 202

晚潮 203

碧瓦 203

横塘 203

催租行 204

早发竹下 204

后催租行 205

州桥 206

夜坐有感 207

雪中闻墙外鬻鱼菜者求售之声

甚苦有感　207
　　咏河市歌者　208
　　四时田园杂兴　208
杨万里
　　过百家渡　220
　　悯农　220
　　闲居初夏午睡起　221
　　插秧歌　221
　　春晴怀故园海棠　222
　　五月初二日苦热　222
　　初入淮河　223
　　过宝应县新开湖　224
　　桑茶坑道中　225
　　过松源晨炊漆公店　225
尤　袤
　　淮民谣　227
萧德藻
　　樵夫　230
王　质
　　山行即事　231
　　东流道中　232
陈　造
　　田家谣　233
　　题赵秀才壁　234
章　甫
　　田家苦　235

即事　236
姜　夔
　　昔游诗　237
　　除夜自石湖归苕溪　239
　　湖上寓居杂咏　240
　　平甫见招不欲往　241
徐　玑
　　新凉　245
徐　照
　　促促词　246
翁　卷
　　野望　247
　　乡村四月　247
刘　宰
　　开禧纪事　248
　　野犬行　248
戴复古
　　织妇叹　250
　　庚子荐饥　251
　　夜宿田家　252
赵师秀
　　数日　253
　　约客　253
裘万顷
　　雨后　254
　　早作　254

入京道中曝背 255

华 岳

骤雨 256

江上双舟催发 257

田家 257

高 翥

秋日 259

晓出黄山寺 259

赵汝鐩

翁媪叹 261

耕织叹 262

陇首 262

途中 263

洪咨夔

漩口 264

狐鼠 265

泥溪 266

促织 266

王 迈

简同年刁时中俊卿诗并序 268

观猎行 270

读渡江诸将传 271

刘克庄

北来人 274

戊辰即事 275

筑城行 276

开壕行　277

运粮行　277

苦寒行　278

军中乐　278

方　岳

春思　280

湖上　281

农谣　281

三虎行　281

罗与之

寄衣曲　283

商歌　283

许　棐

乐府　285

秋斋即事　285

泥孩儿　286

利　登

田家即事　287

野农谣　287

叶绍翁

游园不值　290

田家三咏　291

夜书所见　291

严　羽

有感　295

临川逢郑遐之之云梦　295

乐雷发

　　乌乌歌　297

　　常宁道中怀许介之　302

　　秋日行村路　302

　　逃户　303

萧立之

　　送人之常德　304

　　春寒叹　305

　　茶陵道中　306

　　第四桥　306

　　偶成　307

周　密

　　夜归　309

　　野步　310

　　西塍秋日即事　310

　　西塍废圃　311

文天祥

　　扬子江　312

　　南安军　313

　　金陵驿　314

　　除夜　314

汪元量

　　醉歌　316

　　湖州歌　318

补注　322

附录　香港版《宋诗选注》前言　325

序

一

关于宋代诗歌的主要变化和流派,所选各个诗人的简评里讲了一些;关于诗歌反映的历史情况,在所选作品的注释里也讲了一些。这里不再重复,只补充几点。

宋朝收拾了残唐五代那种乱糟糟的割据局面,能够维持比较长时期的统一和稳定,所以元代有汉唐宋为"后三代"的说法①。不过,宋的国势远没有汉唐的强大,我们只要看陆游的一个诗题:《五月十一日夜且半,梦从大驾亲征,尽复汉唐故地》②。宋太祖知道"卧榻之侧,岂容他人鼾睡",会把南唐吞并,而也只能在他那张卧榻上做陆游的这场仲夏夜梦。到了南宋,那张卧榻更从八尺方床收缩而为行军帆布床③。此外,又宽又滥的科举制度开放了做官的门路,既繁且复的行政机构增添了做官的名额,宋代的官僚阶级就比汉唐的来得庞大,所谓"州县之地不广于前而……官五倍于旧"④;北宋的"冗官冗费"已经"不可纪极"⑤。宋初有人在诗里感慨说,年成随你多么丰收,大多数人还不免

---

① 郝经《陵川文集》卷十《温公画象》,赵汸《东山先生存稿》卷一《观舆图有感》第五首自注。
② 《剑南诗稿》卷十二。
③ 徐梦莘《三朝北盟会编·炎兴下帙》卷五十四载吴伸《万言书》里还引了宋太祖那句话来劝宋高宗不要"止如东晋之南据"。
④ 宋祁《景文集》卷二十六《上三冗三费疏》。
⑤ 赵翼《廿二史札记》卷二十五"宋冗官冗费"条。

穷饿:"春秋生成一百倍,天下三分二分贫!"①最高增加到一百倍的收成只是幻想,而至少增加了五倍的冗官倒是事实,人民负担的重和痛苦的深也可想而知,例如所选的唐庚《讯囚》诗就老实不客气的说大官小吏都是盗窃人民"膏血"的贼。国内统治阶级和人民群众的矛盾因国际的矛盾而抵触得愈加厉害;宋人跟辽人和金人打仗老是输的,打仗要军费,打败仗要赔款买和,朝廷只有从人民身上去榨取这些开销,例如所选的王安石《河北民》诗就透露这一点,而李觏的《感事》和《村行》两首诗更说得明白:"太平无武备,一动未能安……役频农力耗,赋重女工寒……","产业家家坏,诛求岁岁新,平时不为备,执事彼何人……"②北宋中叶以后,内忧外患、水深火热的情况愈来愈甚,也反映在诗人的作品里。诗人就像古希腊悲剧里的合唱队,尤其像那种参加动作的合唱队,随着搬演的情节的发展,歌唱他们的感想,直到那场戏剧惨痛的闭幕、南宋亡国,唱出他们最后的长歌当哭:"世事庄周蝴蝶梦,春愁臣甫杜鹃诗!"③

作品在作者所处的历史环境里产生,在他生活的现实里生根立脚,但是它反映这些情况和表示这个背景的方式可以有各色各样。单就下面选的作品而论,也可以看见几种不同的方式。

下面选了梅尧臣的《田家语》和《汝坟贫女》,注释引了司马光的《论义勇六劄子》来印证诗里所写当时抽点弓箭手的惨状。这是一种反映方式的例子。我们可以参考许多历史资料来证明这一类诗歌的真实性,不过那些记载尽管跟这种诗歌在内容上相符,到底只是文件,不是文学,只是诗歌的局部说明,不能作为诗歌的唯一衡量。也许史料里

---

① 张咏《乖崖先生文集》卷二《悯农》。
② 《李直讲先生文集》卷三十六。
③ 马廷鸾《碧梧玩芳集》卷二十四《题黎芳洲诗集》引了这两句,还说:"所谓长歌之哀非耶?"

把一件事情叙述得比较详细,但是诗歌里经过一番提炼和剪裁,就把它表现得更集中、更具体、更鲜明,产生了又强烈又深永的效果。反过来说,要是诗歌缺乏这种艺术特性,只是枯燥粗糙的平铺直叙,那么,虽然它在内容上有史实的根据,或者竟可以补历史记录的缺漏,它也只是押韵的文件,例如下面王禹偁《对雪》的注释里所引的李复《兵馈行》。因此,"诗史"的看法是个一偏之见。诗是有血有肉的活东西,史诚然是它的骨干,然而假如单凭内容是否在史书上信而有征这一点来判断诗歌的价值,那就仿佛要从爱克司光透视里来鉴定图画家和雕刻家所选择的人体美了。

下面选了范成大的《州桥》,注释引了范成大自己的以及楼钥和韩元吉的记载来说明诗里写的事情在当时并没有发生而且也许不会发生。这是另一种反映方式的例子,使我们愈加明白文学创作的真实不等于历史考订的事实,因此不能机械地把考据来测验文学作品的真实,恰像不能天真地靠文学作品来供给历史的事实。历史考据只扣住表面的迹象,这正是它的克己的美德,要不然它就丧失了谨严,算不得考据,或者变成不安本分、遇事生风的考据,所谓穿凿附会;而文学创作可以深挖事物的隐藏的本质,曲传人物的未吐露的心理,否则它就没有尽它的艺术的责任,抛弃了它的创造的职权。考订只断定已然,而艺术可以想象当然和测度所以然。在这个意义上,我们不妨说诗歌、小说、戏剧比史书来得高明①。南宋的爱国志士最担心的是:若不赶早恢复失地,沦陷的人民就要跟金人习而相安,忘掉了祖国②。不过,对祖国的忆念

---

① 参看亚理斯多德《诗学》第一千四百五十一(乙)、一千四百六十(乙)。《左传》宣公二年记载鉏麑自杀以前的独白,古来好些读者都觉得离奇难以相信,至少嫌作史的人交代得不清楚,因为既然是独白,"又谁闻而谁述之耶?"(李元度《天岳山馆文钞》卷一《鉏麑论》)。但是对于《长恨歌》故事里"夜半无人私语"那桩情节,似乎还没有人死心眼地问"又谁闻而谁述之耶?"或者杀风景地指斥"临邛道士"编造谎话。
② 例如《三朝北盟会编·炎兴下帙》卷六十八载杨造《乞罢和议疏》讲到沦陷的人民,就说:"窃恐岁月之久,人心懈怠。"

是留在情感和灵魂里的,不比记生字、记数目、记事实等等偏于理智的记忆。后面的一种是死记忆,好比在石头上雕的字,随你凿得多么深,年代久了,总要模糊销灭;前面的一种是活记忆,好比在树上刻的字,那棵树愈长愈大,它身上的字迹也就愈长愈牢。从韩元吉的记载里,看得出北方虽然失陷了近五十年,那里的人民还是怀念祖国①。范成大的诗就是加强的表白了他们这种久而不变、隐而未申的爱国心,来激发家里人的爱国行动,所以那样真挚感人。

下面选了萧立之的《送人之常德》,注释引了方回的逸诗作为参照,说明宋末元初有些人的心理是:要是不能抵抗蒙古人的侵略,就希望找个桃花源去隐居,免得受异族的统治。这是又一种反映方式的例子。一首咏怀古迹的诗虽然跟直接感慨时事的诗两样,但是诗里的思想感情还会印上了作者身世的标记,恰像一首咏物诗也可以诗中有人,因而帮助读者知人论世。譬如汪藻有一首《桃源行》,里面说:"那知平地有青云,只属寻常避世人……何事区区汉天子,种桃辛苦求长年!"②这首诗是在"教主道君皇帝"宋徽宗崇道教求神仙的时候作的③,寄托在桃花源上的讽喻就跟萧立之诗里寄托在桃花源上的哀怨不同。宋代有一首海外奇谈之类的长诗、邹浩的《悼陈生》④,诗很笨拙,但是叙述的可以说是宋版的桃花源⑤。有个宁波人陈生,搭海船上南通泰县一带,给暴风吹到蓬莱峰,看见山里修仙的"处士",是唐末避乱来的,和"中原"不通消息:"'于今天子果谁

---

① 参看辛启泰辑《稼轩集钞存》卷一《乾道乙酉进美芹十论》里《观衅》第三。
② 《〈浮溪集〉拾遗》卷三。
③ 黄震《黄氏日抄》卷六十六。
④ 《道乡集》卷二。
⑤ 这桩奇闻当时颇为流传,例如张邦基《墨庄漫录》卷三就有详细的叙述,还说:"又闻舒信道尝记之甚详,求其本不获。"南宋初康与之《昨梦录》记杨可试兄弟被老人引入"西京山中大穴",内有"大聚落",可供隐居,也正是桃花源的变相。

氏?'语罢默默如盲聋";这位陈生住了一程子,又想应举做官——"书生名利浃肌骨,尘念日久生心胸"——因此那个处士用缩地法送他回去,谁知道"还家妻子久黄壤,单形只影反匆匆",陈生就变成疯子。邹浩从他的朋友章潜那里听到这桩奇闻,觉得秦始皇汉武帝求仙而不能遇仙,陈生遇仙而不求仙:"求不求兮两莫遂,我虽忘情亦欷歔;仲尼之门非所议,率然作诗记其事。"邹浩作这首诗的时候,宋徽宗还没有即位,假如他听到这个新桃花源的故事,又恰碰上皇帝崇道求仙、排斥释教,以他那样一个援佛入儒的道学先生,感触准会不同,也许借题发挥,不仅说"非所议"了。邹浩死在靖康之变以前,设想他多活几年,尝到了国破家亡的苦痛,又听得这个新桃花源的故事,以他那样一个气骨颇硬的人,感触准会不同,也许他的"欷歔"就要亲切一点了。只要看陆游,他处在南宋的偏安局面里,耳闻眼见许多人甘心臣事敌国或者攀附权奸,就自然而然把桃花源和气节拍合起来①,何况连残山剩水那种托足之地都遭剥夺的萧立之呢?

宋代的五七言诗虽然真实反映了历史和社会,却没有全部反映出来。有许多情况宋诗里没有描叙,而由宋代其他文体来传真留影。譬如后世哄传的宋江"聚义"那件事,当时的五七言诗里都没有"采著",而只是通俗小说的题材,像保留在《宣和遗事》前集里那几节,所谓"见于街谈巷语"②。这些诗人十之八九从大大小小的官僚地主家庭出身,经过科举保举,进身为大大小小的官僚地主。在民族矛盾问题上,他们可以有爱国的立场;在阶级矛盾问题上,他们可以反对苛政、怜悯穷民,希望改善他们的生活。不过,假如人民受不了统治者的榨逼,真刀真枪

---

① 《剑南诗稿》卷二十三《书陶靖节桃源诗后》:"寄奴谈笑取秦燕,愚智皆知晋鼎迁;独为桃源人作传,固应不仕义熙年!"
② 周密《癸辛杂识》续集卷上载龚开《宋江三十六赞》。

的对抗起来,文人学士们又觉得大势不好,忙站在朝廷和官府一面。后世的士大夫在咏梁山泊事件的诗里会说官也不好,民也不好,各打五十板①;北宋士大夫亲身感到阶级利益受了威胁,连这一点点"公道话"似乎都不肯讲。直到南宋灭亡,遗老像龚开痛恨"乱臣贼子"的"祸流四海",才想起宋江这种"盗贼之圣"来,仿佛为后世李贽等对《忠义水浒传》的看法开了先路。在北宋诗里出现的梁山泊只是宋江"替天行道"以前的梁山泊,是个风光明秀的地区②,不像在元明以来的诗里是"好汉"们一度风云聚会的地盘③。

宋诗还有个缺陷,爱讲道理,发议论;道理往往粗浅,议论往往陈旧,也煞费笔墨去发挥申说。这种风气,韩愈、白居易以来的唐诗里已有,宋代"理学"或"道学"的兴盛使它普遍流播。元初刘壎为曾巩的诗辩护,曾说:"宋人诗体多尚赋而比与兴寡,先生之诗亦然。故惟当以赋体观之,即无憾矣"④。毛泽东同志《给陈毅同志谈诗的一封信》以近代文艺理论的术语,明确地作了判断:"又诗要用形象思维,不能如散文那样直说,所以比兴两法是不能不用的。……宋人多数不懂诗是要用形象思维的,一反唐人规律,所以味同嚼蜡。"同时,宋代五七言诗讲"性理"或"道学"的多得惹厌,而写爱情的少得可怜。

---

① 魏禧《魏叔子诗集》卷一《读〈水浒〉》第二首:"君不择臣,相不下士,士不求友,乃在于此!"
② 例如宋庠《元宪集》卷十《坐旧州亭上作,亭下是梁山泊,水数百里》:"长天野浪相依碧,落日残云共лл红;鱼罛回环千艇合,巷蒲明灭百帆通";韩琦《安阳集》卷五《过梁山泊》,苏辙《栾城集》卷六《梁山泊》,又《梁山泊见荷花忆吴兴》第五首:"菰蒲出没风波际,雁鸭飞鸣雾雨中;应为高人爱吴越,故于齐鲁作南风。"
③ 例如《元诗选》三集庚陆友《杞菊轩稿·题宋江三十六人画赞》,刘基《诚意伯文集》卷十七《分赃台》(参看李贽《焚书》卷五《李涉〈赠盗〉》条),朱彝尊《明诗综》卷五胡翰《夜过梁山泊》,王士禛《古夫于亭杂录》卷五载丘海石《过梁山泊》。
④ 《隐居通议》卷七。

宋人在恋爱生活里的悲欢离合不反映在他们的诗里,而常常出现在他们的词里。如范仲淹的诗里一字不涉及儿女私情,而他的《御街行》词就有"残灯明灭枕头欹,谙尽孤眠滋味;都来此事,眉间心上,无计相回避"这样悱恻缠绵的情调,措词婉约,胜过李清照《一剪梅》词"此情无计可消除,才下眉头,又上心头"。据唐宋两代的诗词看来,也许可以说,爱情,尤其是在封建礼教眼开眼闭的监视之下那种公然走私的爱情,从古体诗里差不多全部撤退到近体诗里,又从近体诗里大部分迁移到词里。除掉陆游的几首,宋代数目不多的爱情诗都淡薄、笨拙、套板。像朱淑真《断肠诗集》里的作品,实在浮浅得很,只是鱼玄机的风调,又添了些寒窘和迂腐;刘克庄称赞李壁的《悼亡》诗"不可以复加矣!"[1]可是也不得不承认诗里最深挚的两句跟元稹的诗"暗合"[2]。以艳体诗闻名的司马槱,若根据他流传下来的两首诗而论[3],学李商隐而缺乏笔力,仿佛是害了贫血病和软骨病的"西昆体"。有人想把词里常见的情事也在诗里具体的描摹,不过往往不是陈旧,像李元膺的《十忆诗》[4],就是肤廓,像晁冲之《都下追感往昔因成二首》[5],都还比不上韩偓《香奁集》里的东西。

二

南宋时,金国的作者就嫌宋诗"衰于前古……遂鄙薄而不道",连

---

[1] 《后村大全集》卷一百七十六。
[2] 《后村大全集》卷一百七十四。
[3] 陈起《〈前贤小集〉拾遗》卷五《闺怨》。
[4] 见《墨庄漫录》卷五。
[5] 《具茨先生诗集》卷十三。

他们里面都有人觉得"不已甚乎!"①从此以后,宋诗也颇尝过世态炎凉或者市价涨落的滋味。在明代,苏平认为宋人的近体诗只有一首可取,而那一首还有毛病②,李攀龙甚至在一部从商周直到本朝诗歌的选本里,把明诗直接唐诗,宋诗半个字也插不进③。在晚清,"同光体"提倡宋诗,尤其推尊江西派,宋代诗人就此身价十倍,黄庭坚的诗集卖过十两银子一部的辣价钱④。这些旧事不必多提,不过它们包含一个教

---

① 王若虚《滹南遗老集》卷四十。王若虚是师法白居易的,所以他说宋诗"亦有以自立,不必尽居其后",算得一句平心之论,正像瞿佑《归田诗话》卷上论"举世宗唐恐未公"或者叶燮《已畦文集》卷八《黄叶村庄诗序》和《原诗》卷一论"因时善变"或者潘德舆《养一斋诗话》卷四引申都穆《南濠诗话》那几节一样,因为那些人也都是不学宋诗的。

② 叶盛《水东日记》卷十记苏平语;那首诗是王珪的《恭和御制上元观灯》,见《华阳集》卷四。

③ 《古今诗删》卷二十二以李建勋和灵一结束,卷二十三以刘基开始;参看屠隆《鸿苞集》卷十七:"宋诗河汉,不入品裁",又陈子龙《陈忠裕全集》卷二十五《皇明诗选序》说宋诗跟明诗等不是"同类"而是"异物"。就因为讨厌何、李、王、李等前后"七子"的"复古",明代中叶以后的作者又把宋诗抬出来,例如"公安派"捧得宋诗超过盛唐诗,捧得苏轼高出杜甫——参看袁宏道《瓶花斋集》卷九《答陶石篑》、陶望龄《歇庵集》卷十五《与袁六休书》之二,又谭元春《东坡诗选》载袁宏道跋、卷一《真兴寺阁》、《石苍舒醉墨堂》、卷五《赠眼医王彦若》附袁宏道评语。黄宗羲《明文授读》卷三十六所载叶向高《王亦泉诗序》、卷三十七所载何乔远《郑道圭诗序》、《吴可观诗草序》和曾异撰《徐叔亨山居次韵诗序》也全是有激于"七子"的"复古"而表扬宋诗的,同时使我们看出了清初黄宗羲、吕留良、吴之振、陈订等人提倡宋诗的渊源,有趣的是,许多宋人诗句靠明代通俗作品而推广,只是当时的读者未必知道是宋诗。举三个显著的例:《荷花荡》第三折里玉帝说的"淡月疏星绕建章,仙风吹下御炉香",侍臣鹄立通明殿,一朵红云捧玉皇"是苏轼《上元侍饮楼上三首呈同列》第一首,见《苏文忠公诗集》卷三十六;《鹦鹉洲》第三折里女巫说的"暖日薰杨柳,浓春醉海棠。放慵真有味,应俗苦相妨"是陈与义《放慵》前半四句,见《简斋诗集》卷十;《金瓶梅》第八十回的"正是'人得交游是风月,天开图画即江山'"是黄庭坚《王厚颂》第二首后半两句,见《豫章黄先生文集》卷十五。参看宣统二年《小说时报》第六期《息楼谈余》记载赣州"清音班"唱本里所用黄庭坚的各联诗句。

④ 施山《薑露庵杂记》卷六。

训,使我们明白:批评该有分寸,不要失掉了适当的比例感。假如宋诗不好,就不用选它,但是选了宋诗并不等于有义务或者权利来把它说成顶好、顶顶好、无双第一,模仿旧社会里商店登广告的方法,害得文学批评里数得清的几个赞美字眼儿加班兼职、力竭声嘶的赶任务。整个说来,宋诗的成就在元诗、明诗之上,也超过了清诗。我们可以夸奖这个成就,但是无须夸张、夸大它。

据说古希腊的亚历山大大帝在东宫的时候,每听到他父王在外国打胜仗的消息,就要发愁,生怕全世界都给他老子征服了,自己这样一位英雄将来没有用武之地。紧跟着伟大的诗歌创作时代而起来的诗人准有类似的感想。当然,诗歌的世界是无边无际的,不过,前人占领的疆域愈广,继承者要开拓版图,就得配备更大的人力物力,出征得愈加辽远,否则他至多是个守成之主,不能算光大前业之君。所以,前代诗歌的造诣不但是传给后人的产业,而在某种意义上也可以说向后人挑衅,挑他们来比赛,试试他们能不能后来居上、打破记录,或者异曲同工、别开生面。假如后人没出息,接受不了这种挑衅,那末这笔遗产很容易贻祸子孙,养成了贪吃懒做的膏粱纨袴。有唐诗作榜样是宋人的大幸,也是宋人的大不幸。看了这个好榜样,宋代诗人就学了乖,会在技巧和语言方面精益求精;同时,有了这个好榜样,他们也偷起懒来,放纵了摹仿和依赖的惰性。瞧不起宋诗的明人说它学唐诗而不像唐诗①,这句话并不错,只是他们不懂这一点不像之处恰恰就是宋诗的创造性和价值所在。明人学唐诗是学得来维肖而不维妙,像唐诗而又不是唐诗,缺乏个性,没有新意,因此博得"瞎盛唐诗"、"赝古"、"优孟衣

---

① 例如何景明《何氏集》卷二十六《读〈精华录〉》:"山谷诗自宋以来论者皆谓似杜子美,固余所未喻也。"

冠"等等绰号①。宋人能够把唐人修筑的道路延长了，疏凿的河流加深了，可是不曾冒险开荒，没有去发现新天地。用宋代文学批评的术语来说，凭藉了唐诗，宋代作者在诗歌的"小结裹"方面有了很多发明和成功的尝试，譬如某一个意思写得比唐人透彻，某一个字眼或句法从唐人那里来而比他们工稳，然而在"大判断"或者艺术的整个方向上没有什么特著的转变，风格和意境虽不寄生在杜甫、韩愈、白居易或贾岛、姚合等人的身上，总多多少少落在他们的势力圈里②。这一点从下面的评述和注释里就看得出来。鄙薄宋诗的明代作者对这点推陈出新都皱眉摇头，恰像做算学，他们不但不许另排公式，而且对前人除不尽的数目，也不肯在小数点后多除几位。我们不妨借三个人的话来表明这种差别。"反古曰复，不滞曰变。若惟复不变，则陷于相似之格，其状如驽骥同厩，非造父不能辨……复忌太过……变若造微，不忌太过……若乏天机，强效复古，反令思扰神沮"——这是唐人的话③，认为"通变"比"复古"来得重要而且比较稳当。"不求与古人合而不能不合，不求与古人异而不能不异"——这是宋人的话④，已经让古人作了主去，然而还努力要"合"中求"异"。"规矩者方圆之自也，即欲舍之，乌乎舍？……乃其为之也，鲜不中方圆也；何也？有必同者也"；"曹、刘、阮、陆、李、杜能用之而不能异，能异之而不能不同"——这是鄙薄宋诗

---

① 参看于慎行《榖城山馆文集》卷十一《冯宗伯诗序》："如画师写照……无一不似……了无生意……似之而失其真矣！"又《朱光禄集序》："大者摹拟篇章，小者剽剥字句……形腴神索。"这是曾受"七子"影响的一位过来人的话。
② 这两个术语见方回《瀛奎律髓》卷十姚合《咏春》批语，参看卷十五陈子昂《晚次乐乡县》批语。
③ 皎然《诗式》卷五"复古通变体"条。
④ 姜夔《白石道人诗集》自序之二。

的明人的话①,只知道拘守成规,跟古人相"同",而不注重立"异"标新了。

毛泽东同志《在延安文艺座谈会上的讲话》早指出:"人民生活中本来存在着文学艺术原料的矿藏,这是自然形态的东西,是粗糙的东西,但也是最生动、最丰富、最基本的东西;在这点上说,它们使一切文学艺术相形见绌,它们是一切文学艺术的取之不尽、用之不竭的唯一的源泉。这是唯一的源泉,因为只能有这样的源泉,此外不能有第二个源泉。……实际上,过去的文艺作品不是源而是流,是古人和外国人根据他们彼时彼地所得到的人民生活中的文学艺术原料创造出来的东西。我们必须继承一切优秀的文学艺术遗产,批判地吸收其中一切有益的东西,作为我们从此时此地的人民生活中的文学艺术原料创造作品时候的借鉴。有这个借鉴和没有这个借鉴是不同的,这里有文野之分,粗细之分,高低之分,快慢之分。……但是继承和借鉴决不可以变成替代自己的创造,这是决不能替代的。"②宋诗就可以证实这一节所讲的颠扑不破的真理,表示出诗歌创作里把"流"错认为"源"的危险。这个危险倾向在宋以前早有迹象,但是在宋诗里才大规模的发展,具备了明确的理论,变为普遍的空气压力,以至于罩盖着后来的元、明、清诗。我们只要看六朝钟嵘的批评:"殆同书抄"③,看唐代皎然的要求:"虽欲经史,而离书生"④,看清代袁枚的嘲笑:"天涯有客太詅痴,误把抄书当作诗"⑤,就明白宋诗里那种习气有多么古老的来头和多么久

---

① 李梦阳《空同子集》卷六十二《驳何氏论文书》、《再与何氏书》;参看何良俊《四友斋丛说》卷二十六记顾璘驳李梦阳称杜甫诗如"至圆不能加规,至方不能加矩"。
② 《毛泽东选集》第三卷第 882 页(人民出版社版)。
③ 《诗品》卷中。
④ 《诗式》卷一"诗有四离"条。
⑤ 《小仓山房诗集》卷二十七《仿元遗山〈论诗〉》第三十八首,所嘲笑的"夫己氏"据说就指翁方纲。这首诗应该对照第五首称赞查慎行的诗:"他山书史腹便便,每到吟诗尽弃捐";参看《随园诗话》卷一论咏古咏物诗:"必将此题之书籍无所不搜,及诗之成也仍不用一典。"

长的后裔。

从下面的评述和注释里也看得出,把末流当作本源的风气仿佛是宋代诗人里的流行性感冒。嫌孟浩然"无材料"的苏轼有这种倾向,把"古人好对偶用尽"的陆游更有这种倾向;不但西昆体害这个毛病,江西派也害这个毛病,而且反对江西派的"四灵"竟传染着同样的毛病。他们给这种习气的定义是:"资书以为诗"①,后人直率的解释是:"除却书本子,则更无诗"②。宋代诗人的现实感虽然没有完全沉没在文字海里,但是有时也已经像李逵假泱水,探头探脑的挣扎。

从古人各种著作里收集自己诗歌的材料和词句,从古人的诗里孳生出自己的诗来,把书架子和书箱砌成了一座象牙之塔,偶而向人生现实居高临远的凭栏眺望一番。内容就愈来愈贫薄,形式也愈变愈严密。偏重形式的古典主义发达到极端,可以使作者丧失了对具体事物的感受性,对外界视而不见,恰像玻璃缸里的金鱼,生活在一种透明的隔离状态里。据说在文艺复兴时代,那些人文主义作家沉浸在古典文学里,一味讲究风格和词藻,虽然接触到事物,心目间并没有事物的印象,只浮动着古罗马大诗人的好词佳句③。我们古代的批评家也指出相同的现象:"人于顺逆境遇所动情思,皆是诗材;子美之诗多得于此。人不能然,失却好诗;及至作诗,了无意思,惟学古人句样而已。"④这是讲明代的"七子",宋诗的病情还远不至于那么沉重,不过它的病象已经显

---

① 刘克庄《后村大全集》卷九十六《韩隐君诗序》,是用韩愈《登封县尉卢殷墓志》里的话。韩愈那句话在宋代非常传诵,例如强幼安《唐子西文录》里"凡作诗平居须收拾诗材以备用"条,文珦《潜山集》卷三《哭李雪林》、卷五《周草窗吟稿号〈蜡屐〉为赋古诗》等。
② 王夫之《船山遗书》卷六十四《夕堂永日绪论》内编评苏轼黄庭坚。
③ 德·桑克谛斯(F. De Sanctis)《意大利文学史》(Storia della Letteratura Italiana)一九六二年版第一册第342页。
④ 吴乔《围炉诗话》卷一。

明。譬如南宋有个师法陶潜的陈渊①,他在旅行诗里就说:"渊明已黄壤,诗语馀奇趣;我行田野间,举目辄相遇。谁云古人远? 正是无来去!"②陶潜当然是位大诗人,但是假如陈渊觉得一眼望出去都是六七百年前陶潜所歌咏的情景,那未必证明陶潜的意境包罗得很广阔,而也许只表示自己的心眼给陶潜限制得很偏狭。这种对文艺作品的敏感只造成了对现实事物的盲点,同时也会变为对文艺作品的幻觉,因为它一方面目不转睛,只注视着陶潜,在陶潜诗境以外的东西都领略不到,而另一方面可以白昼见鬼,影响附会,在陶潜的诗里看出陶潜本人梦想不到的东西。这在文艺鉴赏里并不是稀罕的症候。

再举一首写景的宋代小诗为例。沈约说古人写景的"茂制""并直举胸情,非傍诗史",钟嵘也说古人写景的"胜句""多非补假,皆由直寻",我们且看那首诗是否这样。四川有个诗人叫史尧弼,《四库全书总目提要》称赞他"天姿踔绝",有同乡前辈苏轼的"遗风";他作过一首《湖上》七绝:"浪汹涛翻忽渺漫,须臾风定见平宽;此间有句无人得,赤手长蛇试捕看。"③这首诗颇有气魄,第三第四两句表示他要写旁人未写的景象,意思很好,用的比喻尤其新奇,使人联想起"捕捉形象的猎人"那个有名的称号④。可是,仔细一研究,我们就发现史尧弼只是说得好听。他说自己赤手空拳,其实两只手都拿着向古人借来的武器,那条长蛇也是古人弄熟的、养家的一条烂草绳也似的爬虫。苏轼《郭熙〈秋山平远〉》第一首说过:"此间有句无人识,送与襄阳孟浩然"⑤;孙

---

① 《默堂先生文集》卷四《小轩闲题》第二首:"渊明吾之师",卷五《次韵令德答天启》:"我师陶靖节"。
② 《默堂先生文集》卷五《越州道中杂诗》第八首。
③ 《莲峰集》卷二。
④ 《小红萝蕻须》作者勒那(Jules Renard)在《博物小志》(Histoires Naturelles)里自称的话,见贝尔诺亚(F. Bernouard)版本第三页。
⑤ 《苏文忠公诗集》卷二十九。

樵《与王霖秀才书》形容卢仝、韩愈等的风格也说过:"读之如赤手捕长蛇,不施控骑生马,急不得暇,莫不捉搦。"①再研究下去,我们又发现原来孙樵也是顺手向韩愈和柳宗元借的本钱;韩愈《送无本师归范阳》不是说过"蛟龙弄角牙,造次欲手揽"么②? 柳宗元《读韩愈所著〈毛颖传〉后题》不是也说过"索而读之,若捕龙蛇、搏虎豹,急与之角,而力不敢暇"么③? 换句话说,孙樵和史尧弼都在那里旧货翻新,把巧妙的裁改拆补来代替艰苦的创造,都没有向"自然形态的东西"里去发掘原料。

早在南宋末年,严羽对本朝的诗歌已经作了公允的结论:"近代诸公乃作奇特解会,遂以文字为诗,以才学为诗,以议论为诗,且其作多务使事,不问兴致,用字必有来历,押韵必有出处"④;因此他说:"最忌骨董,最忌衬贴。"⑤明人对宋诗的批评也逃不出这几句话,例如:"宋人之诗尤愚之所未解。……宋人多好以诗议论,夫以诗议论,即奚不为文而为诗哉?……宋人又好用故实组织成诗……用故实组织成诗,即奚不为文而为诗哉?"⑥严羽看见了病征,却没有诊出病源,所以不知道从根本上去医治,不去多喝点"唯一的源泉",而只换汤不换药的"推源汉魏以来而截然谓当以盛唐为法"⑦。换句话说,他依然把流当作源,他并未改变模仿和依傍的态度,只是模仿了另一个榜样,依傍了另一家门户。宋诗被人弃置勿道的时候,他这条路线不但没有长满了蔓草荒榛,却变成一条交通忙碌的马路。明代"复古"派不读唐以后书,反对宋诗,就都不知不觉的走上了他的道路;更值得注意的是,他们也都不知

---

① 《孙樵集》卷二。
② 《昌黎先生集》卷五。
③ 《唐柳先生集》卷二十一。
④ 《沧浪诗话·诗辨》节。
⑤ 《沧浪诗话·诗法》节。
⑥ 屠隆《由拳集》卷二十三《文论》。
⑦ 《沧浪诗话·诗辨》节。

不觉的应用了他们所鄙弃的宋人的方法,而且应用得比宋人呆板。西昆体是把李商隐"挦扯"得"衣服败敝"的①,江西派是讲"拆东补西裳作带"的②;明代有个笑话说,有人看见李梦阳的一首律诗,忽然"攒眉不乐",旁人问他是何道理,他回答说:"你看老杜却被献吉辈剥剥殆尽!"③"挦扯"、"拆补"、"剥剥"不是一件事儿么?又有人挖苦明代的"复古"派说:"欲作李、何、王、李门下厮养,但买得《韵府群玉》、《诗学大成》、《万姓统宗》、《广舆记》四书置案头,遇题查凑。"④这不是"资书以为诗"是什么?只是依赖的书数目又少、品质又庸俗罢了!宋诗是遭到排斥了,可是宋诗的习气依然存在,只变了个表现方式,仿佛鼻涕化而为痰,总之感冒并没有好。清代的"浙派"诗"无一字一句不自读书创获"⑤或者"同光体"诗把"学人诗人之诗二而一之"⑥,这是可以理解的,因为他们自己明说承袭了宋诗的传统;可是痛骂宋诗的朱彝尊在作品里一样的"贪多"炫博,丝毫没有学宋诗的嫌疑的吴伟业在师法白居易的歌行里也一样的獭祭典故,这些不也是旁证么?

　　韩愈虽然说"惟陈言之务去",又说"惟古于词必己出,降而不能乃剽贼"⑦,但是他也说自己"窥陈编以盗窃"⑧;皎然虽然说"偷语最为钝

---

① 刘攽《中山诗话》。
② 任渊《后山诗注》卷三《次韵苏公〈西湖徙鱼〉》。
③ 李延昰《南吴旧话录》卷十八记谈吕语;献吉就是李梦阳的表字。
④ 《船山遗书》卷六十四《夕堂永日绪论》内编。参看李良年《秋锦山房集》卷二十二《题周栎园诗后》又《宋诗啜醨集》潘问奇自序论明七子。
⑤ 吴骞《拜经楼诗话》卷四载汪师韩《跋厉樊榭诗》,那是《上湖分类文编》和《补钞》里没有收的。
⑥ 陈衍《近代诗钞》第一册评祁寯藻。
⑦ 《昌黎先生集》卷十六《答李翊书》,卷三十四《南阳樊绍述墓志铭》;参看李汉《昌黎先生集序》和李翱《李文公集》卷六《答朱载言书》,都反对"剽掠潜窃",主张"陈言务去"。
⑧ 《昌黎先生集》卷十二《进学解》;参看李冶《〈敬斋古今黈〉拾遗》卷一赞韩愈、柳宗元、欧阳修都是本领高妙的大盗。

贼"、"无处逃刑"、"偷意"也"情不可原"，但是他也说"偷势才巧意精"，"从其漏网"①。在宋代诗人里，偷窃变成师徒公开传授的专门科学。王若虚说黄庭坚所讲"点铁成金"、"脱胎换骨"等方法"特剽窃之黠者耳"②；冯班也说这是"宋人谬说，只是向古人集中作贼耳"③。反对宋诗的明代诗人看来同样的手脚不干不净："徒手入市而欲百物为我有，不得不出于窃，瞎盛唐之谓也。"④文艺复兴时代的理论家也明目张胆的劝诗人向古典作品里去盗窃："仔细的偷呀！""青天白日之下做贼呀！""抢了古人的东西来大家分赃呀！"还说："我把东西偷到手，洋洋得意，一点不害羞。"⑤撇下了"唯一的源泉"把"继承和借鉴"去"替代自己的创造"，就非弄到这样收场不可。偏重形式的古典主义有个流弊：把诗人变得像个写学位论文的未来硕士博士，"抄书当作诗"，要自己的作品能够收列在图书馆的书里，就得先把图书馆的书安放在自己的作品里。偏重形式的古典主义有个流弊：把诗人变成领有营业执照的盗贼，不管是巧取还是豪夺，是江洋大盗还是偷鸡贼，是西昆体那样认准了一家去打劫还是像江西派那样挨门排户大大小小人家都去光

---

① 《诗式》卷一"三不同语意势"条。
② 《滹南遗老集》卷四十。
③ 《钝吟杂录》卷四。
④ 《围炉诗话》卷六。参看焦竑《澹园集》卷十二《与友人论文》："夫古以为贼，今以为程。"
⑤ 唯达(Marco Girolamo Vida)(1480—1566)《诗学》(De Arte Poetica)卷三，据匹特(Christopher Pitt)英译本，见恰末士(A. Chalmers)辑《英国诗人总汇》(English Poets)第十九册第 647 页。这是十六、十七世纪流传极广的理论，马利诺(G. B. Marino)指示作诗三法：翻译、模仿和盗窃——费莱罗(G. G. Ferrero)编《马利诺及其同派诗人选集》(Marino ei Marinisti)第 26 至 30 页。后世的古典主义作家也保持类似的看法，例如蒲伯(Alexander Pope)的《与渥而许(W. Walsh)书》——休朋(G. Sherburn)辑《蒲伯书信集》(Correspondence)第一册第 19 至 20 页，法郎士(Anatole France)的《为抄袭辩护》(Apologie Pour le Plagiat)——《文学生活》(La Vie littéraire)第四册第 158 至 160 页。

顾。这可以说是宋诗——不妨还添上宋词——给我们的大教训,也可以说是整个旧诗词的演变里包含的大教训。

三

上面的话也说明了我们去取的标准。押韵的文件不选,学问的展览和典故成语的把戏也不选。大模大样的仿照前人的假古董不选,把前人的词意改头换面而绝无增进的旧货充新也不选;前者号称"优孟衣冠",一望而知,后者容易蒙混,其实只是另一意义的"优孟衣冠",所谓:"如梨园演剧,装抹日异,细看多是旧人。"①有佳句而全篇太不匀称的不选,这真是割爱;当时传诵而现在看不出好处的也不选,这类作品就仿佛走了电的电池,读者的心灵电线也似的跟它们接触,却不能使它们发出旧日的光焰来。我们也没有为了表示自己做过一点发掘工夫,硬把僻冷的东西选进去,把文学古董混在古典文学里。假如僻冷的东西已经僵冷,一丝儿活气也不透,那末顶好让它安安静静的长眠永息。一来因为文学研究者事实上只会应用人工呼吸法,并没有还魂续命丹;二来因为文学研究者似乎不必去制造木乃伊,费心用力的把许多作家维持在"死且不朽"的状态里。

我们在选择的过程里,有时心肠软了,有时眼睛花了,以致违背这些标准,一定犯了或缺或滥的错误。尤其对于大作家,我们准有不够公道的地方。在一切诗选里,老是小家占便宜,那些总共不过保存了几首的小家更占尽了便宜,因为他们只有这点点好东西,可以一股脑儿陈列在橱窗里,读者看了会无限神往,不知道他们的样品就是他们的全部家

---

① 隆观易《宁灵销食录》卷四评陆游诗;这句话对陆游太苛刻,但是指出了旧诗词里那种现象。

当。大作家就不然了。在一部总集性质的选本里，我们希望对大诗人能够选到"尝一滴水知大海味"的程度，只担心选择不当，弄得仿佛要求读者从一块砖上看出万里长城的形势！

《全唐诗》虽然有错误和缺漏①，不失为一代诗歌的总汇，给选唐诗者以极大的便利。选宋诗的人就没有这个便利，得去尽量翻看宋诗的总集、别集以至于类书、笔记、方志等等。而且宋人别集里的情形比唐人别集里的来得混乱，张冠李戴、挂此漏彼的事几乎是家常便饭，下面接触到若干例子，随时指出。不妨在这里从大作家的诗集里举一个例。李壁《王荆文公诗笺注》卷四十一有一首《竹里》绝句："竹里编茅倚石根，竹茎疏处见前村；闲眠尽日无人到，自有春风为扫门"。李壁在注解里引了贺铸《题定林寺》诗："破冰泉脉漱篱根，坏衲犹疑挂树猿；蜡屐旧痕寻不见，东风先为我开门"，还说王安石"见之大称赏"，因此贺铸"知名"，《竹里》这首诗"颇亦似之"。评点这部注本的刘辰翁和补正这部注本的姚范、沈钦韩等都没有说什么，都没有知道李壁上了人家的当②。这首《竹里》不是王安石所作，是僧显忠的诗，经王安石写在墙上的③；其次，贺铸作《定林寺》诗的时候，王安石已死，贺铸也早在三年前

---

① 也许可以举两个跟宋人著作有关的例：《太平广记》卷四百九十五"哥舒翰"条引《乾馔子》，又钱易《南部新书》卷庚所载《北斗七星高》那首绝句跟洪迈《唐人万首绝句》五言卷二十所载《西鄙哥舒歌》有一半完全不同，《全唐诗》只收了洪迈搜采的那一首；程俱《北山小集》卷九《九日写怀》明明只借用了高适一句，《锦绣万花谷》前集卷四"重阳"门引了半首也注出是程俱的作品，《后村千家诗》卷四错把它当高适的诗，自明以来直到《全唐诗》沿袭了这个错误。

② 李壁的话完全出于《王直方诗话》；胡仔《苕溪渔隐丛话》前集卷三十七引有王直方的那一节。

③ 见《苕溪渔隐丛话》前集卷五十七、又何溪汶《竹庄诗话》卷二十一引《洪驹父诗话》，《锦绣万花谷》前集卷二十五"隐逸"门。王安石只把这个意思写入《渔家傲》词里："茅屋数间窗窈窕，尘不到，时时自有春风扫"（《临川文集》卷三十七）。附带可以提起，《全唐诗》把《竹里》误收入李涉的诗里。

哀悼过他了①。王安石的诗集是有好些人在上面花过工夫的,还不免这样,其它就可以推想。清代那位细心而短命的学者劳格曾经把少数宋人别集刊误补遗②,尽管他偏重在散文方面,也总是为这桩艰辛密致的校订工作很审慎的开了个头,现在只要有人去接他的手。

有两部比较流行的书似乎这里非讲一下不可:吴之振等的《宋诗钞》和厉鹗等的《宋诗纪事》。这两部书规模很大,用处也不小,只是我们用它们的时候,心里得作几分保留。王安石的《唐百家诗选》据说是吃了钞手偷懒的亏,他"择善者签帖其上,令吏钞之;吏厌书字多,辄移荆公所取长诗签,置所不取小诗上,荆公性忽略,不复更视"③;钱谦益的《列朝诗集》据说是吃了钞手太卖力气的亏,是向人家借了书来选的,因为这些不是自己的书,他"不着笔,又不用签帖其上,但以指甲掐其欲选者,令小胥钞,胥奉命惟谨于掐痕侵他幅者,亦并钞,牧翁不复省视。"④在《宋诗钞》的誊写过程里是否发生这类事情,我们不知道,不过我们注意到一点:对于卷帙繁多的别集,它一般都从前面的部分钞得多,从后面的部分钞得很草率,例如只钞了刘克庄《后村居士诗集》卷一至卷十六里的作品,卷十七至卷四十八里一字未钞。老去才退诚然是文学史上的普通现象,最初是作者出名全靠作品的力量,到后来往往是作品有名全亏作者的招牌;但是《宋诗钞》在《凡例》里就声明"宽以存之",对一个人的早期作品也收得很滥,所以那种前详后略的钞选不会包含什么批判。其次,它的许多"小序"也引人误会,例如开卷第一

---

① 《庆湖遗老集》卷六《寓泊金陵寻王荆公陈迹》(自注:"戊辰三月赋"):"可须樽酒平生约,长望西州泪满巾";《〈庆湖遗老集〉拾遗·重游钟山定林寺》(自注:"辛未正月金陵赋")。
② 《读书杂识》卷十二。
③ 邵博《邵氏闻见后录》卷十九,参看周煇《清波杂志》卷八。
④ 阎若璩《潜邱劄记》卷四上。在书本上掐指甲痕,以为这样可以有痕无迹,看来是明代流行的习惯,刘若愚《酌中志》卷十三就讲起过。

篇把王禹偁说得仿佛他不是在西昆体流行以前早已成家的;在钞选的诗里还偶然制造了混淆,例如把张耒《柯山集》卷十《有感》第三首钞在苏舜钦名下,题目改为《田家词》。管庭芬的《〈宋诗钞〉补》直接从有些别集里采取了作品,但是时常暗暗把《宋诗纪事》和曹庭栋《宋百家诗存》来凑数,例如《〈南阳集〉补钞》出于《宋诗纪事》卷十七,《〈玉楮集〉钞》完全根据《宋百家诗存》卷十二。至于《宋诗纪事》呢,不用说是部渊博伟大的著作。有些书籍它没有采用到,有些书籍它采用得没有彻底,有些书籍它说采用了而其实只是不可靠的转引,这许多都不必说。有两点是该讲的:第一,开错了书名,例如卷四十七把称引尤袤诗句的《诚斋诗话》误作《后村诗话》,害得《常州先哲遗书》里的《〈梁溪遗稿〉补遗》以讹传讹;第二,删改原诗,例如卷七和卷三十三分别从《宋文鉴》里引了孙仅《勘书》诗和潘大临《春日书怀》诗,但是我们寻出《宋文鉴》卷二十二和卷二十三里这两首诗来一对,发现《宋诗纪事》所载各各短了两联。陆心源的《〈宋诗纪事〉补遗》是部错误百出的书,把唐代王绩(改名王阗)和张碧的诗补在卷四十三和卷八十八里,把金国麻革的诗补在卷三十九里,卷二王嗣宗《思归》就是《宋诗纪事》卷二的王嗣宗《题关右寺壁》,卷三十一张袁臣的诗就是《宋诗纪事》卷四十六张表臣的诗,卷五十六危正的诗就是《宋诗纪事》卷五十六危稹的诗,诸如此类大约都属于作者自夸的补漏百馀家里面的①。虽然这样,它毕竟也供给些难得的材料。在一篇古代诗人的事迹考里,有位大批评家说自己读了许多无用之书,倒也干了一件有用之事,值得人家感谢,因为他读过了这些东西就免得别人再费力去读②。我们未必可以轻心大

---

① 《仪顾堂题跋》卷十三《〈宋诗纪事〉跋》。
② 莱辛(Lessing)《索福克勒斯》(Sophokles),见彼得森(J. Petersen)与欧尔斯好森(W. V. Olshausen)合编《莱辛集》第十三册第396页,参看泼朗脱尔(Carl Prantl)的经典著作《逻辑学史》(Geschichte der Logik)第四册序文第三页。

意,完全信任吴之振、厉鹗等人的正确和周密,一概不再去看他们看过的书。不过,没有他们的著作,我们的研究就要困难得多。不说别的,他们至少开出了一张宋代诗人的详细名单,指示了无数探讨的线索,这就省掉我们不少心力,值得我们深深感谢。

我也愉快地向几位师友致谢。假如没有郑振铎同志的指示,我不会担任这样一项工作;假如没有何其芳同志、余冠英同志的提示和王伯祥同志的审订,我在作品的选择和注释里还要多些错误;假如没有北京大学图书馆和中国科学院文学研究所图书资料室诸位同志的不厌麻烦的帮助,我在书籍的参考里就会更加疏漏。希望他们接受我的言轻意重的感谢。

1957 年 6 月

重印附记：

乘这次重印的机会,我作了几处文字上的小修改,增订了一些注解。

1978 年 4 月

第六次重印附记：

1985 年重印后,我又有些增改,主要在注释里。这书又将重印,而纸版损旧,得全部重排,出版社容许我有机会,把修订各处都收入书里,我很欣幸。在两次的重印过程里,弥松颐同志给我以细致的帮助,特此志谢。

1988 年 1 月

第七次重印附记：

第六次重印后,承戴鸿森同志精密地校订印刷错误和补正注解。为排版方便起见,我把增订的注解作为书末补页;本书港台版的序文也附录于后,足以解释当时编选的经过。这次重印又费弥松颐同志大力,再此致谢。

最近,我蒙日本国内山精也先生和韩国李鸿镇教授寄赠本书的日语、韩语译本,惊喜之馀,又深感惭憾。诗歌的译文往往导引我们对原作增进理解和发现问题。我于日、韩两语寡昧无知,不能利用两位的精心迻译来修改一些注释,是件恨事。

1992 年 4 月

重印编辑附记：

借这次重印的机会,我们吸收一些读者的有益意见,对原书中的一些文字讹误做了订正,并将诗人顺序做了适当的调整。

2018 年 4 月

柳 开

柳开(947—1000)字仲涂,自号东郊野夫、补亡先生,大名人,有《河东集》。他提倡韩愈和柳宗元的散文,把自己名字也弄得有点像文艺运动的口号:"肩愈"、"绍先"[1]。在这一方面,他是王禹偁、欧阳修等的先导[2]。《河东集》里只保存了三首诗,也都学韩愈的风格,偏偏遗漏了他的名作,就是下面的一首。

〔1〕《河东集》卷二《东郊野夫传》、卷五《答梁拾遗改名书》。
〔2〕参看洪迈《容斋续笔》卷九。

塞 上[1]

鸣骹[2]直上一[3]千尺,天静无风声更干[4];碧眼胡儿三百骑,尽提金勒[5]向云看。

〔1〕见江少虞《皇朝类苑》卷三十五引《倦游杂录》。当时这首诗很传诵,还有人把诗意画成图画,据杨慎《升庵外集》卷七十八"蕃马胡儿"条,在明代"犹有此图稿本"。
〔2〕原作"鹘",《诗话总龟》前集卷四"称赏"门引《倦游录》作"骸",卷十"雅什"门引《诗史》作"骼",即"骹",通作"嚆",嚆矢就是

响箭。

〔3〕《诗史》作"几"。袁枚《随园诗话》卷十一摘录宋人笔记里的好绝句,不记姓名题目,第十五篇就是这首诗,"一"作"三"。

〔4〕《随园诗话》作"风紧秋高雪正干",大约是袁枚的改笔。

〔5〕"勒"是有嚼口的马络头;那一队胡人听见半天里一声响箭,都拉紧缰绳,把坐骑勒住。三四两句的句调可参看唐人李益(一作严维)《从军北征》:"碛里征人三十万,一时回首月中看。"

郑文宝

郑文宝(952—1012)字仲贤,宁化人。他很多才多艺,对军事也颇为熟练,"好谈方略"。宋代收集他作品最多的人说他有文集二十卷[1],但是现在已经失传,只在宋人编选或著作的总集、笔记、诗话,例如《皇朝文鉴》、《麈史》、《温公诗话》等等书里还保存了若干篇诗文以及零星诗句。根据司马光和欧阳修对他的称赏,想见他是宋初一位负有盛名的诗人,风格轻盈柔软,还承袭残唐五代的传统。

[1] 文莹《续湘山野录》;《宋史》卷二百七十七的记载就是根据那一节。

柳枝词[1]

亭亭画舸系春[2]潭,直到[3]行人酒半酣;不管烟波与风雨,载将离恨过江南[4]。

[1] 见胡仔《苕溪渔隐丛话》前集卷二十四、后集卷三十五、何溪汶《竹庄诗话》(根据方回《桐江集》卷七,应当改作何汶《竹庄备全诗话》)卷十七、祝穆《事文类聚》别集卷二十五等;周紫芝《太仓稊米集》卷六十七《书沧海遗珠后》引作:"临分只待酒初酣,画舸亭亭系碧潭,不管波涛

与风雨"云云。也有人说是孙冕或张耒所作,不是郑文宝的手笔。题目是从《竹庄诗话》来的,"系"字的意思里就包涵着杨柳;古代有折柳赠别的风俗,所以刘禹锡《杨柳枝词》九首其八说:"长安陌上无穷树,唯有垂杨绾别离。"诗里所说的那条油漆得花花绿绿的船,正拴在河边杨柳树上。

〔2〕一作"寒"。

〔3〕一作"只向"。

〔4〕这首诗很像唐朝韦庄的《古离别》:"晴烟漠漠柳毵毵,不那离情酒半酣。更把玉鞭云外指,断肠春色在江南。"但是第三第四句那种写法,比韦庄的后半首新鲜深细得多了,后来许多作家都仿效它。周邦彦甚至把这首诗整篇改写为《尉迟杯》词:"无情画舸、都不管、烟波隔前浦,等行人醉拥重衾,载将离恨归去。"(《清真词》卷下)石孝友《玉楼春》词把船变为马:"春愁离恨重于山,不信马儿驼得动。"(《全宋词》卷一百八十)王实甫《西厢记》里把船变成车,第四本第一折:"试着那司天台打算半年愁,端的是太平车约有十馀载。"第三折:"遍人间烦恼填胸臆,量这些大小车儿如何载得起!"陆娟《送人还新安》又把愁和恨变成"春色":"万点落花舟一叶,载将春色到江南。"(钱谦益《列朝诗集传》闰四,陈田《明诗纪事》乙签卷十三作吴镇诗)

王禹偁

王禹偁(954—1001)字元之,巨野人,有《小畜集》。北宋初年的诗歌大多是轻佻浮华,缺乏人民性,王禹偁极力要挽回这种风气。他提倡杜甫和白居易的诗,在北宋三位师法白居易的名诗人里——其他两人是苏轼和张耒——他是最早的,也是受影响最深的。他对杜甫的评论也很值得注意。以前推崇杜甫的人都说他能够"集大成",综合了过去作家的各种长处,例如元稹《故工部员外郎杜君墓系铭》说:"小大之有所总萃","尽得古今之体势"〔1〕;王禹偁注重杜甫"推陈出新"这一点,在《日长简仲咸》那首诗里,用了在当时算得很创辟的语言来歌颂杜甫开辟了诗的领域:"子美集开诗世界"〔2〕。

〔1〕《元氏长庆集》卷五十六。
〔2〕《小畜集》卷九。

对雪

帝乡[1]岁云暮,衡门[2]昼长闭。五日免常参[3],三馆[4]无公事。读书夜卧迟,多成日高睡。睡起毛骨寒,窗牖琼花坠。披衣出户看,飘飘满天地。岂敢患贫居,聊将贺丰岁。月俸虽无馀,晨炊且相继。薪刍未缺供,酒肴亦能备。数杯奉亲老,一酣均兄弟。妻子不饥寒,相聚歌时瑞〔5〕。因思河朔民,输挽供边鄙〔6〕:车重数十斛,路遥数百里,羸蹄冻不行,死辙冰难曳,夜来何处宿,阒寂荒陂里。又思边塞兵,荷戈御胡骑:城上卓旌旗,楼中望烽燧,弓劲添气力,甲寒侵骨髓,今日何处行,牢落穷沙际。自念亦何人,偷安得如是! 深为苍生蠹,仍尸谏官位〔7〕。謇谔〔8〕无一言,岂得为直士? 褒贬无一词,岂得为良史? 不耕一亩田,不持一只矢;多惭富人〔9〕术,且乏安边议。空作对雪吟,勤勤谢知己〔10〕。

〔1〕指北宋京都汴梁。

〔2〕"横木为门";引申为简陋的住宅。

〔3〕皇帝每五天坐一次朝,臣子上朝拜见,这是汉代传下来的规矩。"免常参"就是豁免他五天一上朝的照例礼节。

〔4〕指昭文、国史、集贤三馆。此诗约作于宋太宗赵光义端拱一年(公元988年),那时候王禹偁的官职是"右拾遗直史馆"。"右拾遗"是"谏官",有批评和劝告皇帝的责任,所以这首诗后面说:"仍尸谏官位";"直史馆"是"史官",应该把皇帝的言行和国家的事故作真实的、毫无掩饰的记载,所以这首诗后面说:"岂得为良史?"

〔5〕古人称冬雪为"瑞雪"。

〔6〕"河朔"就是黄河以北。那时候宋跟契丹(自公元1066年起又改称辽)正打仗,王禹偁也向宋太宗献了《御戎十策》。北宋时抽民丁运输军粮的情况,李复《兵馈行》写得最详细,可以参看:"人负六斗兼蓑笠,米供两兵更自食;高卑日概给二升,六斗才可供十日。……运粮恐惧乏军兴,再符差点催馈军。比户追索丁口绝,县官不敢言无人;尽将妇妻作男子,数少更及羸老身。"(《潏水集》卷十一)

〔7〕有了"谏官"的职位而不尽"谏官"的责任。

〔8〕不留情面的直说。

〔9〕等于"富民",富国裕民的意思。

〔10〕等于"谢知己(之)勤勤"——对不住好朋友们热忱的期望。王禹偁虽然这样批评自己,但据当时各种记载和他自己的作品看来,他是个有胆量说话的人。

寒食[1]

今年寒食在商山[2],山里风光亦可怜[3]:稚子就花拈蛱蝶,人家依树系秋千;郊原晓绿初经雨,巷陌春阴乍禁烟。副使官闲莫惆怅,酒钱犹有撰碑钱[4]。

〔1〕清明前二日。古代风俗,这几天不举火,只吃冷东西,就是这首诗第六句所谓"禁烟"。

〔2〕陕西商县。淳化二年(公元991年),王禹偁得罪了宋太宗,被贬为商州团练副使,从此就常有忆恋首都汴梁的诗。这一首大约是淳化三年的作品;"今年寒食在商山"透露出他去年的寒食节还是在汴梁过的。自唐至宋,寒食清明是游玩宴会的好日子,宋代思想家邵雍的《春游五首》诗其四第一句就说"人间佳节唯寒食"(《伊川击壤集》卷二)。北宋时汴梁在这几天的热闹情景,我们只要看柳永《乐章集》里咏清明的两首《木兰花慢》词和孟元老《东京梦华录》卷七的记载,就可以想象;中国艺术史上场面最巨大的一幅人物画、张择端《清明上河图》——画里有到一千六百四十三个人和二百零八头动物(据斋藤正谦《拙堂文话》

卷八所引统计)——正是描写北宋汴梁的这种盛况。王禹偁诗里写"今年"在商州度寒食节的清静,意思说往年在汴梁不是这样的。

〔3〕可爱,不是可鄙。(汪师韩《诗学纂闻》"可怜有二义"条)王禹偁有首诗,《小畜集》里没有收,是把唐人的旧诗改头换面,写他贬官在外的心情:"忆昔西都看牡丹,稍无颜色便心阑;而今寂寞山城里,鼓子花开亦喜欢。"(吴曾《能改斋漫录》卷十一)"亦可怜"就是"亦喜欢"。

〔4〕替人家作了碑记、墓志铭等文章的稿费,当时所谓"润笔"。

村行

马穿山径菊初黄,信马悠悠野兴长。万壑有声含晚籁,数峰无语立斜阳[1]。棠梨叶落胭脂色,荞麦花开白雪香。何事吟馀忽惆怅?村桥原树似吾乡!

〔1〕按逻辑说来,"反"包含先有"正",否定命题总预先假设着肯定命题。王夫之《思问录·内篇》所谓:"言'无'者,激于言'有'者而破除之也。"诗人常常运用这个道理。山峰本来是不能语而"无语"的,王禹偁说它们"无语",或如龚自珍《己亥杂诗》说"送我摇鞭竟东去,此山不语看中原",并不违反事实;但是同时也仿佛表示它们原先能语、有语、欲语而此刻忽然"无语"。这样,"数峰无语"、"此山不语"才不是一句不消说得的废话。(参看司空图《诗品》:"落花无言",或徐寅《再幸华清赋》:"落花流水无言而但送年",都是采用李白《溧阳濑水贞孝女碑铭》:"春风三十,花落无言。")改用正面的说法,例如"数峰毕静",就减削了意味,除非那种正面字眼强烈暗示山峰也有生命或心灵,像李商隐《楚宫》:"暮雨自归山悄悄。"有人说,秦观《满庭芳》词:"凭阑久,疏烟淡日,

寂寞下芜城"比不上张升《离亭燕》词:"怅望倚层楼,寒日无言西下"(《历代词人考略》卷八),也许正是这个缘故。

寇 准

寇准(961—1023)字平仲,下邽人,有《寇忠愍公诗集》。同时人范雍为他的诗集作序,说他"平昔酷爱王右丞韦苏州诗";他的名作《春日登楼怀归》里传诵的"野水无人渡,孤舟尽日横",也只是把韦应物《滁州西涧》的"野渡无人舟自横"一句扩大为一联。他的七言绝诗比较不依傍前人,最有韵味。

书河上亭壁[1]

岸阔樯稀波渺茫,独凭危槛思何长。萧萧远树疏林外,一半秋山带夕阳。

[1] 共有四首,分咏四季景物,这一首写的是秋景。

夏日

离心杳杳思迟迟,深院无人柳自垂。日暮长廊闻燕语,轻寒微雨麦秋[1]时。

〔1〕初夏,正是麦熟的时候;秋天,是谷物收成的季节,因此古人引申称初夏为"麦秋"。

林　逋

　　林逋(967—1028)字君复,钱塘人,有《林和靖先生诗集》。那时候有一群山林诗人,有的出家做和尚——例如所谓"九僧",有的隐居做处士——例如林逋、魏野、曹汝弼等。他们的风格多少相像,都流露出晚唐诗人贾岛、姚合的影响。林逋算得这里面突出的作者,用一种细碎小巧的笔法来写清苦而又幽静的隐居生涯。他住在西湖的孤山,歌咏西湖风景的诗很多,也是他比较好的作品。

孤山寺端上人[1]房写望

底处[2]凭阑思眇然？孤山塔后阁西偏。阴沉画轴林间寺,零落棋枰葑上田[3];秋景有时飞独鸟,夕阳无事起寒烟[4]。迟留更爱吾庐近,只待重来看雪天。

〔1〕和尚的尊称。
〔2〕何处。
〔3〕葑就是菰米的根,"葑上田"又称"架田"——把木框子浮在水面,架子上安着葑泥,"动辄数十丈,厚亦数尺……如木筏然,可撑以往来"(胡仔《苕溪渔隐丛话》前集卷二十七引《蔡宽夫诗话》)。范成大《晚春田园杂兴》第七首的"小舟撑取葑田归"(《石湖诗集》卷二十七),

可以帮助我们了解第四句的景象。这一联写暮色昏黄的时候,阴森森的树林里隐约有几所寺院,黯淡得像一幅退了颜色的画,而一块块架田又像棋盘上割了来的方格子,零星在水面飘荡。从林逋这首诗以后,这两个比喻——尤其是后面一个——就常在诗里出现。滕岑《游西湖》:"何人为展古画幅,尘暗缣绡浓淡间"(《永乐大典》卷二千二百六十四"湖"字部引),程孟阳《闻等慈师在拂水有寄》:"古寺正如昏壁画"(《松圆浪淘集》卷十五),黄庭坚《题安福李令朝华亭》:"田似围棋据一枰",又《次韵知命入青原山口》:"稻田棋局方",文同《闲居院上方晚景》:"秋田沟垅如棋局"(《丹渊集》卷八),金君卿《同陈郎中游南塘》:"千顷芋畦楸罫局"(《金氏文集》卷上),杨万里《晚望》:"天置楸枰作稻畦"(《诚斋集》卷十二),杨慎《出郊》:"平田如棋局"(《升庵全集》卷三十三)等等。其实韩愈《和刘使君三堂二十一咏》里的《稻畦》诗早说:"罫布畦堪数",可是句子不醒豁,所以这个比喻也就没有引起林逋以前诗人的注意。

〔4〕意思说寒烟之外什么都没有。

晏　殊

　　晏殊(991—1055)字同叔,临川人。他的门生说:"晏相国,今世之工为诗者也。末年见编集者乃过万篇,唐人以来所未有"[1]。假如这句话没有夸张,那末晏殊作品之多,超过"六十年间万首诗"的陆游[2]。这一万多篇诗,跟五代时王仁裕《西江集》的万馀首诗一样[3],散失没有流传。到清初才有人搜辑《元献遗文》一卷,后来又有人作《补编》和《增辑》,当然还可以添补些,可是总寥寥无几。

　　据说他爱读韦应物诗,赞它"全没些儿脂腻气"[4]。但是从他现存的作品看来,他主要还是受了李商隐的影响[5]。也许因为他反对"脂腻",所以他跟当时师法李商隐的西昆体作者以及宋庠、宋祁、胡宿等人不同,比较活泼轻快,不像他们那样浓得化不开,窒塞闷气。他也有时把古典成语割裂简省得牵强不通,例如《赋得秋雨》的"楚梦先知薢叶凉"把楚怀王梦见巫山神女那件事缩成"楚梦"两个字,比李商隐《圣女祠》的"肠回楚国梦"更加生硬,不过还不至于像胡宿把老子讲过"如登春台"那件事缩成"老台"[6]。这种修词是唐人类书《初学记》滋长的习气[7],而更是摹仿李商隐的流弊[8]。文艺里的摹仿总把所摹仿的作家的短处缺点也学来,就像传说里的那个女人裁裤子:她把旧裤子拿来做榜样,看见旧裤子扯破了一块,忙也照式照样在新裤子上剪个窟窿[9]。

　　[1] 宋祁《笔记》卷上。

〔2〕见《剑南诗稿》卷四十九《小饮梅花下作》。

〔3〕《旧五代史》卷一百二十八、《新五代史》卷五十七、曾慥《类说》卷二十六载《后史补》。

〔4〕吴处厚《青箱杂记》卷五。

〔5〕参看方回《瀛奎律髓》卷十、卷十七。

〔6〕参看卢文弨《龙城札记》卷二指摘胡宿诗里的这类词句。

〔7〕参看李济翁《资暇集》卷上批评《初学记》把魏武帝曹操做过"乌鹊南飞"一句诗那件事缩成"魏鹊"。

〔8〕例如李商隐《喜雪》的"曹衣"、《自桂林奉使江陵途中感怀》的"楚醪"等。

〔9〕《韩非子》第三十二《外储说左》上。

无题[1]

油壁香车[2]不再逢,峡云无迹任西东[3]。梨花院落溶溶月,柳絮池塘淡淡风。几日寂寥伤酒后,一番萧瑟禁烟[4]中。鱼书[5]欲寄何由达,水远山长处处同[6]。

〔1〕一作《寓意》。

〔2〕油漆涂饰的车子。

〔3〕"峡"指巫峡,自从宋玉《高唐赋》以后,在古代诗文里变成情人欢聚的代替词。这句说情人分散,不知下落。

〔4〕见前王禹偁《寒食》注〔1〕。

〔5〕信札。古诗《饮马长城窟行》:"客从远方来,遗我双鲤鱼;呼儿

烹鲤鱼,中有尺素书。"诗词里常把"鲤鱼"作为书信的代替词。

〔6〕晏殊有首《鹊踏枝》词也说:"欲寄彩笺兼尺素,山长水阔知何处!"

梅尧臣

梅尧臣(1002—1060)字圣俞,宣城人,有《宛陵先生集》。王禹偁没有发生多少作用;西昆体起来了,愈加脱离现实,注重形式,讲究华丽的词藻。梅尧臣反对这种意义空洞语言晦涩的诗体,主张"平淡"[1],在当时有极高的声望,起极大的影响。他对人民疾苦体会很深,用的字句也颇朴素,看来古诗从韩愈、孟郊、还有卢仝那里学了些手法,五言律诗受了王维、孟浩然的启发。不过他"平"得常常没有劲,"淡"得往往没有味。他要矫正华而不实、大而无当的习气,就每每一本正经的用些笨重干燥不很像诗的词句来写琐碎丑恶不大入诗的事物,例如聚餐后害霍乱、上茅房看见粪蛆、喝了茶肚子里打咕噜之类[2]。可以说是从坑里跳出来,不小心又恰恰掉在井里去了。再举一个例。自从《诗经·邶风》里《终风》的"愿言则嚏",打嚏喷也算是入诗的事物了,尤其因为郑玄在笺注里采取了民间的传说,把这个冷热不调的生理反应说成离别相思的心理感应[3]。诗人也有写自己打嚏喷因而说人家在想念的[4],也有写自己不打嚏喷因而怨人家不想念的[5]。梅尧臣在诗里就写自己出外思家,希望他那位少年美貌的夫人在闺中因此大打嚏喷:"我今斋寝泰坛下,侘傺愿嚏朱颜妻。"[6]这也许是有意要避免沈约《六忆诗》里"笑时应无比,嚏时更可怜"那类套语,但是"朱颜"和"嚏"这两个形像配合一起,无意中变为滑稽,冲散了抒情诗的气味;"愿言则嚏"这个传说在元曲里成为插科打诨的材料[7],有它的道理。这类不自觉的滑稽正是梅尧臣改革诗体所付的一部分代价。

〔1〕《宛陵先生集》卷二十八《依韵和晏相公》、卷四十六《读邵不疑诗卷》、卷六十《林和靖先生诗集序》。

〔2〕《宛陵先生集》卷二十三《四月二十八日记与王正仲及舍弟饮》、卷三十《扪虱得蚤》、卷三十六《八月九日晨兴如厕有鸦啄蛆》、卷五十六《次韵和永叔尝新茶》杂言等等，参看贺裳《载酒园诗话》卷一"咏物"条又卷五。

〔3〕参看洪迈《容斋随笔》卷四。

〔4〕例如苏轼《元日过丹阳》："白发苍颜谁肯记，晓来频嚏为何人？"又黄庭坚《薛乐道自南阳来入都留宿会饮》："举觞遥酌我，发嚏知见颂。"

〔5〕例如辛弃疾《〈稼轩词〉补遗》里《谒金门·和陈提干》："因甚无个'阿鹊'地，没工夫说里。"

〔6〕《宛陵先生集》卷十三《愿嚏》。参看萧东夫《齐天乐》："甚怕见灯昏，梦游间阻，怨煞娇痴，绿窗还嚏否？"（《草堂诗馀》卷中）《牡丹亭》第二十六出《玩真》柳梦梅所谓"叫的你喷嚏似天花唾"，正是这个意思。

〔7〕例如杨文奎《儿女团圆》第二折"王兽医上，打哕科"；《李逵负荆》第三折、《看钱奴》第三折、《货郎旦》第四折等都有这个打诨。

田家

南山尝种豆，碎荚落风雨[1]；空收一束萁[2]，无物充煎釜[3]。

〔1〕豆荚给风吹雨打得都零落了。

〔2〕豆茎。

〔3〕这首诗借用两个古人的名句:汉代杨恽《报孙会宗书》的"田彼南山,芜秽不治;种一顷豆,落而为萁!"和三国时曹植《七步诗》的"萁向釜下燃,豆在釜中泣;本自同根生,相煎何太急!"杨恽是讽刺朝廷混乱,曹植是比喻兄弟残杀,梅尧臣把他们的话合在一起来写农民的贫困,仿佛移花接木似的,产生了一个新的形象。意思说:农民虽然还有豆萁可烧,却没有豆子可煮,锅里空空的,连"煮豆燃萁"都不可能了。

陶者

陶尽门前土,屋上无片瓦;十指不沾泥,鳞鳞居大厦〔1〕。

〔1〕这是写劳动人民辛苦产生的果实,全给剥削者掠夺去享受。汉代刘安《淮南子》卷十七《说林训》里有几句类似谚语的话讲到这种不合理的现象,也提及梅尧臣诗里所说的烧瓦工人:"屠者藿羹,车者步行,陶人用缺盆,匠人处狭庐——为者不得用,用者不肯为。"可是这几句只是轻描淡写,没有把"为者"和"用者"双方苦乐不均的情形对照起来,不像后来唐代一句谚语那样衬托得鲜明:"赤脚人趁兔,着靴人吃肉。"(普济《五灯会元》卷十一延沼语录,《全唐诗》第十二函第八册"语"类。)唐诗里像孟郊《织妇词》的"如何织纨素,自着蓝缕衣!"郑谷《偶书》的"不会苍苍主何事,忍饥多是力耕人!"于濆《辛苦吟》的"垅上扶犁儿,手种腹长饥;窗下掷梭女,手织身无衣;"和杜荀鹤《蚕妇》的"年年道我蚕辛苦,底事浑身着苎麻?"也都表示对这种现象的愤慨。梅尧臣这首诗用唐

代那句谚语的对照方法,不加论断,简辣深刻;同时人张俞的《蚕妇》:"昨日到城郭,归来泪满巾;遍身罗绮者,非是养蚕人。"(吕祖谦《皇朝文鉴》卷二十六)虽然落在孟郊、杜荀鹤等的范围里,也可以参看。罗隐《蜂》:"采得百花成蜜后,为谁辛苦为谁甜?"正是同样的用意而采取了比喻的写法。

田家语

　　庚辰诏书:凡民三丁籍一,立校与长,号"弓箭手",用备不虞[1]。主司欲以多媚上,急责郡吏;郡吏畏,不敢辨,遂以属县令。互搜民口,虽老幼不得免。上下愁怨,天雨淫淫[2],岂助圣上抚育之意耶?因录田家之言,次为文,以俟采诗者云[3]。

谁道田家乐?春税秋未足!里胥扣我门,日夕苦煎促。盛夏流潦多,白水高于屋。水既害我菽,蝗又食我粟。前月诏书来,生齿复板录[4];三丁籍一壮,恶使操弓韣[5]。州符[6]今又严,老吏持鞭朴;搜索稚与艾,唯存跛无目[7]。田间敢怨嗟[8],父子各悲哭。南亩焉可事?买箭卖牛犊[9]。愁气变久雨,铛缶空无粥。盲跛不能耕,死亡在迟速[10]。我闻诚所渐,徒尔叨君禄;却咏《归去来》,刈薪向深谷[11]。

　　[1] "庚辰"是宋仁宗赵祯康定元年,那年西夏出兵攻宋。宋代兵

制,正规军队之外,还有"乡兵"或称"弓箭手"、或称"弩手"、或称"枪手"等等;就当地人口每户二丁三丁抽一,四丁五丁抽二,六丁七丁抽三,八丁以上抽四,"团结训练,以为防守"(《宋史》卷一百九十)。"籍"是把名字登记在兵士"花名册"上。

〔2〕中国古代流行"天人感应"那种说法,以为人事处置不当,就会引起天灾;诗里"愁气变久雨"也是这个意思。

〔3〕相传周代有"行人"这种官,负责搜集民间的诗歌,好让"天子"知道些人民的舆论和生活。白居易《新乐府》第五十首说:"采诗官,采诗听歌导人言;言者无罪闻者诫,下流上通上下泰。周灭秦兴至隋氏,十代采诗官不置。"宋代的学者甚至认为"采诗官不置"是秦亡的原因。(郑樵《夹漈遗稿》卷二《论秦以诗废而亡》)宋代当然也没有设立"采诗官",梅尧臣的意思不过说希望他这首诗能够使下情上达。"次"是"编排"。

〔4〕"生齿"就是人口;"板"通"版",就是登记。

〔5〕"恶"就是"凶狠";"韣"音"独",又音"蜀",弓的套子。

〔6〕"符"指命令或公文。"州"指那时候所谓"府",就是序里的"郡"。

〔7〕老的小的都抽去了,只留下些瘸子和瞎子。

〔8〕"敢"等于"不敢"或"何敢"。在汉代作品里往往"如"等于"不如","敢"等于"不敢"(顾炎武《日知录》卷三十二"语急"条);宋人常模仿这种语法,所以南宋的任渊、刘辰翁等人在注或评王安石、陈师道等诗集时,把"堪"解释为"不堪","得知"解释为"不得知"。

〔9〕这是反用汉代龚遂教百姓"卖剑买牛,卖刀买犊"的故事。

〔10〕早晚就要死。

〔11〕据跟这首诗同时作的《汝坟贫女》来推测,这时候梅尧臣做河南襄城县令,所以说"叨君禄";"却咏《归去来》"借用陶潜《归去来词》。

汝坟[1]贫女

> 时再点弓手,老幼俱集。大雨甚寒,道死者百馀人;自壤河至昆阳老牛陂,僵尸相继。

汝坟贫家女,行哭音凄怆。自言有老父,孤独无丁壮。郡吏来何暴,县官不敢抗。督遣勿稽留,龙钟去携杖。勤勤嘱四邻,幸愿相依傍[2]。适闻闾里归,问讯疑犹强[3]。果然寒雨中,僵死壤河上。弱质无以托,横尸无以葬;生女不如男,虽存何所当!拊膺呼苍天,生死将奈向[4]?

〔1〕河南汝河河边。"汝坟"原是《诗经》的《国风·周南》里一首诗题;那首诗是妇女的口气,说道:"鲂鱼赪尾,王室如毁;虽则如毁,父母孔迩。"梅尧臣这首诗也记载妇女的哀怨,进一层说私家也"毁"了,连父亲都磨折死了,自己没依没靠的了。

〔2〕这一句是女孩子嘱托街坊的话。老头子逼得没路走,只好拄着拐棍去充乡兵,邻居也有人一同抽点去的,女孩子就恳求他们照顾她爸爸。

〔3〕以为他还能勉强支持,便去打听消息。

〔4〕活下去呢?还是一死完事呢?"奈"就是"何"。梅尧臣同时人的记载可以跟这两首诗印证的,是司马光的《论义勇六劄子》。(《温国文正司马公文集》卷三十一至卷三十二)《第一劄子》说:"康定庆历之际,赵元昊叛乱……国家乏少正兵,遂籍陕西之民,三丁之内选一丁以为

乡弓手……闾里之间,惶扰愁怨……骨肉流离,田园荡尽";《第五劄子》说抽去当弓箭手的人,脸上或手上都刺了字,还得缴纳军粮,"是一家而给二家之事"。

鲁山[1]山行

适与野情惬[2],千山高复低。好峰随处改,幽径独行迷。霜落熊升树,林空鹿饮溪。人家在何许?云外一声鸡。

〔1〕一名露山,在河南鲁山县东北。
〔2〕恰恰配合我爱好天然风物的脾气。

东溪[1]

行到东溪看水时,坐临孤屿发船迟。野凫眠岸有闲意,老树着花无丑枝。短短蒲茸齐似剪,平平沙石净于筛。情虽不厌住不得,薄暮归来车马疲。

〔1〕一名宛溪,在梅尧臣故乡宣城。

考试毕登铨楼[1]

春云浓淡日微光,双阙重门耸建章[2]。不上楼来知[3]几日,满城无算[4]柳梢黄。

　　[1] 这首是《宛陵先生集》里遗漏的诗,误收入"四库全书馆"辑本刘攽《彭城集》卷十八,现在根据北宋晁说之《晁氏客语》和南宋无名氏《爱日斋丛钞》卷三订正。梅尧臣是嘉祐二年(公元1057年)春天进士考试的"小试官"(欧阳修《归田录》卷二);《宛陵先生集》所收这时期的诗里有《上元从主人登尚书省东楼》一首,大约就指这里所谓"铨楼","铨"是考选的意思。
　　[2] 借用汉武帝的宫名来指当时汴梁的宫殿。
　　[3] 一作"今"。
　　[4] 一作"多少"。

欧阳修

欧阳修(1007—1072)字永叔,自号醉翁,又号六一居士,庐陵人,有《文忠集》。他是当时公认的文坛领袖,有宋以来第一个在散文、诗、词各方面都成就卓著的作家。梅尧臣和苏舜钦对他起了启蒙的作用,可是他对语言的把握,对字句和音节的感性,都在他们之上。他深受李白和韩愈的影响,要想一方面保存唐人定下来的形式,一方面使这些形式具有弹性,可以比较的畅所欲言而不致于削足适履似的牺牲了内容,希望诗歌不丧失整齐的体裁而能接近散文那样的流动萧洒的风格。在"以文为诗"这一点上,他为王安石、苏轼等人奠了基础,同时也替道学家像邵雍、徐积之流开了个端;这些道学家常要用诗体来讲哲学、史学以至天文、水利,更觉得内容受了诗律的限制,就进一步的散文化,写出来的不是摆脱了形式整齐的束缚的诗歌,而是还未摆脱押韵的牵累的散文,例如徐积那首近两千字的《大河》诗[1]。

南宋有个裴及卿,为欧阳修的诗歌作了注解[2],似乎当时就没有流传。

〔1〕《徐节孝先生文集》卷一。
〔2〕魏了翁《鹤山大全集》卷五十四《裴梦得注欧阳公诗集序》。

晚泊岳阳

卧闻岳阳城里钟,系舟岳阳城下树。正见空江明月来,云水苍茫失江路。夜深江月弄清辉,水上人歌月下归;一阕声长听不尽,轻舟短楫去如飞。

戏答元珍[1]

春风疑不到天涯,二月山城未见花。残雪压枝犹有橘,冻雷惊笋欲抽芽[2]。夜闻归雁生乡思,病入新年感物华[3]。曾是洛阳花下客[4],野芳虽晚不须嗟[5]。

〔1〕一作《花时久雨之什》。这是欧阳修被贬为湖北峡州夷陵县令时候的诗;丁宝臣字元珍,正做峡州判官。欧阳修很得意这首诗;他还有几首极自负的作品,这里都没有选,洪亮吉《北江诗话》卷二很中肯地说:"欧公善诗而不善评诗……自诩《庐山高》,在公集中,亦属中下。"(参看王世贞《弇州山人四部稿》卷一百三十六《跋〈庐山高〉》、卷一百四十七《艺苑卮言》卷四,姚范《援鹑堂笔记》卷四十)

〔2〕参看欧阳修《居士集》卷三十九《夷陵县至喜堂记》:"风俗朴野……有橘柚茶笋四时之味,江山美秀。"

〔3〕一作"鸟声渐变知芳节,人意无聊感物华"。

〔4〕欧阳修做过洛阳留守推官。北宋时洛阳的花园最盛,"洛阳花

福"列在当时所谓"天下九福"里(陶榖《清异录》卷一,参看太平老人《袖中锦》里"天下第一"、"古所不及"、"四妖"三条);所以邵雍《春游》诗说:"天下名园重洛阳。"李清照的父亲李格非有一篇《洛阳名园记》也叙述北宋时洛阳的十九个花园。洛阳的牡丹尤其著名,欧阳修就写过《洛阳牡丹记》和《洛阳牡丹图》诗。

〔5〕参看王禹偁《寒食》注〔3〕。

啼鸟〔1〕

穷山候至阳气生,百物如与时节争。官居荒凉草树密,撩乱红〔2〕紫开繁英。花深叶暗耀朝日,日〔3〕暖众鸟皆嘤鸣。鸟言我岂解尔意,绵蛮但爱声可听:南窗睡多春正美,百舌未晓催天明;黄鹂颜色已可爱,舌端哑咤如娇婴〔4〕;竹林静啼〔5〕青竹笋〔6〕,深处不见惟闻声;陂田绕郭白水满,戴胜谷谷催春耕;谁谓鸣鸠拙无用,雄雌各自知阴晴〔7〕;雨声萧萧泥滑滑,草深苔绿无人行;独有花上提葫芦,劝我沽酒花前倾。其馀百种各嘲哳,异乡殊俗难知名。我遭谗口身落此〔8〕,每闻巧舌宜可憎。春到山城苦寂寞,把盏常恨无娉婷。花开鸟语辄自醉,醉与花鸟为交〔9〕朋。花能嫣然顾我笑,鸟劝我饮非无情。身闲酒美惜光景,惟恐鸟散花飘零。可笑灵均楚泽畔,离骚憔悴愁独醒〔10〕。

〔1〕这首是在滁州做的。
〔2〕"撩乱红"一作"乱红殷"。

〔3〕"日"一作"一"。

〔4〕苏舜钦《苏学士文集》卷八《雨中闻莺》诗也说："娇骇人家小女儿,半啼半语隔花枝。"

〔5〕"静啼"一作"啼尽"。

〔6〕"青竹笋"以及下面的"戴胜"、"泥滑滑"、"提葫芦"都是鸟名。

〔7〕鸠不会营巢,一名"拙鸟";古代谚语说:"天欲雨,鸠逐妇;天既雨,鸠呼妇。"

〔8〕《居士集》目录以此诗编在庆历六年。庆历五年欧阳修因甥女张氏暧昧之事,被人诬告,他出知滁州。"谗口"就指捕风捉影攻击他的政敌。

〔9〕"交"一作"友"。

〔10〕"灵均"就是屈原。《楚词·渔父》篇里说:"屈原既放……行吟泽畔,颜色憔悴……曰:'举世皆浊而我独清,众人皆醉而我独醒,是以见放。'"欧阳修借用这句比喻,作为喝酒的藉口而寄托自己的牢骚。

春日西湖寄谢法曹歌[1]

西湖春色归,春水绿于染。群芳烂不收,东风落如糁。西湖者,许昌胜地也。参军春思乱如云,白发题诗愁送春;谢君有"多情未老已白发,野思到春如乱云"之句。遥知湖上一樽酒,能忆天涯万里人。万里思春尚有情,忽逢春至客心惊;雪消门外千山绿,花发江边二月晴。少年把酒逢春色,今日逢春头已白。异乡物态与人殊,惟有东风旧相识。

〔1〕谢伯初字景山,那时候做河南许州法曹。据欧阳修《诗话》,这也是在夷陵时的诗:谢伯初寄诗安慰他的贬官,因此有这首回答。欧阳修在宋仁宗景祐四年(公元1037年)三月到许州去续娶,这首诗是二月里做的,所以开首写的西湖春色都是设想或传闻之词。

别滁[1]

花光浓烂柳轻明,酌酒花前送我行。我亦且[2]如常日醉,莫教弦管作离声[3]。

〔1〕欧阳修离开滁州太守任的诗。
〔2〕一作"秖"。
〔3〕黄庭坚《夜发分宁寄杜涧叟》:"我自只如常日醉,满川风月替人愁",正从这首诗来。欧阳修这两句可以说是唐人张谓《送卢举使河源》里"长路关山何日尽,满堂丝管为君愁";武元衡《酬裴起居》:"况是池塘风雨夜,不堪弦管尽离声";白居易《及第后归觐》:"轩车动行色,丝管举离声"等等的翻案。

奉使道中作[1]

客梦方在家,角声已催晓;匆匆行人起,共怨角声早。马蹄终日践冰霜,未到思回空断肠。少贪梦里还家乐,早起前山[2]路正长。

〔1〕至和二年(公元1055年)冬天,宋仁宗派欧阳修到契丹国去贺新君登位。

〔2〕"前山"一作"山前"。

苏舜钦

苏舜钦(1008—1048)字子美,开封人,有《苏学士文集》。他跟梅尧臣齐名,创作的目标也大致相同。他的观察力虽没有梅尧臣那样细密,情感比较激昂,语言比较畅达,只是修词上也常犯粗糙生硬的毛病。陆游诗的一个主题——愤慨国势削弱、异族侵凌而愿意"破敌立功"那种英雄抱负——在宋诗里恐怕最早见于苏舜钦的作品,这是值得提起的一点,虽然这里没有选他那些诗。

城南感怀呈永叔[1]

春阳泛野动,春阴与天低;远林气蔼蔼,长道风依依。览物虽暂适,感怀翻然移。所见既可骇,所闻良可悲。去年水后旱,田亩不及犁。冬温晚得雪,宿麦生者稀。前去[2]固无望,即日已苦饥。老稚满田野,斸掘寻凫茈[3]。此物近亦尽,卷耳[4]共所资:昔云能驱风[5],充腹理不疑;今乃有毒厉,肠胃生疮痍。十有七八死,当路横其尸;犬豗咋其骨,乌鸢啄其皮。胡为残良民,令此鸟兽肥?天岂意如此?泱荡莫可知[6]!高位厌粱肉,坐论搀云霓[7];岂无富人术,使之长熙熙?我今饥伶俜,悯此复自思:自济既不暇,将复奈尔为!愁愤徒满胸,嵘峍不能齐[8]。

〔1〕欧阳修字永叔。
〔2〕将来或前途。
〔3〕莘莘。"苤"原作"芘",疑是误字。
〔4〕一种菊科植物,嫩叶可以吃。《诗经》的《国风·周南》里就有一首讲起采卷耳的诗。
〔5〕头眩或四肢麻木。
〔6〕等于说"莫测高深"。"泱"原作"决",疑是误字。
〔7〕"厌"通"餍","搎"就是"剌"。那些大官吃饱了好饭,安坐着发些不切实际的空谈、钻到九霄云外去的高论。白居易《秦中吟》里《江南旱》一首只写那些"大夫""将军"之类"食饱心自若,酒酣气益振",没写到这种饱食终日、清谈误国的现象。
〔8〕心里的愁愤不平,仿佛高山峻岭。"屹"通"嶷"。隋僧真观《愁赋》:"譬山岳之穹窿,类沧溟之滉瀁"(《全隋文》卷三十四),把山和水来比愁;后世咏愁思的常把水来比忧愁的绵延深阔,山的比喻较少,苏舜钦这两句可以跟杜甫《自京赴奉先县咏怀》的"忧端齐终南,澒洞不可掇"参看。

夏意

别院深深夏簟清,石榴开遍透帘明。树阴满地日当午,梦觉流莺时一声。

淮中晚泊犊头

春阴垂野草青青,时有幽花一树明。晚泊孤舟古祠下,满川风雨看潮生。

初晴游沧浪亭[1]

夜雨连明春水生,娇云浓暖弄微晴。帘虚日薄花竹静,时有乳鸠相对鸣。

〔1〕苏舜钦因事革职为民,住在苏州,造了这个亭子。

暑中闲咏

嘉果浮沉酒半醺,床头书册乱纷纷。北轩凉吹开疏竹,卧看青天行白云。

柳 永

柳永(生年死年不详)原名三变,字耆卿,崇安人。他是词的大作家,只留下来两三首诗,散在宋人笔记和地方志书里。相传他是个风流浪子,罗烨《醉翁谈录》丙集卷二的《花衢实录》、《清平山堂话本》里的《玩江楼记》、关汉卿的《谢天香》等都以他为题材。他在词集《乐章集》里常常歌咏当时寻欢行乐的豪华盛况,因此宋人有句话,说宋仁宗在位四十二年的太平景象,全写在柳永的词里[1]。但是这里选的一首诗就表示《乐章集》并不能概括柳永的全貌,也够使我们对他的性格和对宋仁宗的太平盛世都另眼相看了。柳永这一首跟王冕的《伤亭户》[2]可以算宋元两代里写盐民生活最痛切的两首诗;以前唐代柳宗元的名作《晋问》里也有描写盐池的一段,刻划得很精致,可是只笼统说"未为民利"[3],没有把盐民的痛苦具体写出来。

〔1〕祝穆《方舆胜览》卷十一。
〔2〕《竹斋诗集》卷一。
〔3〕《唐柳先生文集》卷十五。

煮 海 歌[1]

煮海之民何所营?妇无蚕织夫无耕。衣食之源太寥落,牢盆煮就汝输征[2]。年年春夏潮盈浦[3],潮退刮泥成岛屿;风干日曝盐味加[4],始灌潮波瑠[5]成卤。卤浓盐淡未得间[6],采樵深入无穷山;豹踪虎迹不敢避,朝阳出去夕阳还。船载肩擎未遑歇,投入巨灶炎炎热;晨烧暮烁堆积高,才得波涛变成雪。自从潴卤至飞霜[7],无非假贷充糇粮;秤入官中得微值,一缗往往十缗偿[8]。周而复始无休息,官租未了私租逼;驱妻逐子课工程,虽作人形俱菜色[9]。煮海之民何苦辛,安得母富子不贫[10]!本朝一物不失所,愿广皇仁到海滨。甲兵净洗征输辍,君有馀财罢盐铁[11]。太平相业尔惟盐,化作夏商周时节[12]。

〔1〕这首诗见于元代冯福京等人编的《昌国州图志》卷六,昌国就是现在的浙江省定海县,柳永做过那里晓峰盐场的监督官。

〔2〕"牢盆"就是熬盐的器具,"输征"就是纳税。熬盐的地方叫"亭场",那里的居民叫"亭户"或"灶户",每户有"盐丁";熬成的盐得向官方缴纳,折合充赋税。(《宋史》卷一百八十一)

〔3〕秋季八月开始熬盐。(《昌国州图志》卷五)

〔4〕经过风吹日晒,味道渐渐咸起来了。

〔5〕"瑠"通"溜",流动貌。

〔6〕卤很混浊,味道不够咸,没有恰到好处。

〔7〕"潴"是积水,"飞霜"是形容盐的白色。六朝时张融描写煮海成盐,有这样的句子:"漉沙构白,熬波出素;积雪中春,飞霜暑路。"(《南齐书》卷四十一)柳永借用他的成语。

〔8〕"偿"给那些"假贷充糇粮"的债主。

〔9〕面黄肌瘦。

〔10〕"母子"是比喻政府和人民的关系。

〔11〕废除盐税和铁税;宋代有盐铁使这种专职。

〔12〕中国古代记载像《书经》的《说命》、《吕氏春秋》的《本味篇》都把治国比于烹饪,宰相就等于调味的作料。柳永叙述人民熬盐纳税的痛苦,就联想起《说命》里"若作和羹,尔惟盐梅"那两句话来,希望做宰相的能起作用,恢复所谓"三代之治"。

李　觏

李觏（1009—1059）字泰伯，南城人，有《直讲李先生文集》。他是位思想家，对传统的儒家理论，颇有非议；例如他认为"利"是可以而且应当讲求的[1]，差不多继续王充《论衡》的"刺孟"，而且开辟了颜元、李塨等对宋儒的批评。他的诗受了些韩愈、皮日休、陆龟蒙等的影响，意思和词句往往都很奇特，跟王令的诗算得宋代在语言上最创辟的两家。可惜集里通体完善的诗篇不多，例如有一首《哀老妇》，前面二十句写一个六十多岁的老寡妇，迫于赋税差役，只好跟儿孙分别，重新嫁人，但是后面三十句发了许多感慨，说要"孝治"，该响应皇帝表扬"节妇"的号召。前面讲的是杜甫《石壕吏》、《垂老别》所没写到的惨况，而后面讲的也许在北宋就是迂执之论，因为以前和当时对再醮或改嫁的一般意见虽然有如白居易的《妇人苦》所说："及至死生际，何曾苦乐均？妇人一丧夫，终身守孤子"，却还不像后来的舆论那样苛刻。李觏说皇帝表扬"节妇"，可是事实上北宋皇帝也准许再醮，而且就像李觏所师法的韩愈就有个"从二夫"的女儿，李觏同时人范仲淹的母亲和媳妇、王安石的媳妇等也都是"从二夫"而不隐讳的[2]。

〔1〕《直讲李先生文集》卷十六《富国策》第一、卷二十九《原文》。

〔2〕参看俞正燮《癸巳类稿》卷十三《节妇说》，王应奎《柳南续笔》卷四《改嫁》，周寿昌《思益堂日札》卷二，《唐宋人不重节妇说》，叶廷琯《吹网录》卷三《赵用圹志书女再嫁》，平步青《樵隐昔寱》卷十四《书魏

叔子〈杨母徐孺人墓表〉后》等；又毛奇龄《西河合集》书牍卷七《答福建林西仲问韩昌黎一女两婿书》的"妄文妄解"。

获 稻

朝阳过山来，下田犹露湿。饷妇念儿啼，逢人不敢立[1]。青黄先后收，断折伛偻拾。鸟鼠满官仓，于今又租入[2]。

　　[1] 要赶回家去照管孩子，路上不敢跟人搭话。这一点细密的观察在旁人这类诗里还没见过。
　　[2] 又是一批租米送入官仓里去喂鸟鼠。仓库收藏得不严，米谷给麻雀和老鼠吃了，官家还向人民算账；后唐明宗有个法令，人民每缴一石米得外加二升"雀鼠耗"（曾慥《类说》卷二十六载《五代史补》），到后周太祖时，酷吏王章把二升添成二斗，名为"省耗"。（《新五代史》卷三十）

乡 思

人言落日是天涯，望极天涯不见家；已恨碧山相阻隔，碧山还被暮云遮[1]！

　　[1] 意思说：故乡为碧山所阻隔，而碧山又为暮云所遮掩，一重又一重的障碍，天涯地角要算远了，可是还望得见，还比家来得近。同时人

石延年《高楼》诗："水尽天不尽,人在天尽头"(刘克庄《后村大全集》卷一百七十七引);范仲淹《苏幕遮》词："山映斜阳天接水,芳草无情,更在斜阳外";欧阳修《踏莎行》词："楼高莫近危栏倚,平芜尽处是春山,行人更在春山外"、《千秋岁·春恨》："夜长春梦短,人远天涯近";词意相类。诗歌里有两种写法:一、天涯虽远,而想望中的人物更远,就像这些例句;二、想望中的人物虽近,却比天涯还远,例如吴融《浙东筵上》："坐来虽近远于天"或王实甫《西厢记》第二本第一折《混江龙》："隔花阴,人远天涯近。"

苦雨初霁

积阴为患恐沉绵,革[1]去方惊造化权。天放旧光还日月,地将浓秀与山川。泥途渐少车声活,林薄初干果味全[2]。寄语残云好知足,莫依河汉更油然。

〔1〕革除、改革。参看韦骧《韦先生集》卷五《和伯英初霁》："阴霖革累旬。"

〔2〕"薄"是积草,"全"大约是保全的意思。李觏用字喜欢标新立异,像这首诗里的"革"字、"活"字、"全"字,还有一首《雨中作》里的"凝云列山鞘,冷气攒衣刀……花淫得罪殒,莺辩知时逃"等句都是例证。

陶 弼

陶弼(1015—1078)字商翁,祁阳人,有《邕州小集》。他是位熟悉军事的诗人,作品已经十之八九散失。现存的诗里最长的一首《兵器》批评当时将领的昏庸,跟异族打了败仗,就怨武器不行:"朝廷急郡县,郡县急官吏;官吏无他术,下责蚩蚩辈。耕牛拔筋角,飞鸟秃翎翅;榦截会稽空,铁烹菫山碎。供亿稍后期,鞭朴异他罪。……是知用兵术,在人不在器;……愿求谋略长,勿倚干戈锐。"这首诗颇为宋代所重视[1],可以表现他的思想。从其它的诗以及宋人笔记、诗话里引的断句看来,他擅长写悲壮的情绪,阔大的景象。

〔1〕吕祖谦选入《皇朝文鉴》卷十七。

碧湘门

城中烟树绿波漫,几万楼台树影间。天阔鸟行[1]疑没草,地卑江势欲沉山[2]。

〔1〕"行"音"杭",指行列说。
〔2〕陶弼《公安县》诗也说:"远水欲沉城",那首诗见方回《瀛奎律髓》卷四,《邕州小集》漏收。

文 同

文同（1018—1079）字与可，自号笑笑居士，梓潼人，有《丹渊集》。他跟苏轼是表亲，又是好朋友，所以批评家常把他作为苏轼的附庸。其实他比苏轼大十八岁，中进士就早八年，诗歌也还是苏舜钦、梅尧臣时期那种朴质而带生硬的风格，没有王安石、苏轼以后讲究词藻和铺排典故的习气。他有一首《问景逊借梅圣俞诗卷》诗，可以看出他的趋向："我方嗜此学，常恨失所趋；愿子少假之，使之识夷途。"[1]

文同是位大画家，他在诗里描摹天然风景，常跟绘画联结起来，为中国的写景文学添了一种手法。泛泛的说风景像图画，例如："峰次青松，岩悬颓石，于中历落有翠柏生焉，丹青绮分，望若图绣矣"[2]，这是很早就有的。具体的把当前风物比拟为某种画法或某某大画家的名作，例如："律以皴法，类黄鹤山樵"[3]，或者："只见对面千佛山上梵宫僧寮与那苍松翠柏高下相间，红的火红，白的雪白，青的靛青，绿的碧绿，更有那一株半株的丹枫夹在里面，仿佛似宋人赵千里的一幅《瑶池图》"[4]，这可以说从文同正式起头。例如他的《晚雪湖上寄景孺》："独坐水轩人不到，满林如挂《暝禽图》"；《长举》："峰峦李成似，涧谷范宽能"；《长举驿楼》："君如要识营邱画，请看东头第五重。"[5]在他以前，像韩偓的《山驿》："垒石小松张水部，暗山寒雨李将军"，还有林逋的《乘公桥作》："忆得江南曾看着，巨然名画在屏风"[6]，不过偶然一见；在他以后，这就成为中国写景诗文里的惯技,西洋要到十八世纪才有类似的例子。文同这种手法,跟当时画家向杜甫、王维等人的诗句里去找绘画题材和布局的试探[7],都表示诗和画这两门艺术在北宋前期更密切的结合起来了。

〔1〕《丹渊集》卷十八。
〔2〕《水经注》卷四《清水》。
〔3〕林纾《畏庐续集·登太山记》。
〔4〕刘鹗《老残游记》第二章。
〔5〕《丹渊集》卷十六、卷十七。
〔6〕《林和靖先生诗集》卷三。
〔7〕詹景凤《〈画苑〉补益》卷一载郭熙《林泉高致·画意》节;当然晚唐的画家已偶有这种试探,郭若虚《图画见闻志》卷五就记段赞善把郑谷、李益的诗意"图写之"。

早晴至报恩山寺

山石巉巉磴道微,拂松穿竹露沾衣。烟开远水双鸥落,日照高林一雉飞。大麦未收治圃晚,小蚕犹卧斫桑稀。暮烟已合牛羊下,信马林间步月归。

织妇怨

掷梭两手倦,踏茧双足趼[1]。三日不住织,一疋才可剪。织处畏风日,剪时谨刀尺。皆言边幅好,自爱经纬密[2]。昨朝持入库,何事监官怒?大字雕印文,浓和油墨污[3]。父母抱归舍,抛向中门下;相看各无语,泪迸[4]若倾泻。质钱解衣服,买丝添上轴[5];不敢辄下机,连宵停火烛[6]。当须了租赋,岂暇恤襦袴?前知[7]寒切骨,甘心肩骭露。里胥踞门限,叫骂嗔纳晚。安得织妇心,变作监官眼[8]!

〔1〕"跰"音"茧",脚底生的硬皮。

〔2〕大家都说这匹绢的门面很宽,自己觉得这匹绢的身骨也很结实。

〔3〕据其他宋人的诗里,印在绢上的"大字"是个"退"字。郭祥正《青山集》卷十六《墨染丝》说:"缲丝自喜如霜白,输入官家吏嫌黑;手持'退'印竞传呼,俟见长条染深墨。"方岳《秋崖小稿》卷二十六《山庄书事》也说:"截绢入官输,官怒边幅窄;抛掷下堂阶,'退'字印文赤。"

〔4〕"迸"原作"并",据《皇朝文鉴》卷十三改。

〔5〕把买来的丝放在织机上面,重新去织。

〔6〕不灭火烛。"停"有相反两意:一、停止或灭绝,例如"七昼七夜,无得停火"(黄庭坚《豫章黄先生文集》卷二十一《跛奚移文》);二、停留或保持,例如"兰膏停室,不思衔烛之龙"(陆机《演连珠》),"逍遥待晓分……明月不应停"(《乐府诗集》卷四十六《读曲歌》之八十六),"停灯于釭,先焰非后焰而明者不能见"(刘昼《刘子》第五十三《惜时》)。这里"停"字是第二意,参看朱庆馀《近试上张籍水部》:"洞房昨夜停红烛。"

〔7〕早知道或明知道。

〔8〕比了唐人聂夷中《伤田家》里的名句:"我愿君王心,化作光明

烛,不照绮罗筵,只照逃亡屋",这两句似乎更为简洁沉痛。白居易在《新乐府》的《缭绫》一首里,只慨叹人民"手疼"织成的绫罗给奢淫的皇帝拿去糟蹋浪费,他不知道绫罗在入官进贡以前,已经替劳动者带来了文同这首诗所写的痛苦。

晚至村家

高原硗确石径微,篱巷明灭馀残晖。旧裾飘风采桑去,白袷卷水秧稻归。深葭[1]绕涧牛散卧,积麦满场鸡乱飞。前溪后谷暝烟起,稚子各出关柴扉。

〔1〕芦苇。

新晴山月

高松漏疏月,落影如画地。徘徊爱其下,及久不能寐。怯风池荷卷,病雨[1]山果坠。谁伴余苦吟?满林啼络纬[2]。

〔1〕荷叶怕风吹,果子遭雨害。
〔2〕草虫,一名"络丝娘"。

曾 巩

曾巩(1019—1083)字子固,南丰人,有《元丰类稿》。他以散文著名,列在"唐宋八家"里。他的学生秦观不客气地认为他不会作诗[1],他的另一位学生陈师道不加可否地转述一般人的话,说他不会作诗[2]。从此一场笔墨官司直打到清朝,看来判他胜诉的批评家居多数[3]。就"八家"而论,他的诗远比苏洵、苏辙父子的诗好,七言绝句更有王安石的风致。

[1]《津逮秘书》本《东坡题跋》卷三《记少游论诗文》;据秦观《淮海集》卷一《曾子固哀词》、卷二《次韵邢敦夫〈秋怀〉》第三首,他曾经从曾巩学做文章。

[2]《后山先生集》卷二十三《诗话》,参看惠洪《冷斋夜话》卷九"渊材迂阔好怪"条。

[3] 孙觌《鸿庆居士集》卷十二《与曾端伯书》,刘克庄《后村大全集》卷一百七十五,方回《瀛奎律髓》卷十六,刘壎《隐居通议》卷七,杨慎《升庵外集》卷七十八,贺裳《载酒园诗话》卷五,王士禛《池北偶谈》卷十四,何焯《义门读书记·元丰类稿》卷一,潘德舆《养一斋诗话》卷四,方东树《昭昧詹言》卷一,姚莹《后湘诗集》卷九《论诗绝句》,杨希闵《乡诗摭谭》卷三。

西 楼

海浪如云去却回,北风吹起数声雷。朱楼四面钩疏箔[1],卧看千山急雨来。

〔1〕把帘子挂起。

城 南[1]

雨过横塘水满堤,乱山高下路东西。一番桃李花开尽,惟有青青草色齐。

〔1〕这一首也误收入元好问《遗山诗集》卷十四,题作《春日寓兴》。

王安石

王安石(1021—1086)字介甫,临川人,有《临川文集》。他在政治上的新措施引起同时和后世许多人的敌视,但是这些人也不能不推重他在文学上的造就,尤其是他的诗,例如先后注释他诗集的两个人就是很不赞成他的人[1]。他比欧阳修渊博,更讲究修词的技巧,因此尽管他自己的作品大部分内容充实,把锋芒犀利的语言时常斩截干脆得不留馀地、没有回味的表达了新颖的意思,而后来宋诗的形式主义却也是他培养了根芽。他的诗往往是搬弄词汇和典故的游戏、测验学问的考题;借典故来讲当前的情事,把不经见而有出处的或者看来新鲜而其实古旧的词藻来代替常用的语言。典故词藻的来头愈大,例如出于《六经》、《四史》,或者出处愈僻,例如来自佛典、道书,就愈见工夫。有时他还用些通俗的话作为点缀,恰像大观园里要来一个泥墙土井、有"田舍家风"的稻香村,例如最早把"锦上添花"这个"俚语"用进去的一首诗可能是他的《即事》[2]。

把古典成语铺张排比虽然不是中国旧诗先天不足而带来的胎里病,但是从它的历史看来,可以说是它后天失调而经常发作的老毛病。六朝时,萧子显在《南齐书》卷五十二《文学传论》里已经不很满意诗歌"缉事比类……或全借古语,用申今情",锺嵘在《诗品》里更反对"补假""经史""故实",换句话说,反对把当时骈文里"事对"、"事类"的方法应用到诗歌里去[3];唐代的韩愈无意中为这种作诗方法立下了一个简明的公式:"无书不读,然止用以资为诗"[4]。也许古代诗人不得不用这种方法,把记诵的丰富来补救和掩饰诗情诗意的贫乏,或者把浓厚的"书卷气"作为应付政治和社会势力的烟幕。第一,从六朝到清代这个长时期里,诗歌愈来愈变成社交的必需品,贺喜吊丧,迎来送往,都用得着,所谓"牵率应酬"。应酬的对象非常多;作者的品质愈低,他应酬的范围愈广,该有点真情实话可说的题目都是他把五七言来写"八股"、讲些客套虚文的机会。他可以从朝上的皇帝一直应酬到家里的妻子——试看一部分《赠内》、《悼亡》的诗;从同时人一直应酬到古人——试看许多《怀古》、《吊古》的诗;从旁人一直应酬到自己——试看不少《生日感怀》、《自题小像》的诗;从人一直应酬到物——例如中秋玩月、重阳赏菊、登泰山、游西湖之类都是《儒林外史》里赵雪斋所谓"不可无诗"的。就是一位大诗人也未必有那许多真实的情感和新鲜的思想来满足"应制"、"应教"、"应酬"、"应景"的需要,于是不得不像《文心雕龙·情采》篇所谓"为文而造情",甚至以"文"代"情",偷懒取巧,罗列些古典成语来敷衍搪塞。为皇帝做诗少不得找出周文王、汉武帝的轶事,为菊花做诗免不了扯进陶潜、司空图的名句。第二,在旧社会里,政治的压迫和礼教的束缚剥夺了诗人把某些思想和情感坦白抒写的自由。譬如他对国事朝局的愤慨、在恋爱生活里的感受,常常得指桑骂槐或者移花接木,绕了个弯,借古典来传述;明明是时事,偏说"咏史",明明是新愁,偏说"古意",甚至还利用"香草美人"的传统,借"古意"的形式来起"咏史"的作用,更害得读者猜测个不休。当然,碰到紧急关头,这种烟幕未必有多少用处。统治者要兴文字狱的时候,总会根据无火不会冒烟的常识,向诗人追究到底,例如在"乌台诗案"里,法官逼得苏轼把"引证经传"的字句交代出来。除掉这两个社会原因,还有艺术上的原因;诗人要使语言有色泽、增添深度、富于暗示力,好去引得读者对诗的内容作更多的寻味,就用些古典成语,仿佛屋子里安放些曲屏小几,陈设些古玩书画。不过,对一切点缀品的爱好都很容易弄到反客为主,好好一个家陈列得像古董铺子兼寄售商店,好好一首诗变成"垛叠死人"或"牵绊死尸"[5]。

北宋初的西昆体就是主要靠"挦扯"——锺嵘所谓"补假"——来写诗的。然而从北宋诗歌的整个发展看来,西昆体不过像一薄层、一小圈的油花,浮在水面上,没有在水里渗入得透,溶解得匀;它只有极局限、极短促的影响,立刻给大家瞧不起[6],并且它"挦扯"的古典成语的范围跟它歌咏的事物的范围同样的狭小。王安石的诗无论在声誉上、在内容上、或在词句的来源上都比西昆体广大得多。痛骂他祸国殃民的人都得承认他"博闻"、"博极群书"[7];他在辩论的时候,也破口骂人:"君辈坐不读书耳!"[8]又说自己:"某自百家诸子之书至于《难经》、《素问》、《本草》、诸小说无所不读"[9]。所以他写到各种事物,只要他想"以故事记实事"[10]——萧子显所谓"借古语申今情",他都办得到。他还有他的理论,所谓"用事"不是"编事","须自出己意,借事以相发明"[11];这也许正是唐代皎然所说"用事不直"[12],的确就是后来杨万里所称赞黄庭坚的"妙法","备用古人语而不用其意"[13]。后面选的《书湖阴先生壁》里把两个人事上的古典成语来描写青山绿水的姿态,可以作为"借事发明"的例证。这种把古典来"挪用",比了那种捧住了类书[14],说到山水就一味搬弄山水的古典,诚然是心眼儿活得多,手段高明得多,可是总不免把借债来代替生产。结果是跟读者捉迷藏,也替笺注家拉买卖。流传下来的、宋代就有注本的宋人诗集从王安石集数起,并非偶然。李壁的《王荆文公诗笺注》不够精确,也没有辨别误收的作品,清代沈钦韩的《补注》并未充分纠正这些缺点。

〔1〕参看王应麟《困学纪闻》卷十八论李壁注王安石诗"致讥""寓贬";沈钦韩《王荆公文集注》卷一《上五事劄子》注、《诗集补注》卷二《君难托》、卷三《何处难忘酒》、卷四《和郭功甫》、《偶书》、《韩忠献挽词》、《故相吴正宪公挽词》等注。

〔2〕李壁《王荆文公诗笺注》卷三十四。

〔3〕参看刘勰《文心雕龙》第三十五篇、第三十八篇。

〔4〕《昌黎先生集》卷二十五《登封县尉卢殷墓志》;"资"字值得注意,跟杜甫《奉赠韦左丞丈》所谓"读书破万卷,下笔如有神",涵义大不相同。

〔5〕曾慥《类说》卷五十六载《古今诗话》,江少虞《皇朝类苑》卷三十九。

〔6〕例如文彦博《文潞公文集》从卷四起就渐渐摆脱西昆的影响。甚至《西昆酬唱集》里的作者也未必维持西昆体的风格,例如张咏《乖崖先生文集》里的诗都很粗率,而《西昆酬唱集》卷上有他的《馆中新蝉》。

〔7〕例如杨时《龟山先生集》卷十七《答吴国华书》,晁说之《嵩山文集》卷十三《儒言》等。

〔8〕邵博《邵氏闻见后录》卷二十。

〔9〕《临川集》卷七十三《答曾子固书》。

〔10〕胡仔《苕溪渔隐丛话》前集三十五引《西清诗话》论王安石。

〔11〕《苕溪渔隐丛话》后集卷二十五引《蔡宽夫诗话》记王安石语,亦见李壁《王荆文公诗笺注》卷四十一《窥园》诗注。

〔12〕《诗式》卷一"诗有四深"条。

〔13〕《诚斋集》卷一百十四《诗话》。

〔14〕参看司马光《续诗话》记西昆体作家刘筠论《初学记》语:"非止'初学',可为'终身记'。"

河北民

河北民,生近二边长苦辛[1]。家家养子学耕织,输与官家事夷狄[2]。今年大旱千里赤,州县仍催给河役[3]。老小相依来就南,南人丰年自无食[4]。悲愁天地白日昏,路旁过者无颜色。汝生不及贞观中,斗粟数钱无兵戎[5]!

〔1〕"二边"指辽和西夏。

〔2〕当然宋对辽每年要"纳"银绢,对西夏也每年要"赐"银绮绢茶,可是这里的"事"字恐怕不是"以大事小"而是"有事于"——防御——的意思。

〔3〕尽管荒年没饭吃,还得去赶做河工。

〔4〕虽然是丰年,也一样没有饭吃。参看同时像曾巩《元丰类稿》卷一《胡使》:"南粟鳞鳞多送北,北兵林林长备胡……还来里间索穷下,斗食尺衣皆北输。"

〔5〕唐太宗李世民在贞观十五年八月里说他有"二喜":第一是连年丰收,"长安粟值三四钱";第二是"北虏久服,边鄙无虞"。王安石对贞观和开元时代非常向往,例如这首诗以及《叹息行》、《寓言》第五首、《开元行》等。可是熙宁元年宋神宗赵顼第一次召他"越次入对",问他说:"唐太宗何如?"他回答得很干脆:"陛下当法尧舜,何以太宗为哉!"王夫之《宋论》卷六说他"入对"的话是"大言"唬人,这些诗也许可以证实那个论断。

即事

径暖草如积,山晴花更繁。纵横一川水,高下数家村。静憩鸡鸣午,荒寻犬吠昏。归来向人说,疑是武陵源[1]。

〔1〕就是陶潜《桃花源记》所写的世外乐土。

葛溪驿[1]

缺月昏昏漏未央[2],一灯明灭照秋床。病身最觉风露早,归梦不知山水长。坐感岁时歌慷慨,起看天地色凄凉。鸣蝉更乱行人耳,正抱疏桐叶半黄。

〔1〕葛溪在江西弋阳,驿是公家设立的夫马站和过客招待所。
〔2〕等于说夜正长;"漏"是古代的计时器。

示长安君[1]

少年离别意非轻,老去相逢亦怆情。草草杯盘供笑语,昏昏灯火话平生。自怜湖海三年隔,又作尘沙万里行[2]。欲问后期何日是,寄书应见雁南征。

〔1〕王安石的大妹妹，名文淑，工部侍郎张奎的妻子，封长安县君。

〔2〕这大约是宋仁宗嘉祐五年（公元1060年）王安石出使辽临行所作。

初夏即事

石梁茅屋有弯碕[1]，流水溅溅度两陂。晴日暖风生麦气，绿阴幽草胜花时。

〔1〕王安石还有一首《弯碕》诗说："残暑安所逃，弯碕北窗北。""弯碕"见晋人左思《吴都赋》，《文选》卷五李善注说是"昭明宫东门"的名称，李周翰注说是"险峻"的意思，这里似乎都不切合。《广韵》卷一的《五支》和《八微》两部说"碕"是"曲岸"或"石桥"，想来此处以"曲岸"为近，因为诗里已经明说那地方有"石梁"；"弯"是形容堤岸的曲折，王安石不过借用左思的字面。《吴都赋》还有一句"碕岸为之不枯"，李周翰注说"碕"是"长岸"；郭璞《江赋》里说起"碕岭"和"悬碕"，《文选》卷十二李善注分别引许慎《淮南子注》和《埤苍》说"碕"是"长边"、"曲岸头"；元代袁易《念奴娇》词也说："浅水弯碕，疏篱门径，淡抹墙腰月。"都可以参证。

悟真院

野水从横漱屋除，午窗残梦鸟相呼。春风日日吹香草，山北山南路欲无。

书湖阴先生[1]壁

茅檐长扫净无苔,花木成畦手自栽。一水护田将绿绕,两山排闼送青来[2]。

[1] 杨德逢的外号;他是王安石在金陵的邻居。
[2] 这两句是王安石的修词技巧的有名例子。"护田"和"排闼"都从《汉书》里来,所谓"史对史","汉人语对汉人语"(叶梦得《石林诗话》卷中、曾季狸《艇斋诗话》);整个句法从五代时沈彬的诗里来(吴曾《能改斋漫录》卷八),所谓"脱胎换骨"。可是不知道这些字眼和句法的"来历",并不妨碍我们了解这两句的意义和欣赏描写的生动;我们只认为"护田""排闼"是两个比喻,并不觉得是古典。所以这是个比较健康的"用事"的例子,读者不必依赖笺注的外来援助,也能领会,符合中国古代修词学对于"用事"最高的要求:"用事不使人觉,若胸臆语也。"(《颜氏家训》第九篇《文章》记邢劭评沈约语)

泊船瓜洲[1]

京口瓜洲一水间,钟山只隔数重山。春风又绿江南岸[2],明月何时照我还。

〔1〕在长江北岸,跟镇江——"京口"——相对。这是王安石想念金陵的诗,钟山是他在金陵的住处。

〔2〕这句也是王安石讲究修词的有名例子。据说他在草稿上改了十几次,才选定这个"绿"字;最初是"到"字,改为"过"字,又改为"入"字,又改为"满"字等等(洪迈《容斋续笔》卷八)。王安石《送和甫寄女子》诗里又说:"除却春风沙际绿,一如送汝过江时",也许是得意话再说一遍。但是"绿"字这种用法在唐诗中早见而亦屡见:丘为《题农父庐舍》:"东风何时至?已绿湖上山";李白《侍从宜春苑奉诏赋龙池柳色初青听新莺百啭歌》:"东风已绿瀛洲草";常建《闲斋卧雨行药至山馆稍次湖亭》:"行药至石壁,东风变萌芽。主人山门绿,小隐湖中花"。于是发生了一连串的问题:王安石的反复修改是忘记了唐人的诗句而白费心力呢?还是明知道这些诗句而有心立异呢?他的选定"绿"字是跟唐人暗合呢?是最后想起了唐人诗句而欣然沿用呢?还是自觉不能出奇制胜,终于向唐人认输呢?

江上

江北秋阴一半开,晓云含雨却低回。青山缭绕疑无路,忽见千帆隐映来。

夜直[1]

金炉香烬漏声残,翦翦轻风阵阵寒。春色恼人眠不得[2],月移花影上栏干。

〔1〕"直"通"值",就是值班;那时候的制度,翰林学士每夜轮流一人值班住宿在学士院里。(沈括《梦溪笔谈》卷二十三)
〔2〕这一句出于罗隐的《春日叶秀才曲江》诗:"春色恼人遮不得。"

郑　獬

郑獬（1022—1072）字毅夫，湖北安陆人，有《郧溪集》。他做官以直率著名，敢替人民叫苦，从下面选的诗里就看得出来。诗虽然受了些韩愈的影响，而风格爽辣明白，不做作，不妆饰。集里有几首堆砌雕琢的七律，都是同时人王珪的诗，所谓镶金嵌玉的"至宝丹"体，"四库全书馆"误收进去，不能算在他账上的。其中最词藻富丽的一首《寄程公辟》在王珪、郑獬、王安石和秦观的诗集里都出现[1]，大约是中国诗史上分身最多的诗了。

〔1〕《华阳集》卷三，《郧溪集》卷二十七，《王荆文公诗笺注》卷三十七，《淮海后集》卷上。

采凫茨[1]

朝携一筐出，暮携一筐归。十指欲流血，且急眼[2]前饥。官仓岂无粟？粒粒藏珠玑。一粒不出仓，仓中群鼠肥[3]。

〔1〕见前苏舜钦《城南感怀呈永叔》注〔3〕。
〔2〕原作"昨"，据《皇朝文鉴》卷十七改正。
〔3〕唐人曹邺有一首有名的《官仓鼠》诗："官仓老鼠大如斗，见人

开仓亦不走。健儿无粮百姓饥,谁遣朝朝入君口!"

道旁稚子

稚儿怕寒床下啼,两骱赤立仍苦饥。天之生汝岂为累,使汝不如凫鹜肥[1]?官家桑柘连四海,岂无寸缕为汝衣?羡尔百鸟有毛羽,冰雪满山犹解飞!

[1] 原作"肌",疑是误字。

滞客

五月不雨至六月,河流一尺青泥浑。舟人击鼓[1]挽舟去,牛头刺地[2]挽不行。我舟系岸已七日,疑与绿树同生根。忽惊黑云涌西北,风号万窍秋涛奔;截断雨脚不到地,半夜霹雳空杀人[3]!须臾云破见星斗,老农叹息如衔冤。高田已槁下田瘦,我为滞客何足言!

[1] 六朝诗里就讲起开船打鼓的风俗,例如阴铿《江津送刘光禄不及》:"鼓声随听绝。"唐宋时还保存这个习惯,参看杜甫《十二月一日》:"打鼓发船何郡郎",李郢《画鼓》:"两杖一挥行缆解"。

[2] 用牛拉纤;这是写牛把劲使尽的样子。古代常以牲口挽舟,参看李白《丁督护歌》:"吴牛喘月时,拖船一何苦";汪元量《湖州歌》第六

十一首:"官河宛转无风力,马曳驴拖鼓子船";元人宋本作《驴牵船赋》,马臻《舟次杨村》:"蹇驴无力牵船缆,行到杨村日已昏。"

〔3〕只听雷声,没见雨点,都给风吹散了。"雨"刻本作"两",疑是误字。

春尽

春尽行人未到家,春风应怪在天涯。夜来过岭忽闻雨,今日满溪俱是花。前树未回疑路断,后山才转便云遮。野〔1〕间绝少尘埃污,惟有清泉漾白沙。

〔1〕原作"夜",疑是误字。

刘 攽

刘攽(1022—1088)字贡父,新喻人,有《彭城集》。他跟他哥哥刘敞都是博学者,也许在史学考古方面算得北宋最精博的人,但他们的诗歌里都不甚炫弄学问。刘敞的诗有点呆板,刘攽比他好,风格上是欧阳修的同调。

江南田家

种田江南岸,六月才树秧。借问一何晏,再为霖雨伤。官家不爱农,农贫弥自忙。尽力泥水间,肤甲皆瘠疮。未知秋成期,尚[1]足输太仓。不如逐商贾,游闲事车航;朝廷虽多贤,正许赀为郎[2]。

〔1〕"尚"等于"倘",也许的意思。
〔2〕封建时代名义上重农轻商,但是实际上往往对商人不是轻贱而是企羡,觉得他们获利多,生活自由,不像农民的身子生根在耕种的土地上,动也动不得。这种情形汉代政论家晁错早就指出来:"商贾大者积贮倍息,小者坐列贩卖……男不耕耘,女不蚕织,衣必文采,食必粱肉,亡农夫之苦,有仟佰之得,因其富厚,交通王侯。……法律贱商人,商人已富贵矣;尊农夫,农夫已贫贱矣。"(《汉书》卷二十四上《食货志》上)古

诗里就有"贾客乐"或"估客乐"这样一个主题，唐代诗人像元稹、刘禹锡、张籍等都作了这个题目的诗（都收入郭茂倩《乐府诗集》卷四十八），白居易也作了《盐商妇》，张籍还有《野老歌》；他们的意思全逃不出晁错这几句话。刘攽这首诗结尾两句讲商人捐官，比他们进了一层。他们只说："求利莫求名，求名有所避"或"高赀比封君，奇货通幸卿"，刘攽轻轻巧巧的指出"名"会跟着"利"来，商人不但结交官僚，而且可以老实不客气的变成官僚。"以赀为郎"是借用汉代的说法（见《史记》卷一百二《张释之冯唐列传》、卷一百十七《司马相如列传》），因为汉代就有这种现象：一方面"市井之子孙不得仕宦为吏"，而另一方面"吏道益杂，不选而多贾人"（《史记》卷三十《平准书》）。

城南行

八月江湖秋水高，大堤夜坼声嘈嘈。前村农家失几户，近郭扁舟屯百艘。蛟龙蜿蜒水禽白，渡头老翁须雇直[1]。城南百姓多为鱼，买鱼欲烹辄凄恻。

〔1〕意思说水涨以前，摆渡不要出钱的。

雨后池上

一雨池塘水面平，淡磨明镜照檐楹。东风忽起垂杨舞，更作荷心万点声[1]。

〔1〕指雨后树上的水点给风吹落在池里荷叶上。

新晴^{〔1〕}

青苔满地初晴后,绿树无人昼梦馀。惟有南风旧相识,偷开门户又翻书〔2〕。

〔1〕这首诗见《彭城集》卷十八,也见《四库全书》馆辑本刘敞《公是集》卷二十九,题目是《绝句》;根据刘克庄《后村大全集》卷一百七十四又祝穆《事文类聚》后集卷二十一,是刘攽的作品。

〔2〕可以跟唐人薛能(一作曹邺)《老圃堂》的"昨日春风欺不在,就床吹落读残书"比较。"南风旧相识"大约来自李白《春思》的"春风不相识,何事入罗帏?"刘攽在另一首诗里,用类似的笔法写风:"杖藤为笔沙为纸,闲立庭前试草书。无奈春风犹掣肘,等闲撩乱入衣裾。"(《致斋太常寺以杖画地成》第二首)

晁端友

晁端友(1029—1075)字君成,巨野人。他的遗集共收了三百六十首诗,现在已经散失了。苏轼和黄庭坚都很称赞他[1],下面一首是宋代传诵的。

[1]《东坡集》卷二十四《晁君成诗集引》,《东坡续集》卷五《与晁君成简》,《豫章黄先生文集》卷二十三《晁君成墓志铭》。

宿济州西门外旅馆[1]

寒林残日欲栖乌,壁里青灯乍有无[2]。小雨愔愔人假[3]寐,卧听疲[4]马啮残刍。

[1] 见吕祖谦《皇朝文鉴》卷二十八。济州就是巨野。
[2] 忽明忽灭。
[3] 晁端友的外孙叶梦得《石林诗话》卷上引了这首诗,"假"字作"不"。
[4]《石林诗话》卷上,"疲"字作"羸"。

王　令

王令(1032—1059)字逢原,江都人,有《广陵先生文集》。他受韩愈、孟郊、卢仝的影响很深,词句跟李觏的一样创辟,而口气愈加雄壮,仿佛能够昂头天外,把地球当皮球踢着似的,大约是宋代里气概最阔大的诗人了。运用语言不免粗暴,而且词句尽管奇特,意思却往往在那时候都要认为陈腐,这是他的毛病。

饿者行

雨雪不止泥路迂,马倒伏地人下扶。居者不出行者止[1],午市不合人空衢。道中独行乃谁子?饿者负席缘门呼。高门食饮岂无弃,愿从犬马求其馀。耳闻门开身就拜,拜伏不起呵群奴[2]。喉干无声哭无泪,引杖去此他何如。路旁少年[3]无所语,归视纸上还长吁。

〔1〕"止"一作"返"。
〔2〕等于"群奴呵"。
〔3〕王令自己。

暑旱苦热

清风无力屠得热[1],落日着翅飞上山[2]。人固已惧江海竭,天岂不惜河汉干?昆仑之高有积雪,蓬莱之远常遗寒;不能手提天下往,何忍身去游其间[3]!

〔1〕"屠"字用得很别致;《广陵先生文集》卷十《暑中懒出》诗又说:"已嫌风少难平暑"。

〔2〕意思说太阳不肯落。

〔3〕昆仑山和蓬莱山当然都是清凉世界,可是自恨不能救天下人民脱离火坑,也就不愿意一个儿独去避暑了。《广陵先生文集》卷十《暑热思风》诗说:"坐将赤热忧天下,安得清风借我曹!"这种要把整个世界"提"在手里的雄阔的心胸和口吻,王令诗里常有,例如卷二《偶闻有感》:"长星作彗倘可假,出手为扫中原清";卷七《西园月夜》:"我有抑郁气,从来未经吐;欲作大叹吁向天,穿天作孔恐天怒。"和他同时的韩琦《安阳集》卷一《苦热》诗也说:"尝闻昆阆间,别有神仙宇……吾欲飞而往,于义不独处。安得世上人,同日生毛羽!"意思差不多,而气魄就远不及了。

渰渰[1]

渰渰轻云弄落晖,坏檐巢满燕来归。小园桃李东风后,却看杨花自在飞。

〔1〕音"掩",云起貌。

苏 轼

苏轼（1037—1101）字子瞻，自号东坡居士，眉山人，有《东坡集》、《后集》、《续集》。他一向被推为宋代最伟大的文人，在散文、诗、词各方面都有极高的成就。他批评吴道子的画，曾经说过："出新意于法度之中，寄妙理于豪放之外"[1]。从分散在他著作里的诗文评看来，这两句话也许可以现成的应用在他自己身上，概括他在诗歌里的理论和实践。后面一句说"豪放"要耐人寻味，并非发酒疯似的胡闹乱嚷[2]。前面一句算得"豪放"的定义，用苏轼所能了解的话来说，就是："从心所欲，不逾矩"；用近代术语来说，就是：自由是以规律性的认识为基础，在艺术规律的容许之下，创造力有充分的自由活动[3]。这正是苏轼所一再声明的，作文该像"行云流水"或"泉源涌地"那样的自在活泼，可是同时候很谨严的"行于所当行，止于所不可不止"[4]。李白以后，古代大约没有人赶得上苏轼这种"豪放"。

他在风格上的大特色是比喻的丰富、新鲜和贴切，而且在他的诗里还看得到宋代讲究散文的人所谓"博喻"[5]或者西洋人所称道的沙士比亚式的比喻[6]，一连串把五花八门的形象来表达一件事物的一个方面或一种状态。这种描写和衬托的方法仿佛是采用了旧小说里讲的"车轮战法"，连一接二的搞得那件事物应接不暇，本相毕现，降伏在诗人的笔下。在中国散文家里，苏轼所喜欢的庄周和韩愈就都用这个手法；例如庄周的《天运》篇连用"刍狗已陈"、"舟行陆、车行水"、"猿狙衣服"、"桔槔"、"柤梨橘柚"、"丑人学西施"六个比喻

67

来说明不合时宜这一点,韩愈的《送石处士序》连用"河决下流"、"驷马驾轻车就熟路"、"烛照"、"数计"、"龟卜"五个比喻来表示议论和识见的明快这一点。在中国诗歌里,《诗经》每每有这种写法,像《国风》的《柏舟》连用镜、石、席三个形象来跟心情参照,《小雅》的《斯干》连说"如跂斯翼,如矢斯棘,如鸟斯革,如翚斯飞"来形容建筑物线条的整齐挺耸。唐代算韩愈的诗里这类比喻最多,例如《送无本师》先有"蛟龙弄角牙"等八句四个比喻来讲诗胆的泼辣,又有"蜂蝉碎锦缬"等四句四个比喻来讲诗才的秀拔,或像《岣嵝山》里"科斗拳身薤倒披"等两句四个比喻来讲字体的奇怪。但是我们试看苏轼的《百步洪》第一首里写水波冲泻的一段:"有如兔走鹰隼落,骏马下注千丈坡,断弦离柱箭脱手,飞电过隙珠翻荷",四句里七种形象,错综利落,衬得《诗经》和韩愈的例子都呆板滞钝了。其他像《石鼓歌》里用六种形象来讲"时得一二遗八九",《读孟郊诗》第一首里用四种形象来讲"佳处时一遭",都是例证。词里像贺铸《青玉案》的有名结句把"烟草"、"风絮"、"黄梅雨"三者来比"闲愁",就是"博喻"的佳例。最突出的是嫁名谢逸的《花心动·闺情》用"风里杨花"等九物来比好事不成(《全宋词》652页)。上古理论家早已著重诗歌语言的形象化,很注意比喻[7];在这一点上,苏轼充分满足了他们的要求。

　　苏轼的主要毛病是在诗里铺排古典成语,所以批评家嫌他"用事博"、"见学矣然似绝无才"、"事障"、"如积薪"、"窒、积、芜"、"獭祭"[8],而袒护他的人就赞他对"故实小说"和"街谈巷语",都能够"入手便用,似神仙点瓦砾为黄金"[9]。他批评过孟浩然的诗"韵高而才短,如造内法酒手而无材料"[10],这句话恰恰透露出他自己的偏向和弱点。同时,这种批评,正像李清照对秦观的词的批评:"专主情致而少故实,譬如贫家美女,虽极妍丽丰逸,而终乏富贵态"[11],

都可以帮助我们了解在那种创作风气里古典成语的比重。

不用说,笺注家纷纷给这种诗吸引。在北宋早有赵次公等五家注的苏诗,南宋到清又陆续添了十多家的注本,王文诰的夸大噜哧而绝少新见的《苏文忠公诗编注集成》在清代中叶做了些总结工作;其他像沈钦韩的《苏诗查注补正》和张道的《苏亭诗话》卷五都算得规模比较大的增补。最可惜的是陆游没有肯替苏轼的诗集作注[12],这跟杜甫和李白的"樽酒细论文"没有记录一样[13],是文学史上的大憾事。

〔1〕《经进东坡文集事略》卷六十《书吴道子画后》。
〔2〕《津逮秘书》本《东坡题跋》卷三《评杜默诗》。
〔3〕恩格斯《反杜林论》第十一章,歌德《我们贡献些什么》第十九章(纪念版《歌德全集》第九册第235页);参看孟德斯鸠《法意》第十一卷第三章(七星丛书版《孟德斯鸠全集》第二册第395页),黑智尔《哲学系统》第一部第二分第158节又《美学讲义》第三部第三分第二章(纪念版《黑智尔全集》第八册第348至349页又第十四册第182页)。
〔4〕《经进东坡文集事略》卷四十六《答谢民师书》、卷五十七《文说》。
〔5〕陈骙《文则》卷上丙的第六种"取喻之法",举《书经》和《荀子》的例句。
〔6〕例如莎士比亚的《十四行诗》第五十二首。
〔7〕《礼记》第十八《学记》:"不学博依,不能安诗"——郑玄注:"'博依',广譬喻也";参看亚理斯多德《诗学》第一千四百五十九甲说"比喻是天才的标识"。
〔8〕方回《桐江集》卷五《刘元晖诗评》,王世贞《弇州山人四部稿》卷一百四十七《艺苑卮言》,胡应麟《诗薮》内编古体中、近体上,谭元春

《谭友夏合集》卷八《东坡诗选序》,王夫之《船山遗书》卷六十四《夕堂永日绪论》内编;"见学矣然似绝无才"就是颜之推《颜氏家训》第九篇《文章》所谓"事繁而才损"。

〔9〕 朱弁《风月堂诗话》卷上。

〔10〕 陈师道《后山先生文集》卷二十三《诗话》;参看施闰章《愚山别集》卷一的反驳,说苏轼诗里"堆垛"的材料太多。

〔11〕《苕溪渔隐丛话》后集卷三十三引。

〔12〕《渭南文集》卷十五《施司谏注东坡诗序》。

〔13〕 参看洪迈《容斋随笔》卷十五。

和子由渑池怀旧[1]

人生到处知何似?应似飞鸿踏雪泥:泥上偶然留指爪,鸿飞那复计东西[2]!老僧已死成新塔,坏壁无由见旧题[3]。往日崎岖还记否?路长人困蹇驴嘶。往岁马死于二陵,骑驴至渑池[4]。

〔1〕 子由是苏轼的兄弟苏辙。

〔2〕 "雪泥鸿爪"是苏轼的有名譬喻之一,在宋代就有人称道(魏庆之《诗人玉屑》卷十七、蔡正孙《诗林广记》后集卷三引《陵阳室中语》),后来变为成语。

〔3〕 苏辙《栾城集》卷一《怀渑池》诗有个自注:"昔与子瞻应举,过宿县中寺舍,题其老僧奉闲之壁"。从前和尚死后,人家把他遗体烧化,造个小塔来埋葬他的骨灰。苏辙每每学他哥哥的诗(甚至哥哥用错的故

典,兄弟会照错),例如《栾城集》卷三《秀州僧本莹净照堂》的"故山别后成新岁,归梦春来绕旧房",就是模仿苏轼这一联。

〔4〕二陵是河南崤山,在渑池西。

六月二十七日望湖楼醉书^{〔1〕}

黑云翻墨未遮山,白雨跳珠乱入船。卷地风来忽吹散,望湖楼下水如天。

放生鱼鳖逐人来〔2〕,无主荷花到处开。水枕能令山俯仰〔3〕,风船解与月裴回。

〔1〕是熙宁五年(公元1072年)的六月二十七日。"望湖楼"在杭州西湖边。

〔2〕北宋时杭州的官吏曾规定西湖为放生池,不许人打鱼,替皇帝延寿添福。

〔3〕这句的意思说,躺在船里看山,不觉得水波起落,只见山头忽上忽下,正是苏轼《出颍口初见淮山》诗所谓"青山久与船低昂",和《李思训画长江绝岛图》所谓"孤山久与船低昂";参看范成大《石湖居士诗集》卷二十《再渡胥口》:"两山波动对浮沉。""水枕"等于"载在水面的枕席",正如下面一句的"风船"等于"飘荡在风里的船",并非指古代暑天用的满装了凉水的瓦枕或陶枕。

望海楼[1]晚景

横风吹雨入楼斜,壮观应须好句夸。雨过潮平江海碧,电光时掣紫金蛇。

青山断处塔层层,隔岸人家唤欲应。江上秋风晚来急,为传钟鼓到西兴[2]。

〔1〕在杭州凤凰山上。
〔2〕在浙江萧山近江边处。

吴中田妇叹 和贾收韵[1]

今年粳稻熟苦迟,庶见霜风来几时[2]。霜风来时雨如泻,杷头出菌镰生衣[3]。眼枯泪尽雨不尽[4],忍见黄穗卧青泥!茆苫一月垄上宿[5],天晴获稻随车归。汗流肩赪载入市,价贱乞与如糠粞。卖牛纳税拆屋炊,虑浅不及明年饥[6]。官今要钱不要米,西北万里招羌儿[7]。龚黄满朝人更苦,不如却作河伯妇[8]!

〔1〕贾收字耘老,极佩服苏轼,造过一个"怀苏亭",做过一卷诗叫

《怀苏集》。

〔2〕幸亏不多几天就是秋季了。

〔3〕"杷"通"钯";这句写农具因潮湿不使用而发霉生锈。

〔4〕这句可以参看杜甫《新安吏》:"莫自使眼枯,收汝泪纵横;眼枯即见骨,天地终无情。"

〔5〕在田边搭了一个茅草棚,住宿在那里救稻。

〔6〕卖了牛去纳税,拆下屋来烧饭,只想救眼前的急。

〔7〕王安石的"新法"施行以后,国家赋税收钱不收米,造成钱荒米贱的现象;农民把米贱卖了换钱来纳税,结果钱和米都没有,像黄庭坚的《上大蒙笼》、《劳坑入前城》等诗说:"今日有田无米食","正苦无钱刀",都是写当时这种情况。苏轼这首诗是熙宁五年做的,那时候宋神宗要灭西夏,采用王韶的"平戎三策",花了不少钱粮去"招抚""沿边"的羌人部落,所谓"熙河之役"正开始。(朱弁《曲洧旧闻》卷六有熙河用兵岁费的记载)

〔8〕龚遂、黄霸是汉代两个有名的好官。"河伯妇"是《史记·西门豹传》里的故事:巫婆藉口说水神结婚来向人民敲诈,西门豹为民除害,把巫婆掷在河里。在这里"龚黄"是说反话;"作河伯妇"是借用,等于说苦得无路可走,还不如干脆投河自尽。

法惠寺[1]横翠阁

朝见吴山横,暮见吴山纵[2];吴山故多态,转侧为君容。幽人起朱阁[3],空洞更无物;惟有千步冈,东西作帘额[4]。春来故国归无期,人言秋悲春更悲;已泛平湖思濯锦,更看横翠忆峨眉[5]。雕栏能得几时好？不独凭栏人易老！百年兴废更堪哀，悬知草莽化池台[6]；游人寻我旧游处，但觅吴山横处来。

〔1〕在杭州。

〔2〕一名胥山，又名城隍山。这两句说，白天看见的山是长长的一道，黑夜里看不周全，只见高高的一堆。

〔3〕古代寺院里的楼阁常常是红颜色，所以红楼朱阁不但指妇女的闺阁，也可以指和尚寺；唐人像白居易、李益、僧广宣、段成式等的诗里都讲到安国寺的"红楼"，李涉《早春霁后发头陀寺》诗也说："红楼金刹倚晴岗"。

〔4〕"千步冈"就指吴山；意思说，阁里什么陈设都没有，只有一座山挡在窗外，仿佛是遮窗的帘子；"东西"等于自左到右。

〔5〕看了杭州的景物，就想起故乡四川的锦江和峨眉山来了。

〔6〕等于"池台化草莽"。

饮湖上初晴后雨

水光潋滟晴方好，山色空濛雨亦奇。欲把西湖比西子，淡妆浓抹总相宜[1]。

〔1〕西子就是战国时有名的美女西施。这也是苏轼的一个传诵的比喻，后来许多诗歌都从这里生发出来；例如南宋建都杭州，荒淫奢侈，亡国以后，方回《桐江续集》卷二十四《问西湖》就说："谁将西子比西湖？

旧日繁华渐欲无。始信坡仙诗是谶,捧心国色解亡吴!"苏轼似乎很自负这首诗,所以把它的词意几次三番的用:"水光潋滟犹浮碧,山色空濛已敛昏"(《次韵仲殊游西湖》);"西湖真西子"(《次韵刘景文登介亭》);"只有西湖似西子"(《次韵答马中玉》);"西湖虽小亦西子"(《再次韵德麟新开西湖》)。

书双竹[1]湛师房

暮鼓朝钟自击撞,闭门孤枕对残釭。白灰旋拨通红火,卧听萧萧雪打窗。

〔1〕 杭州广严寺,别名双竹寺。

中秋月[1]

暮云收尽溢清寒,银汉无声转玉盘。此生此夜不长好,明月明年何处看[2]?

〔1〕 这是熙宁十年的中秋,苏轼在徐州。
〔2〕 这个意思在苏轼诗里屡次出现,例如《十月十五日观月黄楼席上次韵》:"为问登临好风景,明年还忆使君无?"又《和子由山茶盛开》:"雪里盛开知有意,明年开后更谁看?"

端午遍游诸寺[1]

肩舆任所适,遇胜辄流连。焚香引幽步,酌茗开净筵[2]。微雨止还作,小窗幽更妍;盆山不见日,草木自苍然。忽登最高塔,眼界穷大千。卞峰照城郭,震泽浮云天[3]。深沉既可喜,旷荡亦所便。幽寻未云毕,墟落生晚烟。归来记所历,耿耿清不眠;道人亦未寝,孤灯同夜禅[4]。

〔1〕宋神宗元丰二年(公元1079年)的端午,苏轼在湖州。
〔2〕素斋。
〔3〕卞山在浙江乌程北,震泽就是太湖。
〔4〕佛前的长明灯陪伴着打坐的和尚。

雨晴后步至四望亭下[1]

雨过浮萍合,蛙声满四邻。海棠真一梦[2],梅子欲尝新。挂杖闲挑菜,秋千不见人。殷勤木芍药,独自殿[3]馀春。

〔1〕在黄州。
〔2〕花已落得一干二净,影踪也没有。
〔3〕收梢、结尾。

正月二十日与潘郭二生出郊寻春忽记去年是日同至女王城作诗乃和前韵[1]

东风未肯入东门[2],走马还寻去岁村。人似秋鸿来有信,事如春梦了无痕[3]。江城白酒三杯酽,野老苍颜一笑温。已约年年为此会,故人不用赋招魂[4]!

〔1〕元丰五年(公元1082年)正月,苏轼在黄州。

〔2〕因此城里还无春色,须出郊寻春。

〔3〕这一联也是苏轼有名的比喻,参看杜牧《题安州浮云寺楼》:"恨如春草多,事与孤鸿去";辛弃疾《稼轩词》卷三《鹧鸪天·和人韵有所赠》有意地来个翻案文章和补笔:"事如芳草春长在,人似浮云影不留。"

〔4〕朋友们不用可怜他的贬斥而设法把他内调。

南堂[1]

扫地焚香闭阁眠,簟纹如水帐如烟。客来梦觉知何处,挂起西窗浪接天。

〔1〕在黄州,下临江水。这首诗也误收入秦观《淮海后集》卷上。

题西林[1]壁

横看成岭侧成峰,远近高低各不同。不识庐山真面目,只缘身在此山中。

〔1〕乾明寺,在庐山。

春日

鸣鸠乳燕寂无声,日射西窗泼眼明。午醉醒来无一事,只将春睡赏春晴。

书李世南所画秋景[1]

野水参差落涨痕,疏林欹倒出霜根。扁舟一棹归何处[2]?家在江南黄叶村。

〔1〕李世南字唐臣;这是他画的《秋景平远》。
〔2〕据邓椿《画继》卷四,"扁舟"应作"浩歌";李世南原"画一舟子张颐鼓枻作浩歌之态,今作'扁舟',甚无谓也!"

惠崇[1]春江晓景

竹外桃花三两枝,春江水暖鸭先知[2]。蒌蒿满地芦芽短,正是河豚欲上时[3]。

〔1〕宋初"九僧"之一,能诗能画。
〔2〕苏轼《游桓山,会者十人,得"泽"字》诗也说:"春风在流水,凫雁先拍拍。"参看孟郊《春雨后》:"何物最先知,虚庭草争出",又杜牧(一作许浑)《初春舟次》:"蒲根水暖雁初浴,梅径香寒蜂未知。"
〔3〕这首诗前三句写惠崇画里的事物,末句写苏轼心里的想像。宋代烹饪以蒌蒿、芦芽和河豚同煮(参观《苕溪渔隐丛话》后集卷二十四论梅尧臣诗),因此苏轼看见蒌蒿、芦芽就想到了河豚。鸭在惠崇画中,而河豚在苏轼意中。"水暖先知"是设身处地的体会,"河豚欲上"是即景生情的联想。

荔支叹[1]

十里一置飞尘灰,五里一堠兵火催[2];颠坑[3]仆谷相枕藉,知是荔支龙眼来。飞车跨山鹘横海[4],风枝露叶如新采;宫中美人一破颜,惊尘溅血流千载。永元荔支来交州,天宝岁贡取之涪;至今欲食林甫肉,无人举觞酹伯游。汉永元中交州进荔支龙眼,十里一置,五里一堠,奔腾死亡,罹猛兽毒虫之害者无数。唐羌字伯游为临武长,上书言状,和帝罢之。唐天宝中盖取涪州荔支,自子午谷路进入。〔5〕我愿天公怜赤子,莫生尤物为疮痏;雨顺风调百谷登,民不饥寒为上瑞。君不见:武夷溪边粟粒芽,前丁后蔡相笼加,大小龙茶始于丁晋公,而成于蔡君谟,欧阳永叔闻君谟进小龙团,惊叹曰:"君谟士人也,何至作此事耶!"〔6〕争新买宠各出意,今年斗品〔7〕充官茶。今年闽中监司乞进斗茶,许之。吾君所乏岂此物?致养口体何陋耶!洛阳相君忠孝家,可怜亦进"姚黄"花。洛阳贡花,自钱惟演始〔8〕。

〔1〕这是宋哲宗赵煦绍圣二年(公元1095年)苏轼贬斥在广东惠州时所作。他这一次才吃到荔枝,作了一首《四月十一日初食荔支》诗,极口称赞,把荔枝的颜色比"红纱中单白玉肤"和"颓虹珠",把它的滋味去配"江鳐玉柱"和"河豚腹腴"。但是他想到这件好东西也是个祸根,因此又作了这一首。帝王骄奢淫欲,官吏谄媚迎合,各地出产的好东西像广东的荔枝、福建的茶、洛阳的牡丹花,都得进贡,当灾受苦的是人民。苏轼宁愿天地间不生这种稀罕美物,省得害人,同时批评地方官的牺牲人民向皇帝讨好。这些人想出新鲜花样,找土产进贡,一开了个例,从此变为牢不可破的常规了,所以苏轼的自注里着重"始于……"和"自……始"。他同时诗人唐庚《眉山唐先生文集》卷二《采藤曲》说:"吾皇养民如养儿,凿空为此谋者谁",也是这个意思。

〔2〕"置"和"堠"都是站,见苏轼自注。

〔3〕"阬"通"坑"。

〔4〕车子过山快得像老鹰飞过海;一说"海鹘"是一种快船。

〔5〕永元是汉和帝刘肇的年号,天宝是唐玄宗李隆基的年号。交州是广东、广西等地方,涪州在四川,子午谷是四川和陕西间的交通要

道——唐代的京都是陕西长安。李林甫是唐玄宗的宰相,有名的"口蜜腹剑"的权奸。

〔6〕福建武夷山,出产茶叶。宋代把茶叶制成饼形,上面印龙凤花纹,有"龙团"、"凤饼"的名目。丁谓是宋真宗的宰相,以奴颜婢膝、捣鬼撒谎著称。蔡襄是北宋四大书法家之一,也是茶事专家,写过《茶录》。"笼"指收罗,因为采茶用竹笼,保藏茶叶用箬笼(陆羽《茶经·二之具》,蔡襄《蔡忠惠公集》卷三《采茶》、卷三十《茶录》;《苕溪渔隐丛话》后集卷十一载丁谓《北苑焙新茶》诗也讲到"篮笼"。"加"是抢先压倒。

〔7〕当时有比赛茶叶的会,所谓"茗战"。

〔8〕钱惟演是西昆体诗人之一,吴越王钱俶的儿子。钱俶对宋不战而降,死后博得宋太宗的"以忠孝而保社稷"这句鉴定(《宋史》卷四百八十),所以苏轼说"忠孝家"(参看《经进东坡文集事略》卷五十五《表忠观碑》)。钱惟演在洛阳做过留守,是欧阳修的上司,苏轼《仇池笔记》卷上说:"钱惟演作西京留守,始置驿贡洛花,识者鄙之,此宫妾爱君之意也。"钱惟演曾说牡丹是"花王"而"姚黄"又是牡丹之王。

澄迈[1]驿通潮阁

倦客愁闻归路遥,眼明飞阁俯长桥。贪看白鹭横秋浦,不觉青林没晚潮。

馀生欲老海南村,帝遣巫阳招我魂[2]。杳杳天低鹘没处,青山一发是中原[3]。

〔1〕澄迈县在海南岛北部。

〔2〕《楚词》的《招魂》里说,上帝可怜屈原的灵魂脱离了他的躯壳,命令巫阳去叫它回来。

〔3〕《东坡后集》卷十五《伏波将军庙碑》也说:"南望连山,若有若无,杳杳一发耳",这也是在海南岛写的。参看韩愈《赠别元十八协律》第六首:"乘潮簸扶胥,近岸指一发。"

黄庭坚

黄庭坚(1045—1105)字鲁直,自号山谷老人,又号涪翁,分宁人,有《山谷内集》、《外集》、《别集》。他是"江西诗社宗派"的开创人,生前跟苏轼齐名,死后给他的徒子法孙推崇为杜甫的继承者。自唐以来,钦佩杜甫的人很多,而大吹大擂地向他学习的恐怕以黄庭坚为最早。他对杜诗的那一点最醉心呢?他说:"老杜作诗,退之作文,无一字无来处;盖后人读书少,故谓韩杜自作此语耳。古之能为文章者,真能陶冶万物,虽取古人之陈言入于翰墨,如灵丹一粒,点铁成金也。"[1]在他的许多关于诗文的议论里,这一段话最起影响,最足以解释他自己的风格,也算得江西诗派的纲领。他有些论诗的话,玄虚神秘,据说连江西派里的人都莫名其妙的[2]。

杜诗是否处处有来历,没有半个字杜撰,且撇开不谈。至少黄庭坚是那样看它,要学它那样的。元稹赏识杜诗的白描直说,不用古典成语:"怜渠直道当时语,不著心源傍古人"[3];刘禹锡讲"业诗即须有据",举了一句杜诗为例,只限于"为诗用僻字须有来处"[4],在涵意上还比黄庭坚的话狭得多。"无一字无来处"就是锺嵘《诗品》所谓"句无虚语,语无虚字"。锺嵘早就反对的这种"贵用事"、"殆同书抄"的形式主义,到了宋代,在王安石的诗里又透露迹象,在"点瓦为金"的苏轼的诗里愈加发达,而在"点铁成金"的黄庭坚的诗里登峰造极。"读书多"的人或者看得出他句句都是把"古人陈言"点铁成金,明白他讲些什么;"读书少"的人只觉得碰头绊脚无非古典成语,仿佛眼睛里搁了金沙铁屑,张都张不开,别想看东西了。当然,以前像李商隐和师法他的西昆体作者都爱把古典成语镶嵌绣织到诗里去的,不过他们跟黄庭坚有极大的不同。李商隐的最起影响的诗和西昆体主要都写华丽的事物和绮艳的情景,所采用的字眼和词藻也偏在这一方面。黄庭坚歌咏的内容,比起这种诗的内容来,要繁富得多,词句的性质也就复杂得多,来源也就广博冷僻得多。在李商隐、尤其在西昆体的诗里,意思往往似有若无,欲吐又吞,不可捉摸[5];他们用的典故词藻也常常只为了制造些气氛,牵引些情调,仿佛餐厅里吃饭时的音乐,所以会给人一种"华而不实"、"文浮于意"的印象。黄庭坚有着着实实的意思,也喜欢说教发议论;不管意思如何平凡、议论怎样迂腐,只要读者了解他用的那些古典成语,就会确切知道他的心思,所以他的诗给人的印象是生硬晦涩,语言不够透明,仿佛冬天的玻璃窗蒙上一层水汽、冻成一片冰花。黄庭坚曾经把道听途说的艺术批评比于"隔帘听琵琶"[6],这句话正可以形容他自己的诗。读者知道他诗里确有意思,可是给他的语言像帘子般的障隔住了,弄得咫尺千里,闻声不见面。正像《文心雕龙·隐秀》篇所说:"晦塞为深,虽奥非隐";这种"耐人思索"是费解,不是含蓄。

南宋初年,任渊注解了《山谷内集》;南宋中叶,史容注了《外集》,史季温注了《别集》,都赶不上任渊的精博。此外,陈逢寅也作了《山谷诗注》[7],任骥和邓公立又分别注了《外集》[8],可惜这三家的注本没有流传。看来"读书多"的人对黄庭坚的诗都疑神疑鬼,只提防极平常的字句里有什么埋伏着的古典,草木皆兵,你张我望。例如任渊满以为把《和答钱穆父咏猩猩毛笔》的出典注明白了,可是杨万里又搜查出来两句暗藏的"古人陈言"[9]。甚至黄庭坚明明是默写白居易的诗,记错了些字句[10],他的崇拜者也以为他把白铁点成黄金,"可为作诗之法",替他加上了一个《谪居黔南》的题目,编入他的诗集里〔11〕。

〔1〕《豫章黄先生文集》卷十九《答洪驹父书》。参看《山谷老人刀笔》卷三《答曹荀龙》论读书时该留心"佳句善字"备自己创作之用;吕本中《紫微诗话》:"范元实既从山谷学诗,要字字有来处";惠洪《冷斋夜话》卷一记黄庭坚讲"换骨"和"夺胎"。当时反对黄庭坚的人像魏泰在《临汉隐居诗话》里也看准这一点是他的特色:"好用南朝人语,专求古人未使之事、又一二奇字,缀茸而成诗。"

〔2〕李弥逊《筠溪集》卷二十一《跋赵见独诗后》,杨万里《诚斋集》卷三十二《戏用禅观答曾无逸问山谷语》。

〔3〕《酬孝甫见赠》第二首。

〔4〕韦绚《刘宾客嘉话录》。

〔5〕参看元好问《论诗》:"诗家总爱西昆好,只恨无人作郑笺";王士禛《戏效元遗山〈论诗〉绝句》:"一篇《锦瑟》解人难";毛奇龄《西河合集·诗话》卷七记张杉论李商隐诗:"半明半暗,近通近塞,迷闷不得决。"

〔6〕《豫章黄先生文集》卷二十八《跋翟公巽所藏石刻》。李商隐《楚宫》第二首:"月姊曾逢下彩蟾,倾城消息隔重帘;已闻佩响知腰细,更辨弦声觉指纤。"——也许可以解释黄庭坚这个比喻。

〔7〕《宋史》卷二百八《艺文志》七。

〔8〕魏了翁《鹤山大全集》卷五十五《注黄诗〈外集〉序》,洪咨夔《平斋文集》卷十《豫章〈外集〉诗注序》。

〔9〕《内集》注卷三,《诚斋集》卷一百十四《诗话》。

〔10〕王晔《道山清话》记范寥述黄庭坚语。

〔11〕《内集》注卷十二。

病起荆江亭即事[1]

翰墨场中老伏波，菩提坊里病维摩[2]。近人积水无鸥鹭，时有归牛浮鼻过[3]。

闭门觅句陈无己，对客挥毫秦少游；正字不知温饱未？西风吹泪古藤州[4]！

〔1〕这是宋徽宗赵佶建中靖国元年（公元 1101 年）黄庭坚贬斥在湖北江陵时所作。

〔2〕汉代伏波将军马援到六十二岁还能够上战场；佛经里说如来佛在菩提道场得道，又讲起维摩诘害病。黄庭坚参禅信佛，做过戒绝女色和荤酒的《发愿文》（《豫章黄先生文集》卷二十一，参看宋濂《宋文宪公全集》卷四十六《题黄山谷手帖》），作诗时年纪五十六岁，生了个疽刚好。这两句说自己是位文坛老将，也像个寺院里的病和尚。

〔3〕这两句说住处很逼仄，没有风景。唐人陈咏诗句："隔岸水牛浮鼻渡"（孙光宪《北梦琐言》卷七），黄庭坚来了个"点铁成金"，他在《跨牛庵铭》（《豫章黄先生文集》卷十三）里又说："浮鼻渡河"。

〔4〕这一首采用杜甫《存殁口号》的作法，一首诗里两句讲一个死去的朋友，两句讲一个生存的朋友。那时陈师道正做"正字"这个小官，秦观已在广西藤州身故。陈师道家里很穷困，做诗的时候怕声音扰乱，把孩子和猫狗都撵出门，所以黄庭坚说他"闭门觅句"，又说"不知温饱未"。秦观的诗文很细致讲究，也许笔下不会很快，所以朱熹觉得黄庭坚

的话需要引申:"少游诗甚巧,亦谓之'对客挥毫'者,想他合下得句便巧。"(《朱子语类》卷一百四十)

雨中登岳阳楼望君山[1]

投荒万死鬓毛斑,生入瞿塘滟滪关[2]。未到江南先一笑,岳阳楼上对君山。

满川风雨独凭栏,绾结湘娥十二鬟。可惜不当湖水面,银山堆里看青山[3]。

[1] 这是宋徽宗崇宁元年(公元1102年)春天的诗。黄庭坚被赦,可以回到江西故乡,从江陵动身,这时候正经过湖南岳阳。岳阳楼是唐以来的名胜。君山一称洞庭山,在岳阳西南洞庭湖里。

[2] 瞿塘峡和滟滪堆都在四川,是航行的危险地带,古人诗里常常歌咏的。黄庭坚本来贬斥到四川黔州,后来迁移到四川戎州,留在四川近六年。这句和下一句都是写心里的欣幸;张舜民贬斥出去,也路过岳阳楼,做了一首《卖花声》词,里面说:"醉袖抚危栏,天淡云闲,何人此路得生还?回首夕阳红尽处,应是长安!"(《画墁集》卷四)跟黄庭坚这首诗恰是个鲜明的对照。

[3] 《楚词》里所谓湘夫人的神灵相传住在君山,山的形状像十二个发髻。"银山"指波浪。这两句申说"望"字,表示只在高处远眺山姿,未能在湖面兼看山姿水态。

新喻道中寄元明[1]

中年畏病不举酒,孤负东来数百觞。唤客煎茶山店远,看人获稻午风凉。但知家里俱无恙,不用书来细作行。一百八盘携手上,至今犹梦绕羊肠[2]。

〔1〕新喻在江西;黄大临字元明,是黄庭坚的哥哥。
〔2〕黄庭坚贬斥到黔州去的时候,大临一直送到地头,路上经过一百八盘和四十八渡等险境(《内集》注卷十二《竹枝词》)。这首是黄庭坚的比较朴质轻快的诗,后来曾几等就每每学黄庭坚这一体。

孔平仲

　　孔平仲(1046？—1103？)字毅父,新喻人,有《朝散集》。当时把他和他哥哥文仲、武仲跟苏轼、苏辙并称,所谓"二苏三孔"。他的诗比两位哥哥的好,很近苏轼的风格。郭祥正《青山集》续集里的诗篇差不多全是孔平仲的作品,后人张冠李戴,错编进去的,就像洪迈《野处类稿》里的诗篇差不多全是朱熹父亲朱松的作品一样,这一点也许应该提起。

霁夜

寂历帘栊深夜明,摇回清梦戍墙铃[1]。狂风送雨已何处?淡月笼云犹未醒。早有秋声随堕叶,独将凉意伴流萤。明朝准拟南轩望,洗出庐山万丈青。

　　[1] 城墙上看守人摇的铃;古代守夜不但"击柝",而且"鸣铎",《西游记》第五十二回所说:"又有些该班坐夜的,涤涤托托,梆铃齐响。"

禾熟[1]

百里西风禾黍香,鸣泉落窦[2]谷登场。老牛粗了耕耘债,啮草坡头卧夕阳。

〔1〕清初画家恽格《瓯香馆集》卷十《村乐图》跟这首只有三个字不同——"鸣泉落窦"作"寒沟水落";大约是恽格借这首诗来题画,后人因此误编入他的诗集里。

〔2〕因为是秋季,水退了些。

吕南公

吕南公(1047—1086)字次儒,南城人,有《灌园集》。是曾巩的朋友,极推重韩愈。跟他同乡李觏都是科举不得意的,诗的风格也有点相近。

老樵

何山老翁鬓垂雪,担负樵苏清晓发。城门在望来路长,樵重身羸如疲鳖。皮枯亦复汗淋沥[1],步强[2]遥闻气呜咽。同行壮俊常后追,体倦心烦未容歇。街东少年殊傲岸,和袖高扉[3]厉声唤。低眉索价退听言,移刻才蒙酬与半。纳樵收值不敢缓,病妇倚门待朝爨[4]。

〔1〕枯皮也榨得汗出。
〔2〕勉强赶路。
〔3〕两手笼在袖子里,在大门口一站。
〔4〕音"窜",烧饭;意思说等米下锅。"街东少年"和老樵家里的"病妇"两人各站在门口等他来,是个刺眼的对照。

勿愿寿

勿愿寿，寿不利贫只利富。君不见：生平龌龊南邻翁，绮纨合杂歌鼓雄，子孙奢华百事便，死后祭葬如王公；西家老人晓稼穑，白发空多短衣食，儿孱妻病盆甑干，静卧藜床冷无席[1]。

[1] 从"龌龊"两字看来，这首诗也是"贾客乐"的用意，而从《西游记》第四十四回所谓不是"长寿"而是"长受罪"这个新角度去写。

秦　观

秦观(1049—1100)字少游,又字太虚,高邮人,有《淮海集》。在苏轼苏辙兄弟俩的周围有五位作家,黄庭坚、秦观、张耒、晁补之和陈师道,所谓"苏门"。张耒和晁补之都有诗把这一"门"五口儿描写在一起,仿佛是来了个"合家欢"[1]。不用说,一家人之间也往往分个亲疏厚薄,陈师道就觉得苏轼待秦观比待自己亲热,后人还代他抱不平[2]。这五位诗人并不模仿苏轼的风格,而且除掉陈师道受黄庭坚的影响以外,彼此在创作上各人走各人的路。晁补之的诗最差。只有一点值得提起:宋代对李白虽然推崇,不像对杜甫那样的效法;晁补之和同时的徐积、郭祥正也许是欧阳修、苏轼以后仅有的向李白学习的北宋诗人。徐积甚至说杜甫比起李白来,就像"老骥"去追赶"秋鹰"、"霜鹘"[3]。

秦观的诗内容上比较贫薄,气魄也显得狭小,修词却非常精致;只要看李廌《师友谈记》里记载他讲怎样写律赋的许多话,就知道他对文字的琢磨工夫多少细密,怪不得朋友说他"智巧饾饤,只如填词",又说"铢两不差,非秤子上秤来,乃算子上算来"。他的诗句"敲点匀净",常常落于纤巧,所以同时人说他"诗如词"、"诗似小词"、"又待入小石调"[4]。后来金国人批评他的诗是"妇人语"、"女郎诗"[5],其实只是这个意思,而且不一定出于什么"南北之见"。南宋人不也说他的诗"如时女游春,终伤婉弱"么[6]?"时女游春"的诗境未必不好[7]。艺术之宫是重楼复室、千门万户,决不仅仅是一大问敞厅;不过,这些屋子当然有正有偏,有高有下,决不可能都居正中,都在同一层楼上。

〔1〕《柯山集》卷十《赠李德载》第二首、《鸡肋集》卷四《饮酒二十首同苏翰林先生次韵追和陶渊明》第二十首。

〔2〕《后山先生文集》卷十一《秦少游字序》,吴儆《竹洲文集》卷八《代陈无己述怀》。

〔3〕《徐节孝先生文集》卷一《李太白杂言》、卷十六《和蹇受之》第一首。

〔4〕陈师道《后山先生文集》卷二十三《诗话》、胡仔《苕溪渔隐丛话》前集卷四十二又卷五十一引《王直方诗话》,参看方回《瀛奎律髓》卷十二。

〔5〕元好问《中州集》卷九引王中立语、《遗山诗集》卷十一《论诗》第二十四首。

〔6〕《南宋群贤小集》第十二册敖陶孙《臞翁诗集》卷首《诗评》。

〔7〕参看瞿佑《归田诗话》卷上、郭麐《灵芬馆诗话》卷一驳斥王中立和元好问。

泗州[1]东城晚望

渺渺孤城白水环,舳舻人语夕霏间。林梢一抹青如画,应是淮流转处山。

〔1〕在淮河边,所以当时又称泗州临淮郡。

春日

一夕轻雷落万丝[1],霁光浮瓦碧参差[2]。有情芍药含春泪,无力蔷薇卧晓枝[3]。

〔1〕指雨说。
〔2〕指绿琉璃瓦说;"浮"字描写太阳照在光亮物体上面的反射,李商隐《戏赠张书记》诗所谓"池光不受月"的"不受"也许是"浮"字的好解释。
〔3〕这两句写一宵雷雨之后花草的姿态,"春泪"指未干的雨点。

秋日[1]

霜落邗沟[2]积水清,寒星无数傍船明。菰蒲深处疑无地,忽有人家笑语声。

月团新碾瀹花瓷[3],饮罢呼儿课《楚词》。风定小轩无落叶,青虫相对吐秋丝。

〔1〕第一首写船上,第二首写家里。
〔2〕江苏扬州南北的漕河。
〔3〕"月团"指茶饼,"花瓷"指茶碗。

金山晚眺

西津江口月初弦[1],水气昏昏上接天。清渚白沙茫不辨,只应灯火是渔船。

[1] 金山是江南名胜,下临长江,"西津"就是西面摆渡口,"初弦"指农历每月初八日前后的月亮。

还自广陵

天寒水鸟自相依,十百为群戏落晖;过尽行人都不起,忽闻冰响一齐飞。

贺　铸

贺铸（1052—1125）字方回，自号庆湖遗老，卫州人，有《庆湖遗老集》。在当时不属"苏门"而也不入江西派的诗人里，他跟唐庚算得艺术造诣最高的两位。他是个词家，有一部分受唐人李商隐、温庭筠等影响的诗常教人想起晏殊的词来，跟他自己的词境也相近；但是他另有些诗绝然不是这种细腻柔软的风调，用了许多"之""乎""者""也"之类的语助词，又像"打油"体，又像理学家邵雍的《击壤集》体。他最好的作品都是开朗干净，没有"头巾气"，也没有"脂粉气"的。

清燕堂

雀声啧啧燕飞飞，在得[1]残红一两枝。睡思乍来还乍去，日长披卷下帘时。

〔1〕剩下来。

野步

津头微径望城斜，水落孤村格[1]嫩沙。黄草庵中疏雨湿，白头翁妪坐看[2]瓜。

〔1〕阻隔。
〔2〕看守。

题诸葛谼田家壁 地名诸葛亮谼,在乌江北八十里,与江南石头城相望[1]

晚度孔明谼,林间访老农。行冲落叶径,坐听隔江钟[2]。后舍灯犹织,前溪水自舂[3]。无多游宦兴,卜隐幸相容。

〔1〕"谼"音"洪",乌江在安徽和县东北,石头城就是南京。
〔2〕《庆湖遗老集》卷三《宿宝泉山慧日寺》诗也说:"风从何许来,历历江南钟。"
〔3〕指水碓,参看岑参《题山寺僧房》:"山碓水能舂",白居易《寻郭道士不遇》:"云碓无人水自舂。"

宿芥塘佛祠

壁间得魏湘、毕平仲、张士宗回所留字,皆吾故人也。

青青蘋麦[1]欲抽芒,浩荡东风晚更狂。微径断桥寻古寺,短篱高树隔横塘。开门未扫杨花雨,待晚[2]先烧柏子香。底许暂忘行役倦,故人题字满长廊。

〔1〕大麦,"䵉"音"矿"。

〔2〕一作"晓",恐怕是后人看见这首诗用了两个"晚"字乱改的。这首诗都是写当日的情事,层次分明:隔堤看见寺院,觅路到门口,一进去只见满地杨花,天还没黑,佛像前早已点起夜香。假使改为"晓"字,不但突兀不连贯,而且刚休息了一宵,就说"底许暂忘行役倦",也说不过去。"杨花雨"衬出第二句"东风狂"来。结尾两句的情景可参观周邦彦《浣溪沙》:"下马先寻题壁字。"

陈师道

陈师道(1053—1102)字无己,又字履常,自号后山居士,彭城人,有《后山集》。黄庭坚是江西人;北宋后期,吕本中把受他影响的诗家罗列一起,称为"江西诗社宗派"。在这些人里,陈师道的年辈最长,声望也最高,所以任渊就把《后山集》和《山谷集》一起注了。

陈师道模仿杜甫句法的痕迹比黄庭坚来得显著。他想做到"每下一俗间言语"也"无字无来处"[1],可是本钱似乎没有黄庭坚那样雄厚,学问没有他那样杂博,常常见得竭蹶寒窘。他曾经说自己做诗好像"拆东补西裳作带",又说:"拆补新诗拟献酬"[2],这也许是老实的招供。因此,尽管他瞧不起那些把杜甫诗"一句之内至窃取数字"的作者,他的作品就很犯这种嫌疑[3]。他的情感和心思都比黄庭坚深刻,可惜表达得很勉强,往往格格不吐,可能也是他那种减省字句以求"语简而益工"的理论害了他[4]。假如读《山谷集》好像听异乡人讲他们的方言,听他们讲得滔滔滚滚,只是不大懂,那末读《后山集》就仿佛听口吃的人或病得一丝两气的人说话,瞧着他满肚子的话说不畅快,替他干着急。只要陈师道不是一味把成语古句东拆西补或者过分把字句简缩的时候,他可以写出极朴挚的诗。

〔1〕陈长方《步里客谈》卷下。
〔2〕《后山诗注》卷三《次韵〈西湖徙鱼〉》、卷八《隐者郊居》。
〔3〕张表臣《珊瑚钩诗话》卷二"陈无己先生语余"条,葛立方《韵语阳秋》卷二"客为余言后山诗"条。

〔4〕《后山先生文集》卷二十三《诗话》论杜甫"秋月解伤神"、"千崖秋气高"两条,《后山诗注》卷一《妾薄命》的注解。

别三子〔1〕

夫妇死同穴〔2〕,父子贫贱离。天下宁有此?昔闻今见之!母前三子后,熟视不得追。嗟乎胡不仁,使我至于斯!有女初束发,已知生离悲;枕我不肯起,畏我从此辞〔3〕。大儿学语言,拜揖未胜衣;唤"爷我欲去!"此语那可思!小儿襁褓间,抱负有母慈;汝哭犹在耳,我怀人得知〔4〕!

〔1〕陈师道很穷,养不活家,所以他丈人郭槩到四川去做官,就把女儿和外孙全带走了,撇下女婿一个人。
〔2〕《诗经》里《王风》的《大车》篇说夫妇"死则同穴"。陈师道的意思说,自己一对夫妇活生生的拆开,只有等死后埋在一起了。
〔3〕怕从今以后见不到我的面。
〔4〕等于"不得知"或"那得知"。

示三子

去远即相忘,归近不可忍〔1〕。儿女已在眼,眉目略不省〔2〕。喜极不得语,泪尽方一哂。了知不是梦,忽忽心未稳。

〔1〕知道子女就要回家了,快活得按捺不住。
〔2〕子女长大得见面不相识。

田家

鸡鸣人当行,犬鸣人当归。秋来公事急,出处不待时[1]。昨夜三尺雨,灶下已生泥。人言田家乐,尔苦人得知!

〔1〕不等到雄鸡报晓,农人早已出门;天黑以后,狗都看门叫吠,农人还没回家。

绝句

书当快意读易尽,客有可人期不来;世事相违每如此,好怀百岁几回开[1]!

〔1〕陈师道《寄黄元》也说:"俗子推不去,可人费招呼;世事每如此,我生亦何娱!"

春怀示邻里[1]

断墙着雨蜗成字[2],老屋无僧燕作家。剩欲出门追语笑,却嫌归鬓着尘沙。风翻蛛网开三面,雷动蜂窠趁两衙[3]。屡失南邻春事约,只今容有未开花。

〔1〕这是陈师道的名作,也误收入清末翁同龢《瓶庐诗稿》的《补辑》里。第一联形容自己寓处的破烂;第二联说外面土大,所以懒得出去跟街坊应酬;第三联写春气和暖中的物态;第七八句说也许邻家园里的花还有没开过的,涵意是看见春色那样暄妍,也静极思动,想出门看花了。

〔2〕古人常把蜗牛行动时留下的痕迹比为篆书,所以蜗牛有"篆愁君"的称号。(陶縠《清异录》卷三)

〔3〕"衙"是排列成行,据说蜂衙有早晚两次;"网开三面"是借用商汤的故事,只等于说风吹得蜘蛛结不成网。

张 耒

张耒(1054—1114)字文潜,自号柯山,亳州人,有《柯山集》。在"苏门"里,他的作品最富于关怀人民的内容,风格也最不做作装饰,很平易舒坦,南北宋的诗人都注意到他这一点:"君诗容易不着意,忽似春风开百花"[1];"晚爱肥仙诗自然,何曾绣绘更雕镂"[2],他受白居易和张籍的影响颇深;而读他的七言律诗常会起一种感觉,仿佛没有尝到陆游七律的味道,却已经老早闻着它的香气,有一小部分模仿杜甫的语气雄阔的七律又好像替明代的前后"七子"先透了个消息。可惜他作的诗虽不算很多,而词意每每复出叠见,风格也写意随便得近乎不耐烦,流于草率。张籍的诗正如王安石《题张司业诗》所说:"看似寻常最奇崛,成如容易却艰辛",白居易的诗稿是张耒亲眼看到的,上面也是翻来覆去的修改[3]。张耒似乎没有学他们这种榜样,看来他往往写了几句好句以后,气就泄了,草草完篇,连复看一遍也懒。朱熹说他"一笔写去,重意重字皆不问"[4],还没留心到他在律诗里接连用同一个字押韵都不管账[5]。

〔1〕晁补之《鸡肋集》卷十八《题文潜诗册后》。
〔2〕杨万里《诚斋集》卷四十《读张文潜诗》。
〔3〕《苕溪渔隐丛话》前集卷八引张耒语;宋人看到白居易诗稿的都这样说,例如王正德《馀师录》卷二引张舜民语,周必大《省斋文稿》卷十六《跋宋景文公〈唐史〉稿》。
〔4〕《语类》卷一百四十。

〔5〕例如《柯山集》卷十六《京师废宅》、卷十七《自海至楚途次寄马全玉》第六首。

感春

春郊草木明,秀色如可揽。雨馀尘埃少,信马不知远。黄乱高柳轻,绿铺新麦短。南山逼人来,涨洛清漫漫〔1〕。人家寒食近,桃李暖将绽〔2〕。年丰妇子乐,日出牛羊散。携酒莫辞贫,东风花欲烂。

浮云起南山,冉冉朝复雨。苍鸠鸣竹间,两两自相语。老农城中归,沽酒饮其妇。共言今年麦,新绿已映土;去年一尺雪,新泽至已屡;丰年坐可待,春服行欲补。

〔1〕指洛水。
〔2〕天气暖了,桃花李花的骨朵儿都要开了。

劳歌

暑天三月元无雨,云头不合惟飞土。深堂无人午睡馀,欲动身先汗如雨〔1〕。忽怜长街负重民,筋骸长毂十石弩〔2〕;半衲遮背是生涯,以力受金饱儿女。人家牛马系高木,惟恐牛躯犯炎酷;天工作民良久艰[3],谁知不如牛马福[4]!

〔1〕也许可以附带说,张耒是个大胖子,黄庭坚《戏和文潜谢穆父松扇》诗里就取笑他"六月火云蒸肉山"。
〔2〕老是使劲用力,仿佛是要把十石硬弓拉满的样子。
〔3〕老天爷生下一个人来也很费时候,很不容易。"天工"就是"天公",例如《有感》第三首:"人生多求复多怨,天工供尔良独难!""公"强调天的尊严,而"工"强调庄子所谓"天运"或"造化",例如刘禹锡《问大钧赋》:"有工其神"、"工赋其形"、"工居其中"等等,"大钧"即天。
〔4〕辛苦出力而被作践的人通常也称"牛马",张耒涵意说比牛马还不如。

有感

群儿鞭笞学官府,翁怜痴儿傍笑侮。翁出坐曹[1]鞭复呵,贤于群儿能几何?儿曹相鞭以为戏,翁怒鞭人血流地。等为戏剧谁后先?我笑谓翁儿更贤[2]。

〔1〕上衙门去坐大堂,审判案件。
〔2〕这是讽刺官僚只知道装模做样,作威作福,把职务当儿戏,可是儿戏又不彻底:虽然办事等于开顽笑,虐害人民倒是很严肃认真的。

海州[1]道中

孤舟夜行秋水广,秋风满帆不摇桨。荒田寂寂无人声,水边跳鱼翻水响。河边守罾[2]茅作屋,罾头月明人夜宿。船中客觉天未明,谁家鞭牛登陇声。

秋野苍苍秋日黄,黄蒿满田苍耳长[3]。草虫咿咿鸣复咽,一秋雨多水满辙。渡头鸣春村径斜,悠悠小蝶飞豆花。逃屋无人草满家,累累秋蔓悬寒瓜。

〔1〕江苏东海。
〔2〕鱼网。
〔3〕意思说田没人耕种,长满野草,就是下面所谓"逃屋无人草满家"。

和周廉彦[1]

天光不动晚云垂,芳草初长衬马蹄。新月已生飞鸟外,落霞更在夕阳西[2]。花开有客时携酒,门冷无车出畏泥。修禊[3]洛滨期一醉,天津[4]春浪绿浮堤。

〔1〕周锷字廉彦,鄞县人。
〔2〕这一联可以跟梅尧臣《中秋新霁,壕水初满,自城东隅泛舟回》的"夕阳鸟外落,新月树端生"(一作宋祁诗)比较。宋人说张耒模仿唐人郎士元《送杨中丞和番》的"河阳飞鸟外,雪岭大荒西"(《苕溪渔隐丛话》后集卷三十三引《复斋漫录》;这一条也见于吴曾《能改斋漫录》卷八),这话不甚确切。郎士元的一联跟无可《送僧归中条》的"卷经归鸟

外,转雪过山椒"一样,都是想象地方的遥远,不是描写眼前的景物;梅、张的写法正像岑参《宿东溪王屋李隐者》:"天坛飞鸟边",杜甫《船下夔州别王十二判官》:"柔橹轻鸥外",姚鹄《送友人出塞》:"入河残日雕西尽",以至文徵明《题子畏所画黄茆小景》:"遥天一线鸥飞剩"等,把一件小事物作为一件大事物的坐标,一反通常以大者为主而小者为宾的说法。

〔3〕古代在清明前后到河边去野祭和洗去"晦气",这种风俗叫"修禊",后来变成春游的借口。

〔4〕桥名,在洛阳。

夜坐

庭户无人秋月明,夜霜欲落气先清。梧桐真不甘衰谢,数叶迎风尚有声。

初见嵩山

年来鞍马困尘埃,赖有青山豁我怀。日暮北风吹雨去,数峰清瘦出云来。

福昌[1]官舍

小园寒尽雪成泥,堂角方池水接溪。梦觉隔窗残月尽,五更春鸟满山啼。

〔1〕河南宜阳之西。

宗　泽

宗泽(1059—1128)字汝霖,义乌人,有《宗忠简公集》。他是个抵抗金人侵略的民族英雄,宋代把他跟岳飞并称[1]。他的诗平平实实,并不在文字上用工夫。

〔1〕例如陆游《剑南诗稿》卷二十五《夜读范致能〈揽辔录〉》、卷二十七《书愤》,参看吴芾《湖山集》卷四《哭元帅宗公泽》。

早发

伞幄[1]垂垂马踏沙,水长山远路多花。眼中形势胸中策[2],缓步徐行静不哗。

〔1〕从晋代起,官员出门,仪仗队里都有伞。
〔2〕策略、战略。

洪 炎

洪炎(1067?—1133)字玉父,南昌人,有《西渡集》。他也是黄庭坚的外甥,列入江西派。他存诗不多,看来虽然没有摆脱《山谷集》的圈套,还不至于像鹦哥学舌,颇能够说自己的话而口齿清楚。

山中闻杜鹃[1]

山中二月闻杜鹃,百草争芳已消歇[2]。绿阴初不待薰风[3],啼鸟区区自流血。北窗移灯欲三更,南山高林时一声[4]。言"归"汝亦无归处,何用多言伤我情[5]!

〔1〕这是金兵侵宋,洪炎逃难时所作。
〔2〕《离骚》说:"恐鹈𫛉之先鸣兮,使夫百草为之不芳。"鹈𫛉就是杜鹃,相传这种鸟于农历三月开始啼叫,日夜不停,直到嘴里流血才不作声;又相传古代四川一个君王,流亡在外,变成杜鹃,叫的是"不如归去",所以这种鸟一名"催归"。洪炎从这些故事成语生发,意思说,没到暮春初夏,百花已过,绿叶成阴,杜鹃早叫起来了。
〔3〕温和的风,借指早夏。
〔4〕这两句说杜鹃日夜不停地叫。
〔5〕唐无名氏诗:"早是有家归未得,杜鹃休向耳边啼"(《全唐诗》

第十一函第八册无名氏卷一《杂诗》第十三首);《云仙杂记》卷五记石谊闻杜鹃叹曰:"此物催人使归,使我何所归耶?"洪炎的写法又进了一层。参看杨万里《诚斋集》卷十三《出永丰县西石桥上闻子规》:"自出锦江归未得,至今犹劝别人归!"

四月二十三日晚同太冲表之公实野步

四山矗矗野田田,近是人烟远是村。鸟外疏钟灵隐寺,花边流水武陵源〔1〕。有逢即画元非笔,所见皆诗本不言〔2〕。看插秧栽欲忘返,杖藜徙倚至黄昏。

〔1〕武陵源见王安石《即事》注〔1〕;灵隐寺是杭州的名胜。
〔2〕意思说,到处都是画境和诗意,天然现成,不需要而且也许不能够用笔墨和语言来描写形容。上句就是黄庭坚的《王厚颂》第二首所谓"天开图画即江山",《题胡逸老致虚庵》所谓"山随燕坐画图出",都是他的得意之句;下句参看唐庚《春日郊外》注〔4〕。整个一联参看陆游《舟中作》:"村村皆画本,处处有诗材。"

张舜民

张舜民(生年死年不详)字芸叟,自号浮休居士,又号矴斋,邠州人,有《画墁集》。他是陈师道的姊夫,和苏轼友好,作诗师法白居易[1]。

[1]《瀛奎律髓》卷二十七张舜民《次韵赋杨花》诗的批语;这首诗亦见祝穆《事文类聚》后集卷二十三,是《画墁集》和《补遗》里漏收的。

打麦

打麦打麦,彭彭魄魄,声在山南应山北。四[1]月太阳出东北,才离海峤麦尚青,转到天心麦已熟。䴗旦[2]催人夜不眠,竹鸡叫雨云如墨。大妇腰镰出,小妇具筐逐。上垅先将青,下垅已成束。田家以苦乃为乐,敢惮头枯面焦黑。贵人荐庙已尝新,酒醴雍容会所亲;曲终厌饫劳[3]童仆,岂信田家未入唇。尽将精好输公赋,次把升斗求市人。麦秋正急又秧禾,丰岁自少凶岁多,田家辛苦可奈何!将此打麦词,兼作[4]插禾歌。

[1]"四"字《皇朝文鉴》卷十三作"五"。

〔2〕据说是一种"夜鸣求旦"的动物。

〔3〕"曲"指宴会时的歌舞,"劳"是慰劳、赏给的意思。

〔4〕一当两用。

村居〔1〕

水绕陂田竹绕篱,榆钱落尽槿花稀。夕阳牛背无人卧,带得寒鸦两两归〔2〕。

〔1〕《画墁集》和《补遗》里没有收这首,张邦基《墨庄漫录》卷六引作舒亶的诗;现在根据胡仔《苕溪渔隐丛话》后集卷三十引《复斋漫录》(这一条也被明人误辑入吴曾《能改斋漫录》卷八),归入张舜民名下。

〔2〕同时有几个诗人都写这种景象,例如苏迈的断句说:"叶随流水归何处?牛带寒鸦过别村。"(《津逮秘书》本《东坡题跋》卷三《书迈诗》)贺铸的《快哉亭朝暮寓目》诗说:"水牯负鸲鹆。"(《庆湖遗老集》卷五)

唐 庚

唐庚(1071—1121)字子西,丹稜人,有《眉山唐先生文集》。他和苏轼算得小同乡,也贬斥在惠州多年,身世有点相像,而且很佩服苏轼。可是他们两人讲起创作经验来,一个是欢天喜地,一个是愁眉苦脸。苏轼说:"某平生无快意事,惟作文章,意之所到,则笔力曲折无不尽意,自谓世间乐事,无逾此者"[1];唐庚的话恰好相反:"诗最难事也!吾……作诗甚苦,悲吟累日,然后成篇……明日取读,瑕疵百出,辄复悲吟累日,返复改正……复数日取出读之,病复出,凡如此数四"[2]。唐庚还有句名言:"诗律伤严似寡恩"[3],若用朱熹的生动的话来引申,就是:"看文字如酷吏治狱,直是推勘到底,决不恕他,用法深刻,都没人情"[4]。因此,他在当时可能是最简炼、最紧凑的诗人,虽然也搬弄故典,还不算厉害,只是炼字炼句常有弄巧成拙的地方。

〔1〕何薳《春渚纪闻》卷六。
〔2〕《眉山唐先生文集》卷二十八《自说》。
〔3〕见《文集》卷三《遣兴》诗,强幼安《唐子西文录》里有说明。
〔4〕《语类》卷十,又卷一百一、卷一百四。

讯 囚[1]

参军[2]坐厅事,据案嚼齿牙。引囚到庭下,囚口争喧哗。参军气益振,声厉语更切:"自古官中财,一一民膏血。为吏掌管钥,反窃以自私;人不汝谁何,如摘颔下髭[3]。事老恶自张,证佐日月明。推穷见毛脉,那可口舌争?"[4]有囚奋然出,请与参军辨:"参军心如眼,有睫不自见[5]。参军在场屋[6],薄薄有声称。只今作参军,几时得骞腾[7]?无功食国禄,去窃能几何?上官乃容隐[8],曾不加谴诃。因今信有罪,参军宜揣分;等是为贫计,何苦独相困!"参军嚌无语,反顾吏卒羞;包裹琴与书,明日吾归休[9]。

〔1〕这是写大小官吏都是盗贼;小吏因贪污受处分,可是审问他的上官其实也是彼此彼此。

〔2〕"参军"在这里指排场十足的官员,并不一定说知府的属官。唐宋戏剧里有个脚色叫"参军",就是搬演官员的;唐庚写的情景正是洪迈《容斋随笔》卷十四所说:"优伶之为参军,方其据几正坐,噫呜诃榎,群优拱而听命。"

〔3〕人家对你无可奈何;你是看守人做贼,一点也不费事。韩愈《寄崔立之》诗说:"若摘颔底髭",是爽快容易的意思。

〔4〕犯了罪久而久之终会破案的,证据已经明明白白;把你的隐情细节都查出来了,还想狡辩么?

〔5〕这个巧妙的形象出于《韩非子·喻老》篇和《史记·越王勾践世家》,指欠缺自知之明。杜牧《登池州九峰楼寄张祜》诗也用过:"睫在眼前长不见,道非身外更何求?"

〔6〕还是个书生、还没有做官的时候。

〔7〕从上下文看,这两句的意思不是:"现在只做到参军之位,还不知道什么时候升官",而是:"现在已做了参军,是什么时候升到这个官

位的?"

〔8〕容忍、包庇。

〔9〕在那种社会里,一般有良心的官到"掼纱帽"就算反抗的极点了,像前面所选梅尧臣的《田家语》或者米芾《宝晋英光集》卷三的《催租》诗都是例子。参看唐人元结《贼退示官吏》:"谁能绝人命,以作时世贤?思欲委符节,引竿自刺船。"

春日郊外

城中未省〔1〕有春光,城外榆槐已半黄。山好更宜馀积雪,水生看欲倒垂杨〔2〕。莺边日暖如人语〔3〕,草际风来作药香。疑此江头有佳句,为君寻取却茫茫〔4〕。

〔1〕还没知道。

〔2〕江水愈涨愈满,渐渐映出杨柳的影子,仿佛把树倒栽着。参看《永乐大典》卷九百九"诗"字引《风骚闲客诗录》自述十二岁作《池影》诗:"一段好云翻着底,万条垂柳倒成行";陈与义《简斋诗集》卷二十四《瞑色》:"水光忽倒树,山势欲傍人"。就是《墨子·经》下所谓:"临鉴而立,景倒。"

〔3〕"莺边日"字法参看张耒《和周廉彦》第三句的"鸟外月",句法倒装,等于"日边莺暖语如人"。

〔4〕眼前景物都是诗意,心里忽有触悟,但是又写不出来。参看苏轼《和陶〈归园田居〉》:"春江有佳句,我醉堕渺莽";陈与义《对酒》:"新诗满眼不能裁";又《春日》:"忽有好诗生眼底,安排句法已难寻";又《题

酒务壁》:"佳句忽堕前,追摹已难真。"

栖禅[1]暮归书所见

雨在[2]时时黑,春归[3]处处青。山深失小寺,湖尽得孤亭。

春着湖烟腻,晴摇野水光。草青仍过雨,山紫更斜阳。

〔1〕山名,在惠州。
〔2〕雨虽然过了一阵,还没有下完。唐庚《眉山唐先生文集》卷二《登栖禅山》也说:"海雨山烟拨不开"。
〔3〕春去春来都可以说"春归",这里是指春天来了。

春归

东风定何物?所至辄苍然。小市花间合,孤城柳外圆。禽声犯寒食,江色带新年[1]。无计驱愁得,还推到酒边[2]。

〔1〕这一联说鸟声水色都含春意;"犯"字是逼近的意思。
〔2〕六朝时庾信有一篇《愁赋》(见叶廷珪《海录碎事》卷九下,倪璠注《庾开府全集》和严可均辑《全后周文》都没有收),里面说:"闭户欲推愁,愁终不肯去;深藏欲避愁,愁已知人处。"这篇赋似乎从汉代《焦氏易林》所谓"忧来摇(亦作摇)足"、"忧来叩门"等等(卷四《谦之大畜》、卷

七《大过之遁》、卷十二《萃之睽》、卷十五《兑之解》)奇语推演出来,在宋代很流行。唐庚以外,像王安石、黄庭坚、黄叔达、沈与求、陈师道、晁说之、陈与义、贺铸、韩驹、曾几、朱翌、薛季宣、姜夔等等都用到它或引申它(《王荆文公诗笺注》卷四《自遣》,《山谷内集注》卷十二《行次巫山宋楙宗遣骑送折花厨酝》、卷二十《和范信中〈寓居崇宁遇雨〉》第一首,又《外集注》卷三《和答李子真读陶庚诗》,《龟溪集》卷二《夜坐》,《后山诗注》卷五《古墨行》,《嵩山文集》卷七《村馆寒夜当句对》,《简斋诗集笺注》卷十六《道中书事》,《庆湖遗老集》卷六《冠氏县斋书事》,《陵阳先生诗》卷三《和李上舍〈冬日书事〉》,《茶山集》卷一《王岩起乐斋》,《灊山集》卷二《遣兴》,《浪语集》卷十一《春愁诗》,《白石道人歌曲》卷三《齐天乐·咏蟋蟀》)。周邦彦《宴清都》、向子𧨏《生查子》、方千里《扫花游》、刘镇《水龙吟》、李彭老《踏莎行》、周密《长亭怨慢》、刘辰翁《兰陵王》等词里都把《愁赋》跟江淹《恨赋》或《别赋》并提;陈人杰《沁园春》又把它和张衡《四愁诗》并提。辛弃疾《稼轩词》丁集《鹧鸪天》:"欲上高楼去避愁,愁还随我上高楼",正用庾信语意。宋以后的作者就很少知道那篇赋了。

醉眠

山静似太古,日长如小年。馀花犹可醉[1],好鸟不妨眠。世味门常掩,时光簟已便[2]。梦中频得句,拈笔又忘筌[3]。

〔1〕还有些残花,可以喝酒来欣赏。
〔2〕"便"是合宜、当景的意思。那时候唐庚得罪贬斥在广东,怕惹出是非,跟人很少往来,所以有"世味"这一句。参看《眉山唐先生文集》

卷二《白鹭》:"说与门前白鹭群,也宜从此断知闻;诸君有意除钩党,甲乙推求恐到君!"

〔3〕提起笔来写又忘掉怎样说了。"筌"借作"诠"。

徐　俯

徐俯(1075—1141)字师川,自号东湖居士,分宁人,有《东湖居士诗集》,据说共"三大卷",上卷是古体,中卷是五言近体,下卷是七言近体[1],现在已经失传了。清代厉鹗的《宋诗纪事》卷三十三和陆心源的《宋诗纪事补遗》卷四十八都搜辑了他的诗篇和断句,当然还可以从宋人的笔记、诗话、类书、选集、集句诗里添补好些。徐俯是黄庭坚的外甥,列入江西派。吕本中的《江西诗社宗派图》惹起许多是非,当时有些列入江西派的人亲自抗议,后世也有人认为某某不应当收在里面,而某某该补进去。列入江西派的二十多位诗人里,有一大半留下足够数量的作品,让我们辨别得出他们的风格。根据这些作品而论,他们受黄庭坚的影响是无可讳言的,只是有暂有久,有深有浅,浅的像比较有才情的韩驹,深的像平庸拘谨的李彭。黄庭坚的声势很浩大,有许多给他薰陶感染的诗人都没有搜罗在江西派里,这也是无可讳言的,例如跟李彭差不多的吴则礼、张扩之类。至于那些人列在江西派里而否认受过黄庭坚的影响,也许有两种原因。第一是政治嫌疑。宋徽宗赵佶即位以后,蔡京专政,把反对过王安石"新法"的人开了一张名单,通令全国把这些"奸党"的姓名刻石立碑。苏轼、孔平仲、张舜民、张耒、秦观、黄庭坚都名挂黑榜,苏黄的诗文书画一律是违禁品,必须销毁。因此模仿苏黄诗体或字体的人往往遮遮掩掩,要到宋高宗赵构的时候,才敢露出真相[2]。第二是好胜的心理。孙行者怕闯了祸牵累到先生,"只说是自家会的"本领;有些人成名之后，也不肯供出老师来，总要说自己独创一派，好教别人来拜他为开山祖师。徐俯晚年说不知道舅舅的诗好在哪里，而且极口否认受过舅舅的启发："涪翁之妙天下，君其问诸水滨；斯道之大域中，我独知之濠上。"[3] 不过他舅舅文集里分明有指示他作诗的书信[4]；在他自己的作品里也找得著他承袭黄庭坚的诗句的证据；在他年轻的时候，同派的李彭称赞他是外甥不出舅家[5]，他好像并没有抗议。他虽然回覆上门请教的人说自己看不出黄庭坚诗歌的好处，但是喜欢黄诗黄字的宋高宗分付他题跋黄庭坚的墨迹，他就会说"黄庭坚文章妙天下"，承皇帝陛下赏识，"备于乙览"，真是虽死犹荣[6]！他这种看人打发、相机行事的批评是《儒林外史》的资料，不能算文学史的根据。只是他晚年的确想摆脱江西派的风格，不堆砌雕琢，而求"平易自然"[7]，看来流为另一个偏向，变成草率油滑。

元代以后，《东湖居士诗集》失传，徐俯也就冷落无闻。但是在南宋的作品里，我们往往碰见从他那里脱胎的诗句；例如他的名句："一百五日寒食雨，二十四番花信风"[8]，不但陆游、楼钥、敖陶孙、钱厚等人都摹仿过[9]，而且流传入金，给当时与南宋成为敌国的诗人侵占去了[10]。

[1]《瀛奎律髓》卷二十一。
[2] 参看周必大《省斋文稿》卷十七《跋初寮先生帖》、《平园续稿》卷十三《初寮先生前后集序》，杨万里《诚斋集》卷九十九《跋尚帐干所藏王初寮帖》，曾敏行《独醒杂志》卷十，方回《瀛奎律髓》卷二十四、卷二十七。
[3] 周煇《清波杂志》卷五。参看《永乐大典》卷三千一百四十三"陈"字引《陈了翁年谱》宣和三年下记徐俯自说对"舅氏……不免有所非议"。

〔4〕《豫章黄先生文集》卷十九。

〔5〕《日涉园集》卷三《题洪驹父、徐师川诗后》;又《锦绣万花谷》前集卷二十六《哀挽》门引李彭《读山谷文》,那是《日涉园集》和《补遗》里都漏收的。参看周紫芝《太仓稊米集》卷十《小蔡许借徐诗未至》。

〔6〕《豫章先生遗文》卷九《书嵇叔夜诗与侄棪》后附载徐俯"昧死谨书";参看王明清《挥麈后录》卷二载宋高宗手札命令朝臣打听徐俯在哪里,因为"比观黄庭坚集,称道其甥徐俯"。

〔7〕《独醒杂志》卷十。

〔8〕胡仔《苕溪渔隐丛话》后集卷十七、祝穆《事文类聚》前集卷八,又陈元靓《岁时广记》卷一引。

〔9〕《剑南诗稿》卷五十三《春日绝句》,《攻媿集》卷九《山行》,《江湖后集》卷十九《清明日湖上晚步》,《〈宋诗纪事〉补遗》卷六十《寄锺子充》。

〔10〕元好问《中州集》卷二载张公药诗。

春游湖[1]

双飞燕子几时回?夹岸桃花蘸水开。春雨断桥人不度[2],小舟撑出柳阴来。

〔1〕诗见《后村千家诗》卷十五,似乎一时传诵,所以赵鼎臣《竹隐畸士集》卷七《和默庵喜雨述怀》说:"解道春江断桥句,旧时闻说徐师川。"

〔2〕"度"原作"渡",疑心是印错的。这两句说,雨后水涨,把桥淹没了,行人走不过去,只能坐船摆渡。"度"就是宋之问《灵隐寺》诗所谓

"看余度石桥"的"度"。南宋词家张炎有首描写春水的《南浦》词,号称"古今绝唱"(邓牧《伯牙琴·张叔夏词集序》),里面的名句:"荒桥断浦,柳阴撑出扁舟小",就是从徐俯这首诗蜕化的。

江端友

江端友(？—1134)字子我,陈留人。他也列入江西派,诗集已经失传。在宋人笔记、诗话、选集等保存的江端友的作品里,以两首刻划官场丑态的诗为最重要,一首就是下面选的,语言还算利落,所讽刺的事情也好像前人诗里没写过。另有一首《玉延行》,比较沉闷,所以没有选。

牛酥行[1]

有客有客官长安[2],牛酥百斤亲自煎。倍道奔驰少师府,望尘且欲迎归轩[3]。守阍[4]呼语"不必出,已有人居第一先[5];其多乃复倍于此,台颜顾视初怡然[6]。昨朝所献虽第二,桶以纯漆丽且坚。今君来迟数又少,青纸题封难胜前[7]。"持归空惭辽东豕[8],努力明年趁头市[9]。

[1] 见吴曾《能改斋漫录》卷十一。那时候宋徽宗宠幸的太监梁师成权势大得跟宰相差不多,号称"隐相",大小官吏都向他送礼献媚,有个姓邓的正做洛阳留守,演了这首诗里写的一场丑戏。《玉延行》也见《能改斋漫录》卷十一,从开头"观文学士留都守,中常侍门如役走"这两句看来,也是写这个姓邓的向梁师成送礼。这两首诗可以和宗臣《宗子

相集》卷七《报刘一丈》、李伯元《官场现形记》三编卷二十五《买古董借径谒权门》合看,分别揭露了宋、明、清三代权贵纳贿的丑态和不同方式。

〔2〕长安是汉唐的"西京",洛阳是北宋的"西京",所以借长安来指洛阳。

〔3〕梁师成不在家,送礼的在门口恭候他回来,准备迎上去当面陈述主人的孝敬之心。

〔4〕看门的。

〔5〕等于"抢先第一"。

〔6〕"台"等于"大人"。"初怡然"的涵意是,梁师成本来对第一笔礼很喜欢,可是收到了第二笔礼,就觉得第一笔礼平常了。

〔7〕你送的礼只用青纸包扎,远比不上漆桶装的。

〔8〕后汉朱浮《与彭宠书》说,辽东有个人,家里的母猪养了一头"白头豕",稀罕得了不得,要拿去进贡,一到河东,看见全是"白头豕",就扫兴而回。

〔9〕等于说"赶早集",抢先第一个到市场去。

韩 驹

韩驹(？—1135)字子苍,四川仙井监人,有《陵阳先生诗》。他早年学苏轼,蒙苏辙赏识说:"恍然重见储光羲"[1],就此得名,然后由徐俯介绍,认识黄庭坚,受了些影响,列入江西派;晚年对苏黄都不满意,认为"学古人尚恐不至,况学今人哉!"[2]所以有人说他"非坡非谷自一家"[3]。至于苏辙那句品评,我们实在不懂;看来苏辙动不动把人比储光羲[4],也许这是一顶照例的高帽子,并非量了韩驹的脑瓜的尺寸定做的。

韩驹十分讲究"字字有来历",据说他的草稿上都详细注明字句的出处[5]。所以他跟其他江西派作家一样,都注重怎样把故典成语点化运用,只是他比较高明,知道每首诗的意思应当通体贯串,每句诗的语气应当承上启下,故典可用则用,不应当把意思去迁就故典[6]。他的作品也就不很给人以堆砌的印象。他的同派仿佛只把砖头石块横七竖八的叠成一堵墙,他不但叠得整整齐齐,还抹上一层灰泥,看来光洁、顺溜、打成一片,不像他们那样的杂凑。

〔1〕《栾城后集》卷四《题韩驹秀才诗卷》。

〔2〕苏籀《栾城遗言》,曾季貍《艇斋诗话》,周煇《清波杂志》卷八,惠洪《石门文字禅》卷二十七《跋韩子苍帖后》,周必大《省斋文稿》卷十九《题山谷与韩子苍帖》、《平园续稿》卷十二《苏文定公遗言后序》,魏庆之《诗人玉屑》卷五引《陵阳室中语》论"有客多读东坡诗"。

〔3〕王十朋《梅溪先生文集》后集卷二《陈郎中赠韩子苍集》。

〔4〕朱弁《风月堂诗话》卷下记苏辙称赞参寥的诗"酷以储光羲",参寥回答说:"某平生未尝闻光羲名,况其诗乎?"

〔5〕陆游《渭南文集》卷二十七《跋陵阳先生诗草》;参看《诗人玉屑》卷六引《陵阳室中语》记韩驹讲自己的诗句"船拥青溪尚一樽"。

〔6〕《诗人玉屑》卷五、卷六、卷七引《陵阳室中语》。

夜泊宁陵[1]

汴水日驰三百里,扁舟东下更开帆。旦辞杞国[2]风微北,夜泊宁陵月正南。老树挟霜鸣窣窣,寒花垂露落毰毰。茫然不悟身何处,水色天光共蔚蓝。

〔1〕在河南。
〔2〕河南杞县。

汪　藻

　　汪藻(1079—1154)字彦章,德兴人,有《浮溪集》。他早年蒙江西派的徐俯、洪炎等人赏识[1],据说还向徐俯请教过"作诗法门"[2],他中年以后写信给韩驹说愿意拜他为老师[3]。可是从他的作品看来,主要是受苏轼的影响。北宋末南宋初的诗坛差不多是黄庭坚的世界,苏轼的儿子苏过以外,像孙觌、叶梦得等不卷入江西派的风气里而倾向于苏轼的名家,寥寥可数,汪藻是其中最出色的。

〔1〕孙觌《鸿庆居士集》卷三十四《汪君墓志铭》。
〔2〕曾敏行《独醒杂志》卷四。
〔3〕见吴曾《能改斋漫录》卷十四。

春　日[1]

一春略无十日晴,处处浮云将雨行。野田春水碧于镜,人影渡傍鸥不惊。桃花嫣然出篱笑,似开未开最有情。茅茨烟暝客衣湿,破梦午鸡啼一声。

　　〔1〕这是一首传诵的诗(张世南《游宦纪闻》卷三),当时就有人把第一句作为诗题(杨冠卿《客亭类稿》卷十一)。

己酉乱后寄常州使君侄[1]

草草官军渡,悠悠虏骑旋[2]。方尝勾践胆,已补女娲天[3]。诸将争阴拱,苍生忍倒悬[4]。乾坤满群盗,何日是归年[5]!

〔1〕"己酉"是宋高宗赵构建炎三年(公元1129年)。那年金兵过长江,十一月占领建康,十二月攻常州,给岳飞打退。这首诗也学杜甫体,比前面所选吕本中的三首,风格来得完整。

〔2〕宋兵忙忙乱乱向江南退却,而金兵打过了江,还不知道何年何月肯退回北方。武英殿丛书本《浮溪集》中"虏"字作"敌"字,康熙时吴之振重刊《瀛奎律髓》卷三十二选此诗,"骑"字上是墨钉,故推断原为"虏"字。

〔3〕越王勾践卧薪尝胆,立志报仇,终能灭掉吴国;女娲氏看见天缺东南,炼石补天。这一联说,抗敌雪耻的信心和行动已经挽回国家灭亡的命运,在东南又建立了政府;涵意是只要坚决努力下去,恢复失地并不难。

〔4〕可是大将都冷眼旁观,按兵不动,沦陷地区的人民只能忍受着不可忍耐的痛苦。"阴拱"是用《汉书》卷三十四《英布列传》里的话,"倒悬"是用《孟子·公孙丑》里的话。

〔5〕李白《奔亡道中》第一首:"万重关塞断,何日是归年!"杜甫《绝句二首》第二首:"今春看又过,何日是归年!"这句呼应第二句:敌人的撤退既然"悠悠"无日,流亡者的回乡也就遥遥无期。

即事

燕子将雏语夏深,绿槐庭院不多阴。西窗一雨无人见,展尽芭蕉数尺心[1]。

双鹭能忙翻白雪,平畴许远涨清波[2]。钩帘百顷风烟上,卧看青云载雨过。

[1] 等于"一雨,西窗芭蕉展尽数尺心,无人见"。这种形式上是一句而按文法和意义说来,难加标点符号的例子,旧诗里常见。像唐人王翰《凉州词》的"蒲桃美酒夜光杯,欲饮琵琶马上催",按理应当是:"蒲桃美酒夜光杯欲饮,琵琶马上催";又像宋人楼钥《小溪道中》的"簇簇苍山隐夕晖,遥看野雁著行归;久之不动方知是,一搭碎云寒不飞"(《攻媿集》卷九),按理应当是:"久之不动,方知是一搭碎云寒不飞。"词曲里这种例子更是平常。

[2] "能"和"许"都是"那么""这样"的意思。

王庭珪

王庭珪(1080—1172)字民瞻,安福人,有《卢溪集》。北宋末、南宋初的诗人里,有些是瞧不起江西派而对黄庭坚却另眼看待的,例如叶梦得和王庭珪[1];他们的态度恰好像元好问的《论诗》绝句所说:"论诗宁下涪翁拜,未作江西社里人。"王庭珪的诗明白晓畅,可是好些地方模仿黄庭坚的格调,承袭他的词句,运用经他运用而流行的成语典故。

〔1〕陶宗仪《说郛》卷二十载吴萃《视听钞》,《卢溪集》卷一《赠别黄超然》、卷十六《跋刘伯山诗》。

和周秀实[1]田家行

旱田岁逢六月尾,天公为叱群龙起;连宵作雨知丰年,老妻饱饭儿童喜。向来辛苦躬锄荒,剜肌不补眼下疮[2];先输官仓足兵食,馀粟尚可瓶中藏[3]。边头将军耀威武,捷书夜报擒龙虎;近报杀退龙虎大王[4]。便令壮士挽天河,不使腥膻污后土[5]。咸池洗日当青天,汉家自有中兴年[6];大臣鼻息如雷吼,玉帐无忧方熟眠[7]!

〔1〕周芑字秀实,词家周邦彦的侄儿。

〔2〕用聂夷中《伤田家》里的名句:"医得眼前疮,剜却心头肉。"

〔3〕这是形容田家存粮的少。陶潜《归去来词》序说:"瓶无储粟";苏轼读了感慨说:"使瓶有储粟,亦甚微矣!此翁平生只于瓶中见粟也耶?"(《津逮秘书》本《东坡题跋》卷一《书渊明〈归去来兮序〉》)王庭珪暗用这个意思。但是古代所谓"瓶"和后世的"瓮"差不多,扬雄《酒箴》所谓"观瓶之居,居井之湄"的"瓶"就是"抱瓮灌园"的"瓮";陶潜那句话等于古乐府《东门行》的"盎中无斗储",并非指现在所谓花瓶、酒瓶那类小东西。

〔4〕龙虎大王是金兀朮手下的大将;这大约指宋高宗绍兴十年初秋岳飞大破金兵的事。也就在这一年,秦桧卖国求和,叠二连三地下了十二道金牌勒令岳飞退兵。

〔5〕杜甫庆祝"破敌收京"的《洗兵马》诗说:"安得壮士挽天河,净洗甲兵长不用!"是希望从此不再打仗。王庭珪借用他的句子而一反他的用意,希望破敌的英雄乘胜直追,把外国人扫荡出去,恢复一片干净土。

〔6〕相传咸池是日浴处。意思说北宋灭亡后又有南宋,也像西汉灭亡后又有东汉,好比太阳到池子里洗了个澡又高高升在天上。

〔7〕这两句是讽刺朝廷上的执政;王庭珪因反对秦桧卖国苟安,已在绍兴八年冬天贬斥到湖南泸溪。

移居东村作

避地东村深几许?青山窟里起炊烟。敢嫌茅屋绝低小,净扫土床堪醉眠。鸟不住啼天更静,花多晚发地应偏[1]。遥看翠竹娟娟好,犹隔西泉数亩田。山中有西泉寺故基。

〔1〕上句可以参看六朝时王籍《入若邪溪》的"蝉噪林逾静,鸟鸣山更幽";下句说边远地方的气候不正。

二月二日出郊

日头欲出未出时,雾失江城雨脚微。天忽作晴山卷幔,云犹含态石披衣[1]。烟村南北黄鹂语,麦陇高低紫燕飞。谁似田家知此乐,呼儿吹笛跨牛归?

〔1〕清初潘耒的名句"过云山似寨帷出"(《遂初堂诗集》卷十《江行杂咏》)跟这一联的上句相仿佛;这一联的下句可以参看包贺的"雾是山巾子"(《北梦琐言》卷七、《全唐诗》第十二函第八册《谐谑》类三),和苏轼《新城道中》诗的"岭上晴云披絮帽"。(苏辙《栾城集》卷十三《初到绩溪》第一首,就仿哥哥的句子:"雨馀岭上云披絮。")

周紫芝

周紫芝(1082—?)字少隐,自号竹坡居士,宣城人,有《太仓稊米集》。他向张耒请教过诗法,所作《竹坡诗话》颇为流传,可是对诗歌的鉴别并不高明,有人甚至说它是宋代"最劣"的诗话[1]。假如我们就此满以为周紫芝的创作一定也不行,那末他的诗和词会使我们快意的失望。他佩服黄庭坚、陈师道、陈与义等人,尤其推崇张耒[2],沾染江西派的习气不很深,还爽利不堆砌典故。

〔1〕谢肇淛《文海披沙》卷二。
〔2〕《太仓稊米集》卷五十一《诗八珍序》。

禽言[1]

婆饼焦[2]

云穰穰,麦穗黄[3]。婆饼欲焦新麦香,今年麦熟不敢尝,斗量车载倾囷仓,化作三军马上粮。

提壶芦

提壶芦,树头劝酒声相呼,劝人沽酒无处沽。太岁何年当在酉,敲门问浆还得酒[4];田中禾穗处处黄,瓮头新绿家家有。

思归乐

山花冥冥山欲雨,杜鹃声酸客无语。客欲去山边,贼营夜鸣鼓。谁言杜宇归去乐?归来处处无城郭!春日暖,春云薄;飞来日落还未落,春山相呼亦不恶。

布谷

田中水涓涓,布谷催种田。贼今在邑农在山。但愿今年贼去早,春田处处无荒草;农夫呼妇出山来,深种春秧答飞鸟。

〔1〕在中国古代文学作品里,"禽言"跟"鸟言"有点分别。"鸟言"这个名词见于《周礼》的《秋官司寇》上篇,想象鸟儿叫声就是在说它们鸟类的方言土语。像《诗经》里《豳风》的《鸱鸮》和皇侃《论语集解义疏》卷三所引《论释》里的"雀鸣喷喷唶唶",不论是别有寄托,或者是全出附会,都是翻译"鸟言"而成的诗歌。"禽言"是宋之问《陆浑山庄》和《谒禹庙》两首诗里所谓:"山鸟自呼名","禽言常自呼",也是梅尧臣《和欧阳永叔〈啼鸟〉》诗所谓:"满壑呼啸谁识名,但依音响得其字",想象鸟儿叫声是在说我们人类的方言土语。同样的鸟叫,各地方的人因自然环境和生活情况的不同而听成各种不同的说话,有的是"击谷",有的是"布谷",有的是"脱却破裤",有的是"一百八个",有的是"催工做活"等等(参看扬雄《方言》卷八,陈造《江湖长翁文集》卷七《布谷吟》,姚椿《通艺阁诗续录》卷五《采茶播谷谣》)。《山海经》里写禽类、兽类以至

鱼类(像《东山经》的鲐鲐),常说"其鸣自呼"或"其名自号"等等,可是后世诗人只把禽鸟的叫声作为题材。模仿着叫声给鸟儿起一个有意义的名字,再从这个名字上引申生发,来抒写情感,就是"禽言"诗,像元稹的《思归乐》和白居易的《和〈思归乐〉》,或清人乐钧《青芝山馆诗集》卷一多至三十八首的《禽言》。宋人里梅尧臣这类诗颇多(《宛陵集》卷四《禽言》、《提壶鸟》、卷十三《啼禽》、卷二十《啼鸟》、卷四十八《闻禽》等),苏轼也学梅尧臣做了《五禽言》,黄庭坚做了《戏和答禽语》,而周紫芝的《禽言》比他们的写得都好。

〔2〕"婆饼焦"等等都是象声取义的鸟名。

〔3〕古诗里常把待割的熟麦比为"黄云"。

〔4〕不知道什么时候会年成丰收,酒贱得像水。袁准《正书》说:"太岁在酉,乞浆得酒;太岁在巳,贩妻鬻子。"(见苏轼《次韵孔毅父〈久旱已而甚雨〉》诗第一首施元之注引,严可均《全晋文》卷五十五作"岁在申酉,乞浆得酒;岁在辰巳,嫁妻卖子";《史通·书志》篇引"语曰"全同施注引《正书》文)

李 纲

李纲(1083—1140)字伯纪,邵武人,有《梁溪集》。这位政治家主张抵抗金人、规画革新内政,跟宗泽一样的不得志,终算没有像岳飞那样惨死。他诗篇很多,颇为冗长拖沓,也搬弄些词藻,偶然有真率感人的作品。

病牛[1]

耕犁千亩实千箱,力尽筋疲谁复伤?但愿众生皆得饱,不辞羸病卧残阳。

[1] 绍兴二年(公元1132年)所作,那时候李纲贬斥在武昌。这首诗见《梁溪全集》卷二十,在卷十九里有一首《建炎行》写他做了七十七天宰相被人排挤的事。看来这头"病牛"正象征他自己,跟前面所选孔平仲的《禾熟》诗里那头"老牛"貌同心异。

曾 几

曾几(1084—1166)字吉甫,自号茶山居士,赣州人,有《茶山集》。他极口推重黄庭坚,自己说把《山谷集》读得烂熟[1],又曾经向韩驹和吕本中请教过诗法,所以后人也想把他附属在江西派里[2]。他的风格比吕本中的还要轻快,尤其是一部分近体诗,活泼不费力,已经做了杨万里的先声。

[1]《茶山集》卷五《寓居有招客者戏成》。
[2] 刘克庄《后村大全集》卷九十七《茶山诚斋诗选序》,方回《瀛奎律髓》卷十六陈与义《道中寒食》诗批语;参看杨万里《诚斋集》卷二十三《题徐衡仲〈西窗诗编〉》。

苏秀[1]道中自七月二十五日夜大雨三日秋苗以苏喜而有作

一夕骄阳转作霖,梦回凉冷润衣襟。不愁屋漏床床湿,且喜溪流岸岸深[2]。千里稻花应秀色,五更桐叶最佳音[3]。无田似我犹欣舞,何况田间望岁心!

[1] 苏州和嘉兴。

〔2〕这一联用杜甫《茅屋为秋风所破歌》的"床床屋漏无干处"和《春日江村》第一首的"春流岸岸深"。

〔3〕上句与唐殷尧藩《喜雨》诗里一句全同。在古代诗歌里,秋夜听雨打梧桐照例是个教人失眠添闷的境界,像唐人刘媛的《长门怨》说:"雨滴梧桐秋夜长,愁心和雨到昭阳;泪痕不学君恩断,拭却千行更万行。"又如温庭筠的《更漏子》词说:"梧桐树,三更雨,不道离情正苦;一叶叶,一声声,空阶滴到明。"元人白仁甫的《梧桐雨》第四折后半折,尤其把这种情景描写个畅。曾几这里来了个旧调翻新:听见梧桐上的潇潇冷雨,就想像庄稼的欣欣生意;假使他睡不着,那也是"喜而不寐",就像他的《夏夜闻雨》诗所说:"凉风急雨夜萧萧,便恐江南草木凋;自为丰年喜无寐,不关窗外有芭蕉。"

三衢〔1〕道中

梅子黄时日日晴,小溪泛尽却山行。绿阴不减来时路,添得黄鹂四五声。

〔1〕浙江衢州。

吕本中

吕本中(1084—1145)字居仁,寿州人,有《东莱先生诗集》。他是《江西诗社宗派图》的作者,虽然没把自己算在里面,后世少不了补他进去[1]。不过他后来不但懊悔做了这个《宗派图》,而且认为黄庭坚也有"短处",所以他说专学杜甫和黄庭坚是不够的,应该师法李白和苏轼,尤其是苏轼;他《题东坡诗》甚至说:"命代风骚第一功,斯文到底为谁雄。太山北斗攀韩愈,琨玉秋霜敌孔融。"[2]他的诗始终没摆脱黄庭坚和陈师道的影响,却还清醒轻松,不像一般江西派的艰涩。

[1] 刘克庄《后村大全集》卷九十五《江西诗派小序》。
[2]《东莱先生诗外集》卷三。参观曾季貍《艇斋诗话》记吕本中"喜令人读东坡诗",陈鹄《耆旧续闻》卷二载吕本中给他表弟的信,胡仔《苕溪渔隐丛话》前集卷四十九和何溪汶《竹庄诗话》卷一载吕本中给曾几的信。

春日即事

病起多情白日迟[1],强来庭下探花期[2]。雪消池馆初春后,人倚阑干欲暮时[3]。乱蝶狂蜂俱有意,兔葵燕麦自无知〔4〕。池边垂柳腰支活,折尽长条为寄谁?

〔1〕"多情"指"白日",意思说"春日迟迟",留恋不忍西落。
〔2〕看看花开得怎样。
〔3〕张九成《横浦日新》极赞叹这一联:"可入画;人之情意,物之容态,二句尽之。"
〔4〕这一联很像李商隐《二月二日》:"花须柳眼各无赖,紫蝶黄蜂俱有情";参看杜甫《风雨看舟前落花》:"蜜蜂胡蝶生情性",又《白丝行》:"落絮游丝亦有情"。刘禹锡《再游玄都观》诗的"引"里说:"荡然无复一树,唯兔葵燕麦动摇于春风耳";"自无知"是说"兔葵燕麦"没有花那样的秀气"解语"。

兵乱后杂诗〔1〕

晚逢戎马际,处处聚兵时。后死翻为累,偷生未有期。积忧全少睡,经劫抱长饥〔2〕。欲逐〔3〕范仔辈,同盟起义师。近闻河北布衣范仔起义师。

万事多翻覆,萧兰不辨真〔4〕。汝为误国贼,我作破家人!求饱羹无糁,浇愁爵有尘。往来梁上燕,相顾却情亲。

蜗舍嗟芜没,孤城乱定初。篱根留敝屦,屋角得残书。云路惭高鸟,渊潜羡巨鱼〔5〕。客来缺佳致〔6〕,亲为摘山蔬。

〔1〕诗见庆元五年黄汝嘉刻本《东莱先生诗外集》卷三。《外集》流传极少,通常只在方回《瀛奎律髓》卷三十二里见到原作二十九首中的五首。宋钦宗赵桓靖康元年(公元1126年)冬天金人打破北宋的国都汴梁,二年春天把徽宗、钦宗父子两位皇帝都掳去。这些诗大约是靖康二年四月里金兵退尽后,吕本中回到汴梁时所作。方回选了五首,还举出些沉痛的断句,像"报国宁无策,全躯各有词"这一联,把"曲线救国"者的丑态写得惟妙惟肖。这些诗的风格显然学杜甫,"报国"这一联也就从杜甫《有感》第五首的"领郡辄无色,之官皆有词"脱胎,真可算"点铁成金"了!

〔2〕据徐梦莘《三朝北盟会编》里《靖康中帙》卷七十一和卷七十四所引当时目击身经者的记载,汴梁破城以后,粮食缺乏,饿死的人不少,金兵退了,二麦已熟,也没人去割。

〔3〕追随。

〔4〕《离骚》说:"扈服艾以盈要兮,谓幽兰其不可佩……何昔日之芳草兮,今直为此萧艾也!"从此以后,中国诗文里常把兰、蕙来象征好人,萧、艾来象征坏人——尤其是混在好人队里的坏人。

〔5〕看着天空海阔,鸟可以飞,鱼可以游,只有自己无路可走。句式就像《诗经·四月》:"匪鹑匪鸢,翰飞戾天。匪鳣匪鲔,潜逃于渊",又《旱麓》:"鸢飞戾天,鱼跃于渊";陶潜《始作镇军参军经曲阿作》:"望云惭高鸟,临水愧游鱼";杜甫《中宵》:"择木知幽鸟,潜波想巨鱼。"参看段成式《酉阳杂俎》卷十二载僧玄览题竹:"大海从鱼跃,长空任鸟飞",《全唐诗》未收。

〔6〕拿不出好吃的东西来。

柳州开元寺夏雨[1]

风雨潇潇似晚秋,鸦归门掩伴僧幽。云深不见千岩秀,水涨初闻万壑流[2]。钟唤梦回空怅望,人传书至竟沉浮[3]。面如田字非吾相,莫羡班超封列侯[4]。

〔1〕见《东莱外集》卷一。这是他离开了北方,避乱在广西时所作。
〔2〕《外集》误"流"字作"留"字,句遂无意义。《瀛奎律髓》卷十七选此时,作"流"字,批语云:"刊本误,余为改定。"
〔3〕这一联极真切细腻的写出来流亡者想念家乡和盼望信息的情境。"竟沉浮"等于说不料捎信的人会把信遗失了。
〔4〕班超是汉代的名将,《后汉书》卷七十七说他"燕颔虎颈……此万里侯相也";六朝有个名将叫李安民,《南齐书》卷二十七说他"面方如田,封侯状也"。吕本中把这两桩故事合在一起,说自己不是飞黄腾达的材料。

连州阳山归路[1]

稍离烟瘴近湘潭,疾病衰颓已不堪。儿女不知来避地,强言风物胜江南[2]。

〔1〕这也是流亡时期从广东到湖南去所作。
〔2〕参看同时人陈与义《简斋集》卷二十一《细雨》:"避寇烦三老,那知是胜游!"

朱 弁

朱弁(1085—1144)字少章,自号观如居士,婺源人。他在宋高宗建炎元年冬天出使金国,拒绝金人的威胁利诱,不肯屈服,因此拘留了整整十五年,在宋高宗绍兴十三年秋天才回到故国。他只有一部分拘留时期的诗歌收在元好问《中州集》卷十里,程敏政《新安文献志》甲集卷五十一上也收他的《别百一侄寄念二兄》五古一首,此外没传下来多少。他的《风月堂诗话》对苏轼、黄庭坚都很推重,却不赞成当时诗人那种"无字无来历"的风气,以为这是误解了杜甫。他的识见那样高明,可惜作品里依然喜欢搬弄典故成语,也许是他"酷嗜李义山"的流弊[1],只有想念故国的诗往往婉转缠绵,仿佛晚唐人的风格和情调。

[1] 见朱熹《朱子大全》卷九十八《奉使直秘阁朱公行状》,朱熹是朱弁的侄孙。

送春[1]

风烟节物眼中稀,三月人犹恋褚衣[2]。结就客愁云片段,唤回乡梦雨霏微。小桃山下花初见,弱柳沙头絮未飞。把酒送春无别语,羡君才到便成归!

〔1〕农历三月末就算春天完了，古人常有留春、送春的诗。朱弁这首诗说塞北差不多没有春天，气候寒冷，没来得及容许花明柳媚；用意是把塞北春天的短促来衬出自己在塞北拘留的长久。

〔2〕棉衣。

春阴

关河迢递绕黄沙，惨惨阴风塞柳斜。花带露寒无戏蝶，草连云暗有藏鸦〔1〕。诗穷莫写愁如海，酒薄难将梦到家〔2〕。绝域东风竟何事，只应催我鬓边华〔3〕！

〔1〕意思说北方的春色寒窘得很，既没有"娟娟戏蝶"，也没"语燕啼莺"。下一句的涵意也许相同于北宋江休复《杂志》所记的一联诗："三春花发惟樗树，二月莺啼是老鸦。"

〔2〕"穷"是"技穷"的意思；自己的诗没本领把浩荡愁怀尽情抒写出来。"将"是扶助、携带的意思，参看唐人李端《赠岐山姜明府》："雁影将魂去，虫声与泪期。"这句分三层：要回故国除非在梦里；可是又睡不着，要做梦除非喝醉了酒；可是酒力又不够，一场春梦还没到家早已醉退人醒了。唐人孟郊《秋夕贫居述怀》诗的"卧冷无远梦"和《再下第》诗的"梦短不到家"，刘威《冬夜旅怀》诗的"酒无通夜力"，方干《思江南》诗的"夜来有梦登归路，不到桐庐已及明！"宋人韩疁《浪淘沙》词的"相逢只有梦魂间，可奈梦随春漏短，不到江南！"似乎都不及朱弁这七个字的曲折凄挚。这些诗句也都算得岑参《春梦》的翻案："枕上片时春梦中，

行尽江南数千里。"

〔3〕"华"字双关;东风是把花吹开的,可是塞北没有多少花朵,只把作者的头发吹得"花白"了。唐人李益《度破讷沙》的"莫言塞北无春到,总有春来何处知?"或者刘商《胡笳十八拍》里第六拍的"怪得春光不来久,胡中风土无花柳!"似乎都不及朱弁的说法来得深婉。

李弥逊

李弥逊(1089—1153)字似之,吴县人,有《筠溪集》。他和李纲是好朋友,政治主张相同,诗歌酬答也很多。他的诗不受苏轼和黄庭坚的影响,命意造句都新鲜轻巧,在当时可算独来独往。

云门[1]道中晚步

层林叠巘暗东西,山转岗[2]回路更迷。望与游云奔落日,步随流水赴前溪[3]。樵归野烧孤烟尽,牛卧春犁小麦低。独绕辋川[4]图画里,醉扶白叟[5]杖青藜。

〔1〕在浙江绍兴。
〔2〕"岗"一作"江"。
〔3〕这一联说目力所及比脚力所及来得阔远。
〔4〕在陕西蓝田,唐诗人王维的别墅所在;王维曾画过一幅《辋川图》。
〔5〕"白叟"一作"黄发"。"白叟"就是作者自己,申说上句所谓"独绕";意思说扶那喝醉了酒的老头儿的是一根拐棍。

东岗晚步

饭饱东岗晚杖藜,石梁横渡绿秧畦。深行径险从牛后,小立台高出鸟栖。问舍谁人村远近,唤船别浦水东西。自怜头白江山里,回首中原正鼓鼙[1]!

〔1〕李弥逊因为反对秦桧向金人求和,贬斥归田,隐居在福建连江的西山。这一首是那时期的诗。

春日即事

小雨丝丝欲网春[1],落花狼藉近黄昏。车尘不到张罗地[2],宿鸟声中自掩门。

〔1〕雨丝像网丝,仿佛撒下一个漫天大网,要把春色罩住。
〔2〕门前冷落,没有车马来。《史记》卷一百二十《汲黯郑当时列传》说有位翟公,做官得意的时候,门上热闹得很,失势以后,客人都不来了,"门外可设雀罗"。

陈与义

陈与义(1090—1138)字去非,自号简斋,洛阳人,有《简斋集》。在北宋南宋之交,也许要算他是最杰出的诗人。他虽然推重苏轼和黄庭坚[1],却更佩服陈师道[2],把对这些近代人的揣摩作为学杜甫的阶梯;同时他跟江西派不很相同,因为他听说过"天下书虽不可不读,然慎不可以有意于用事"[3]。我们看他前期的作品,古体诗主要受了黄、陈的影响,近体诗往往要从黄、陈的风格过渡到杜甫的风格。杜甫律诗的声调音节是公推为唐代律诗里最弘亮而又沉着的,黄庭坚和陈师道费心用力的学杜甫,忽略了这一点。陈与义却注意到了,所以他的诗尽管意思不深,可是词句明净,而且音调响亮,比江西派的讨人喜欢。靖康之难发生,宋代诗人遭遇到天崩地塌的大变动,在流离颠沛之中,才深切体会出杜甫诗里所写安史之乱的境界,起了国破家亡、天涯沦落的同感,先前只以为杜甫"风雅可师",这时候更认识他是个患难中的知心伴侣。王铚《别张孝先》就说:"平生尝叹少陵诗,岂谓残生尽见之"[4];后来逃难到襄阳去的北方人题光孝寺壁也说:"踪迹大纲王粲传,情怀小样杜陵诗"[5]。都可以证明身经离乱的宋人对杜甫发生了一种心心相印的新关系。诗人要抒写家国之痛,就常常自然而然效法杜甫这类苍凉悲壮的作品,前面所选吕本中和汪藻的几首五律就是例子,何况陈与义本来是个师法杜甫的人。他逃难的第一首诗《发商水道中》可以说是他后期诗歌的开宗明义:"草草檀公策,茫茫杜老诗!"他的《正月十二日自房州城遇虏至》又说:"但恨平生意,轻了少陵诗",表示他经历了兵荒马乱才明白以前对杜甫还领会不深。他的诗进了一步,有了雄阔慷慨的风格。在他以前,这种风格在李商隐学杜甫的时候偶然出现;在他以后,明代的"七子"像李梦阳等专学杜甫这种调门,而意思很空洞,词句也杂凑,几乎像有声无字的吊嗓子,比不上陈与义的作品[6]。虽然如此,就因为这点类似,那些推崇盛唐诗的明代批评家对"苏门"和江西派不甚许可,而看陈与义倒还觉得顺眼[7]。

陈与义在南宋诗名极高,当时有几个学他的人,像他的表侄张嵲和朱熹的父亲朱松。然而他的影响看来并不大,也没有人归他在江西派里,张嵲讲他的诗学的时候,就半个字没提起黄庭坚[8]。南宋末期,严羽说陈与义"亦江西之派而小异"[9],刘辰翁更把他和黄庭坚、陈师道讲成一脉相承[10];方回尤其仿佛高攀阔人作亲戚似的,一口咬定他是江西派[11],从此淆惑了后世文学史家的耳目。

《简斋集》有胡穉的注本,在宋人注的宋诗里恐怕是最简陋的一种。

[1] 晦斋《简斋诗集引》。
[2] 方勺《泊宅编》卷九,徐度《却扫编》卷中。
[3] 《却扫编》卷中。
[4] 曹庭栋《宋百家诗存》卷十七《雪溪集》。
[5] 张端义《贵耳集》卷下。
[6] 参看吴乔《围炉诗话》卷一论"七子"的"瞎盛唐诗"、"有词无意",而宋人"不剿说,故无此病"。
[7] 例如宋濂《宋文宪公全集》卷三十七《答章秀才论诗书》,李开先《中麓闲居集》自序,胡应麟《少室山房类稿》卷一百十八《与顾叔时论宋元二代诗书》之二、《诗薮》外编卷五。

〔8〕《紫微集》卷四《赠陈符宝去非》、卷三十五《陈公资政墓志铭》；参看刘克庄《后村大全集》卷一百七十六载张嵲《读黄山谷集》，那是《紫微集》漏收的。

〔9〕《沧浪诗话·诗体》。

〔10〕《简斋诗集序》。

〔11〕散见方回的著作里，例如《桐江集》卷五《刘元晖诗评》，《瀛奎律髓》卷十六陈与义《道中寒食》诗批语等。

襄邑[1]道中

飞花两岸照船红，百里榆堤半日风[2]。卧看满天云不动，不知云与我俱东。

[1] 在河南。
[2] 船趁着顺风，半天就走了一百里；沿堤都是榆树。

中牟[1]道中

雨意欲成还未成，归云却作伴人行。依然坏郭中牟县，千尺浮屠管送迎[2]。

杨柳招人不待媒，蜻蜓近马忽相猜[3]。如何得与凉风约，不共尘沙一并来！

〔1〕在河南。

〔2〕陈与义《至陈留》也说:"烟际亭亭塔,招人可得回?""浮屠"就是宝塔。参看苏轼的《南乡子》词:"谁似临平山上塔,亭亭,迎客西来送客行?"

〔3〕风里柳条向人飘袅,仿佛轻狂得很,没等人介绍就来讨好的样子;蜻蜓飞近,忽然似有猜疑,又飞远去了。

清 明

卷地风抛市井声,病夫危坐了清明。一帘晚日看收尽,杨柳微风百媚生。

雨 晴

天缺西南江面清,纤云不动小滩横〔1〕。墙头语鹊衣犹湿,楼外残雷气未平。尽取微凉供稳睡〔2〕,急搜奇句报新晴〔3〕。今宵绝胜无人共,卧看星河尽意明。

〔1〕天空一小块云像江面一个小滩。陈与义在《晚步》诗里也说:"停云甚可爱,重叠如沙汀。"《山谷内集》卷六《咏雪奉呈广平公》:"连空春雪明如洗,忽忆江清水见沙",任渊注:"沙以喻雪";手法相同。

〔2〕采用杜甫一个诗题里的字面:"七月三日亭午已后较热退,晚

加小凉,稳睡有诗。"

〔3〕"报"是答报、酬报、不辜负的意思,就是杜甫《江畔独步寻花》所谓"报答春光知有处"的"报";可以参看陈与义《清明》的"只将诗句答年华",范成大《八月二十二日寓直玉堂雨后顿凉》的"题诗弄笔北窗下,将此工夫报答凉"(《石湖诗集》卷十一)。

登岳阳楼〔1〕

洞庭之东江水西,帘旌不动夕阳迟。登临吴蜀横分地〔2〕,徙倚湖山欲暮时。万里来游还望远,三年多难更凭危〔3〕。白头吊古风霜里,老木苍波无限悲!

〔1〕见黄庭坚《雨中登岳阳楼望君山》注〔1〕。
〔2〕三国时吴和蜀夺取荆州,吴将鲁肃曾率兵万人驻扎在岳阳。
〔3〕这是建炎二年(公元1128年)秋天的诗,陈与义从靖康元年(公元1126年)春天开始逃难,所以说"三年"。要是明代的"七子"作起来,准会学杜甫的《送郑十八虔》、《登高》、《春日江村》第一首等诗,把"百年"来对"万里",正像他们自己一伙人所说:"'百年''万里'何其层见而叠出也!"(李梦阳《空同子集》卷六十二《再与何氏书》)

春寒

二月巴陵〔1〕日日风,春寒未了怯园公。海棠不惜胭脂色,独立濛濛细雨中。借居小园,遂自号"园公"〔2〕。

〔1〕 就是岳阳。
〔2〕 陈与义《陪粹翁举酒于君子亭下海棠方开》说:"暮雨霏霏湿海棠",不过像杜甫《曲江对雨》所谓"林花着雨胭脂湿",比不上这首诗的意境。宋祁《锦缠道》词的"海棠经雨胭脂透"和王雱《倦寻芳》词的"海棠著雨胭脂透",也只是就杜甫的成句加上炼字的功夫,没有陈与义这首诗的风致。

雨中对酒庭下海棠经雨不谢

巴陵二月客添衣,草草杯觞恨醉迟。燕子不禁连夜雨,海棠犹待老夫诗。天翻地覆伤春色〔1〕,齿豁头童祝圣时。白竹篱前湖海阔,茫茫身世两堪悲。

〔1〕 这里的"伤春色",跟下面选的《伤春》,都是杜甫《伤春》第一首所谓"天下兵虽满,春光日自浓"或者《春望》所谓"国破山河在,城春草木深"的意思。

伤春

庙堂无策可平戎,坐使甘泉照夕烽〔1〕。初怪上都闻战马,岂知穷海看飞龙〔2〕!孤臣霜发三千丈,每岁烟花一万重〔3〕。

稍喜长沙向延阁[4],疲兵敢犯犬羊锋。

〔1〕边疆上告急的烽火信号把皇帝的宫殿都照得红了。《史记·匈奴列传》:"边烽火通于甘泉",汉帝行宫在陕西甘泉山。
〔2〕这是建炎四年(公元1130年)春天的诗;建炎三年冬天金兵过长江,打下南京,宋高宗航海逃亡。
〔3〕李白《秋浦歌》第十五首说:"白发三千丈,缘愁似个长",杜甫《伤春》第一首说:"关塞三千里,烟花一万重";陈与义把两个古人名句合成一联。
〔4〕向子諲字伯共,是李纲的政友,反对秦桧卖国求和的。他这时候正做长沙太守,组织军民去抵御金兵。他原直秘阁,所以陈与义借用汉代史官的延阁,作为他的头衔。陈与义在岳阳时有《以玉刚卯为向伯共生朝》、《再别伯共》等诗,都勉励他学张巡,好好保卫国家。

牡丹

一自胡尘入汉关,十年伊洛[1]路漫漫。青墩溪[2]畔龙钟客,独立东风看牡丹[3]。

〔1〕河南的伊河洛水。这是绍兴六年(公元1136年)所作;靖康元年(公元1126年)金人攻破汴京到此时整整十年。
〔2〕在浙江桐乡北。
〔3〕洛阳是北宋的西京,也是陈与义的故乡,以牡丹花闻名,参看欧阳修《戏答元珍》注〔4〕。陈与义这首诗的意思在南宋诗词里常常出

现,例如陆游《剑南诗稿》卷八十二《赏小园牡丹有感》也是看见牡丹花而怀念起洛阳鄜畤等地方来,还说:"周汉故都亦岂远?安得尺棰驱群胡!"刘克庄《后村大全集》卷一百八十八《六州歌头》又卷一百八十八《木兰花慢》、《昭君怨》等咏牡丹词用意略同。

早行[1]

露侵驼褐晓寒轻,星斗阑干[2]分外明。寂寞小桥和梦过,稻田深处草虫鸣。

　　[1]《南宋群贤小集》第十册张良臣《雪窗小集》里有首《晓行》诗,也选入《诗家鼎脔》卷上,跟这首诗大同小异:"千山万山星斗落,一声两声钟磬清。路入小桥和梦过,豆花深处草虫鸣。"韦居安《梅磵诗话》卷上引了李元膺的一首诗,跟这首只差两个字:"露"作"雾","分"作"野"。
　　[2]横斜貌。

曹 勋

曹勋(1098—1174)字公显,阳翟人,有《松隐文集》。他的诗不算少,都是平庸浅率的东西,只除了几首,就是他在绍兴十一至十二年出使金国的诗。那时候的出使比不得北宋的出使了,从交聘的仪节就看得出来[1]。北宋对辽低头,却还没有屈膝,觉得自己力量小,就装得气量很大;从苏洵的《送石昌言使北引》推测[2],奉命到辽国去的人大多暗暗捏著一把汗,会赔小心而说大话就算是外交能手,所谓"'说大人,则藐之',况于夷狄?"苏轼所记富弼对辽主打的官话和朱弁所记富弼回国后讲的私话[3]是个鲜明的对照,也是这种外交的具体例证;他对辽主说,中国的"精兵以百万计",而心里明白本国"将不知兵,兵不习战",只有"忍耻增币"一个办法。欧阳修、韩琦、王安石、刘敞、苏辙、彭汝砺等人都有出使的诗,苏颂作得最多[4];都不外乎想念家乡,描摹北地的风物,或者嗤笑辽人的起居服食不文明,诗里的政治内容比较贫薄。燕云十六州割让给契丹已经是北宋建国以前的旧事,苏辙在燕山的诗也许可以代表北宋人一般的感想:"汉人何年被流徙,衣服渐变存语言……汉奚单弱契丹横,目视汉使心凄然。石瑭窃位不传子,遗患燕蓟逾百年。仰头呼天问何罪,自恨远祖从禄山。"[5]换句话说,五代的那笔陈年宿账北宋人当然引为缺憾,不过并未觉得耻辱。有的人记载那里的人民对儿子说:"尔不得为汉民,命也!"或者对逃回去的宋人说:"汝归矣! 他年南朝官家来收幽州,慎无杀吾汉儿也!"[6]有的人想激发他们就地响应:"念汝幽蓟之奇士兮……忍遂反袒偷生为？吾民孰不愿左袒，汝其共取燕支归！"[7]假如那里的人民向使者诉说过："我本汉人，陷于涂炭，朝廷不加拯救，无路自归"[8]，这些话至少没有反映在诗歌里。靖康之变以后，南宋跟金不像北宋跟辽那样，不是"兄弟"，而是"父子"、"叔侄"——老实说，竟是主仆了；出使的人连把银样蜡枪头对付铁拳头的那点儿外交手法都使不出来了。金人给整个宋朝的奇耻大辱以及给各个宋人的深创巨痛，这些使者都记得牢牢切切，现在奉了君命，只好憋著一肚子气去哀恳软求。淮河以北的土地人民是剜肉似的忍痛割掉的，伤痕还没有收口，这些使者一路上分明认得是老家里，现在自己倒变成外客，分明认得是一家人，眼睁睁看他们在异族手里讨生活。这种惭愤哀痛交换在一起的情绪产生了一种新的诗境，而曹勋是第一个把它写出来的人，比他出使早十年的洪皓的《鄱阳集》里就还没有这一类的诗。

〔1〕赵翼《廿二史札记》卷二十五《宋、辽、金、夏交际仪》。

〔2〕《嘉祐集》卷十四。

〔3〕《东坡集》卷三十七《富郑公神道碑》，《曲洧旧闻》卷二，《朱子语类》卷一百三十。

〔4〕《苏魏公集》卷十三《前后使辽诗》。

〔5〕《栾城集》卷十六《出山》。

〔6〕江少虞《皇朝类苑》卷七十七载路振《乘轺录》，晁载之《续谈助》卷三所载《乘轺录》把这些话都删掉。

〔7〕张方平《乐全先生集》卷四《幽蓟行》。

〔8〕徐梦莘《三朝北盟会编·政宣上帙》载洪中孚奏疏。《竹庄诗话》卷十八引洪迈《夷坚庚志》记许彦国作《燕蓟馀民思汉歌》，长近千言，可惜只引了结尾几句，全诗失传。

仆持节[1]朔庭自燕山向北部落以三分为率南人居其二闻南使过骈肩引颈气哽不得语但泣数行下或以慨叹仆每为挥涕惮见也因作出入塞纪其事用示有志节悯国难者云

入塞

妾[2]在靖康初,胡尘蒙京师。城陷撞军入,掠去随胡儿。忽闻南使过,羞顶毲羊皮[3];立向最高处,图见汉官仪。数上声[4]日望回骑,荐[5]致临风悲。

出塞

闻道南使归,路从城中去。岂如车上瓶[6],犹挂归去路!引首恐过尽,马疾忽无处。吞声送百感,南望泪如雨。

〔1〕上古出使的人都拿一根金属或竹头做的东西,末梢有羽毛等装饰,叫做"节"。事实上,宋代的外交人员只有印章,没有"节"(朱熹《朱子大全》卷九十八《奉使直秘阁朱公行状》)。曹勋这次的使命是去迎接宋高宗的母亲韦太后回国,《松隐文集》卷一有《迎銮七赋》详细记载这件事。

〔2〕据诗序看来,"妾"象征一切俘虏去或者沦陷的人民,不分男女老幼。这一体的诗当然从汉武帝时嫁给乌孙王的刘细君的思乡作歌开始,可是刘细君没有成为一个代表性的人物,倒是在她以后的王昭君和蔡文姬变了沦落异国的妇女的典型。晋唐以来的《昭君怨》、《明妃曲》、《胡笳十八拍》这类的诗大多免不了说王嫱、蔡琰的"玉颜"、"红颊"或者"盛年"、"娇小",怎样"昔为匣中玉",而现在跟"戎虏"在一起,过粗野的生活,"今为粪上英"。曹勋没有用这种套语;落难的全是同胞,不必去强调家世、年龄和相貌。同时人曾季貍有一首《秦女曲》(韦居安《梅磵诗话》卷上),写秦观的女儿给金兵掳去的事;刘子翚有一首《怨女曲》(《屏山全集》卷十一),设想一个给金兵掳去的娇贵女子感伤身世;这些不过像晁补之的《芳仪怨》写南唐公主流落在辽国一样(《鸡肋集》卷十),都是描写"宋板"的王嫱、蔡琰,跟曹勋的手法不同。

〔3〕金国"妇人以羔皮帽为饰"(洪皓《松漠纪闻》卷下),所以曹勋说"顶",并非泛泛的沿袭蔡琰《胡笳十八拍》第三拍所谓:"毡裘为裳兮,骨肉震惊;羯膻为味兮,枉遏我情";或者刘商《胡笳十八拍》第五拍所谓:"羔子皮裘领仍左,狐襟貉袖腥复膻。"刘细君的歌里早说:"穹庐为室兮毡为墙,以肉为食兮酪为浆。"这一类的话变成后来这一体里的照例文章。曹勋没有用这些套语,他诗里的人已经随乡入乡,将就过胡人的生活了,可是一听见汉人来到,不禁"羞"惭起来——这是很入情入理的描写。

〔4〕计算。

〔5〕重复、再来一下。

〔6〕车上挂瓶,内盛油膏,供滑润车轴之用。参看《诗经·泉水》:"载脂载辖",又《何人斯》:"遑脂尔车";《史记·田敬仲完世家》:"豨膏棘轴,所以为滑也。"

望太行

落月如老妇,苍苍无颜色。稍觉林影疏,已见东方白。一生困尘土,半世走阡陌;临老复兹游[1],喜见太行碧。

〔1〕曹勋在北宋长大,而且宋徽宗、钦宗给金人俘虏,他也跟去,后来又逃到江南;所以北方是他旧游之地。

董 颖

董颖(生年死年不详)字仲达,德兴人。根据洪迈《夷坚乙志》卷十六的记载,他是个穷愁潦倒的诗人,跟韩驹、徐俯、汪藻等人往来,有《霜杰集》。这部诗集看来在当时颇为传诵[1],后来全部遗失,下面选的一首是保存在南宋人陈起所编《前贤小集拾遗》卷四里的。也许可以顺便提起,在中国戏曲发展史上,董颖还值得注意,因为他留下来十首叙述西施事迹的《道宫薄媚》词[2],衔接连贯,成为一套,是词正在蜕变为曲的极少数例子之一。

〔1〕章甫《自鸣集》卷二《简李牧之》、朱熹《大全集》卷十《题霜杰集》。集名大约出于陶潜《和郭主簿》第二首:"卓为霜下杰。"
〔2〕曾慥《乐府雅词》卷上。

江 上

万顷沧江万顷秋,镜天飞雪一双鸥。摩挲数尺沙边柳,待汝成阴系钓舟[1]。

〔1〕对草、木、虫、鱼以及没有生命的东西像山、酒等等这样亲切生动的称呼,是杜甫诗里的习惯,孙奕《履斋示儿编》卷十所谓"'尔''汝'

群物";卢仝《村醉》:"摩挲青莓苔,莫嗔惊着汝!"也是一个有名的例。宋人很喜欢学这一点,像王安石《与微之同赋梅花》:"少陵为尔牵诗兴,可是无心赋海棠?"郑樵《夹漈遗稿》卷一《灵龟潭》:"着手摩挲溪上石,他年来访汝为家。"

吴　涛

　　吴涛(生年死年不详)字德劭,崇仁人。在历代的诗话里,南北宋之交的吴沆《环溪诗话》是部奇特的著作,因为它主要是标榜作者自己的诗。也许他非得自称自赞不可,因为那些诗的妙处实在看不出来。吴沆笔歌墨舞的自我表扬之后,想到哥哥,于是在卷下里引了吴涛几首诗,下面这一首写春深夏浅、乍暖忽寒的情味,倒是极新颖的。

绝　句

游子春衫已试单,桃花飞尽野梅酸。怪来一夜蛙声歇,又作东风十日寒。

刘子翚

刘子翚（1101—1147）字彦冲，自号病翁，崇安人，有《屏山全集》。他也是位道学家或理学家，宋代最大的道学家朱熹就是他的门生。批评家认为道学是"作诗第一对病"[1]，在讲宋诗——还有明诗——的时候，也许应该提一下这个问题。哲学家对诗歌的排斥和敌视在历史上原是常事，西洋美学史一开头就接触到柏拉图所谓"诗歌和哲学之间的旧仇宿怨"[2]，但是宋代道学家对诗歌的态度特别微妙。

程颐说："作文害道"，文章是"俳优"；又说："学诗用功甚妨事"，像杜甫的写景名句都是"闲言语，道他做甚！"[3]轻轻两句话变了成文的法律，吓得人家作不成诗文。不但道学家像朱熹要说："顷以多言害道，绝不作诗"[4]，甚至七十八天里做一百首诗的陆游也一再警告自己说："文词终与道相妨"，"文词害道第一事，子能去之其庶几！"[5]当然也有反驳的人[6]。不过这种清规戒律根本上行不通。诗依然一首又一首的作个无休无歇，妙的是歪诗恶诗反而因此增添，就出于反对作诗的道学家的手笔。因为道学家还是手痒痒的要作几首诗的，前门撵走的诗歌会从后窗里爬进来，只添了些狼狈的形状。就像程颐罢，他刚说完作诗"害事"，马上引一首自己作的《谢王子真》七绝；又像朱熹罢，他刚说"绝不作诗"，忙忙"盖不得已而言"的来了一首《读〈大学〉〈诚意〉章有感》五古[7]。也许这不算言行不符，因为道学家作的有时简直不是诗。形式上用功夫既然要"害道"，那末就可以粗制滥造,所谓:"自知无纪律,安得谓之诗?"[8]或者:"平生意思春风里,信手题诗不用工。"[9]内容抒情写景既然是"闲言语",那末就得借讲道学的藉口来吟诗或者借吟诗的机会来讲道学,游玩的诗要根据《周礼》来肯定山水[10],赏月的诗要发挥《易经》来否定月亮[11],看海棠的诗要分析主观嗜好和客观事物[12]。结果就像刘克庄所说:"近世贵理学而贱诗,间有篇咏,率是语录讲义之押韵者耳。"[13]道学家要把宇宙和人生的一切现象安排总括起来,而在他的理论系统里没有文学的地位,那仿佛造屋千间,缺了一间;他排斥了文学而又去写文学作品,那仿佛家里有屋子千间而上邻家去睡午觉;写了文学作品而藉口说反正写得不好,所以并没有"害道",那仿佛说自己只在邻居的屋檐下打个地铺,并没有升堂入室,所以还算得睡在家里。这样,他自以为把矛盾统一了。

北宋中叶以后,道学家的声势愈来愈浩大;南宋前期虽然政府几次三番下令禁止,并不能阻挡道学的流行和减削它的声望。不管道学家是无能力而写不好诗或者是有原则的不写好诗,他们那种迂腐粗糙的诗开了一个特殊风气,影响到许多诗人。有名的像黄庭坚、贺铸、陆游、辛弃疾还有刘克庄本人都写了些"讲义语录之押韵者",小家像吴锡畴、吴龙翰、陈杰、陈起、宋自适、毛珝、罗与之等等也是这样[14]。就像描摹道学家丑态的周密[15]也免不了写这一类的诗[16],甚至取个"草窗"的笔名,还是根据周敦颐和程颢等道学家不拔掉窗前野草的故事。又像朱淑真这样一位工愁善怨的女诗人,也有时候会在诗里做出岸然道貌,放射出浓郁的"头巾气"[17];有人讲她是朱熹的侄女儿,那句查无实据的历史传说倒也不失为含有真理的文学批评。

假如一位道学家的诗集里,"讲义语录"的比例还不大,肯容许些

"闲言语",他就算得道学家中间的大诗人,例如朱熹。刘子翚却是诗人里的一位道学家,并非只在道学家里充个诗人。他沾染"讲义语录"的习气最少,就是讲心理学伦理学的时候,也能够用鲜明的比喻,使抽象的东西有了形象[18]。极口鄙弃道学家作诗的人也不得不说:"皋比若道多陈腐,请诵屏山集里诗。"[19]他跟曾几、吕本中、韩驹等人唱和,而并不学江西派,风格很明朗豪爽,尤其是那些愤慨国事的作品。

〔1〕郑方坤《全闽诗话》卷四引谢肇淛《小草斋诗话》;参看胡应麟《诗薮》内编近体中论"儒生气象一毫不得著诗,儒者语言一字不可入诗"。

〔2〕《理想国》第六百〇七乙。

〔3〕《二程遗书》卷十八《伊川语》四。参看《伊川文集》卷五《答朱长文书》:"无用之赘言";邵雍《击壤集》卷十二《答人吟》:"林下闲言语,何须更问为?"卷十六《答宁秀才求诗吟》:"林下闲言语,何须要许多?"晁说之《晁氏客语》记石子殖说唐人诗是"无益语";《皇朝文鉴》卷二十八吕大临《送刘户曹》:"文似相如反类俳";杨简《慈湖遗书》卷十五《家记》九批评杜甫韩愈"巧言"、"谬用其心";又卷六《偶作》第十四首:"咄哉韩子休污我!"第十六首:"勿学唐人李杜痴!"(此数首亦误入曹彦约《昌谷集》卷三《偶成》)李梦阳《空同子集》卷五十二《缶音序》、卷六十六《论学》上篇都有暗暗针对程颐批评杜甫的话而发的意见;方以智《通雅》卷首之三申说《表记》里"词欲巧"的一节差不多针对杨简的话而发,其实《文心雕龙·征圣》篇早引用《表记》那几句话作为孔子"贵文之征"。

〔4〕《朱子大全》卷二《读〈大学〉〈诚意〉章有感》;参看《朱子语类》卷一百四十"作诗间以数句适怀亦不妨"条、"近世诸公作诗费工夫要何

用"条等。

〔5〕《剑南诗稿》卷三十三《老学庵》、卷五十五《杂感》第四首。陆游那笔诗账见刘克庄《后村大全集》卷九十九《跋仲弟诗》；参看《剑南诗稿》卷三十九《五月初病体益轻偶书》："三日无诗自怪衰"，又卷七十九《醉书》："无诗三日却堪忧"；陈著《本堂集》卷四十五《跋丁氏子诗后》："近世陆放翁日课数诗，吾窃疑焉，姑置不敢议。"

〔6〕例如汪藻《浮溪集》卷二十一《答吴知录书》，林亦之《网山集》卷三《伊川子程子论》。

〔7〕参看《击壤集》卷二十《首尾吟》解释"尧夫非是爱吟诗"。

〔8〕《击壤集》卷十二《答人吟》。

〔9〕罗大经《鹤林玉露》卷二引游九言诗，《默斋遗稿》和《补遗》里漏收。

〔10〕陈傅良《止斋先生文集》卷一《游鼓山》。

〔11〕魏了翁《鹤山先生大全集》卷六《中秋有赋》。

〔12〕洪迈《夷坚三志》己九《傅梦泉》条："吾爱与吾恶，海棠自海棠。"

〔13〕《后村大全集》卷一百十一《吴恕斋诗存稿跋》，参看卷九十四《竹溪诗序》，又吴泳《鹤林集》卷二十八《与魏鹤山第三书》。

〔14〕宋代金履祥的道学诗选《濂洛风雅》在道学家以外只收了三位诗人：曾几、吕本中、赵蕃；赵蕃就是《朱子语类》卷一百零四所说"好作诗，与语道理如水投石"的赵昌父。

〔15〕《齐东野语》卷十一、《癸辛杂识》续集卷上；据陆心源《仪顾堂续跋》卷十一，反对道学是周密家里祖孙相传的门风，参看黄式三《儆居集·读子集》卷二《读周氏〈雅谈〉、〈野语〉》。

〔16〕《草窗韵语六稿·藏书示儿》。

〔17〕《断肠诗集》卷十《自责》第一首，《后集》卷四《新冬》、卷六

《贺人移学东轩》。
〔18〕例如《屏山全集》卷十三《读〈平险铭〉寄李汉老》。
〔19〕焦袁熹《此木轩诗》卷十《阅宋人诗集》第十一首。

江上

江上潮来浪薄[1]天,隔江寒树晚生烟。北风三日无人渡,寂寞沙头一簇船。

〔1〕逼近。

策杖

策杖农家去,萧条绝四邻。空田依垅[1]峻,断藁[2]布窦[3]匀。地薄惟供税,年丰尚苦贫。平生饱官粟,愧尔力耕人。

〔1〕土墩子或者堤岸。
〔2〕稻草。
〔3〕"布"等于铺,"窦"指矮小的住房。

汴京纪事[1]

帝城王气杂妖氛,胡虏何知屡易君!犹有太平遗老在,时时洒泪向南云[2]。

联翩漕舸入神州,梁主经营授宋休;一自胡儿来饮马,春波惟见断冰流[3]。

内苑珍林蔚绛霄,围城不复禁刍荛;舳舻岁岁衔清汴,才足都人几炬烧[4]。

空嗟覆鼎误前朝,骨朽人间骂未销。夜月池台王傅宅,春风杨柳太师桥[5]。

辇毂繁华事可伤,师师垂老过湖湘;缕衣檀板无颜色,一曲当时动帝王[6]。

〔1〕原有二十首,在南宋极为传诵,《宣和遗事》前集里就引了一首,后集里引了三首。从语气看来,这是事过境迁,感慨靖康之变,而且设想汴梁在沦陷中的景象。参看《屏山全集》卷十七《北风》:"淮山已隔胡尘断,汴水犹穿故苑来。"跟前面所选吕本中《兵乱后杂诗》的情绪和手法都不相同。

〔2〕这首慨叹宋高宗抛弃了"祖宗二百年基业"的汴京,而甘心在南方苟安;汴梁在建炎四年最后给金人占领,成为金国的南京。第二、三、四句的意思是:"胡虏"不懂"忠君爱国"的道理,屡次"易君"也不在乎,而沦陷区的北宋"遗老"可就不同,还一心向往南宋。

〔3〕"神州"指汴京;梁太祖朱温开平元年把原来的汴州升作东都,北宋继承了作为首都东京。北宋江淮一带钱粮运解进京的主要水道是

汴河。

〔4〕宋徽宗派官吏四面八方去搜采奇花异石，运到汴梁；程俱《采石赋》说："山户蚁集，篙师云屯，输万金之重载，走千里于通津"(《北山小集》卷十二)，邓肃《花石诗》自序说："根茎之细，块石之微，挽舟而来，动数千里。"(曹庭栋《宋百家诗存》卷八)这就是搅得人民破家丧命、鸡犬不宁的"花石纲"，刘子翚《游朱勔家园》诗所谓："楼船载花石，里巷无袴襦。"(《屏山全集》卷十)参看龚明之《中吴纪闻》卷六"朱氏盛衰"条。宋徽宗把这些花石聚集起来，造了个"穷极巧妙"的万岁山，一名艮岳，里面最雄壮富丽的建筑物叫绛霄楼。靖康元年闰十一月，汴梁被围，人民从万岁山上打下石块来当炮石去抵挡敌兵；到十二月底，汴梁城破，天冷多雪，人民没柴烧，就把万岁山的房屋拆毁，竹木统统砍掉(徐梦莘《三朝北盟会编·靖康中帙》卷四十一、卷四十七、卷四十八)。"衔"是接二连三的意思。当时人描写艮岳的景物以及遭乱后的破败，可看宋徽宗所作《艮岳记》、曹组和李质"奉敕"所作《艮岳赋》和《百咏诗》(王明清《挥麈后录》卷二载)、僧祖秀所作《华阳宫记》(王称《东都事略》卷一百六载)。

〔5〕"覆鼎"出于《易经》里《鼎》卦的爻辞，指误事失职的大臣，这里指官封"太傅楚国公"的王黼和官封"太师鲁国公"的蔡京这两个祸国殃民的权奸。他们在汴梁都有周围几里的大住宅，不过蔡京的住宅早在靖康元年闰十一月八日烧掉(《三朝北盟会编·靖康中帙》卷六、卷四十七，周煇《清波别志》卷下)，所以说"太师桥"，表示只是个遗址。

〔6〕这首讲宋徽宗宠爱的妓女李师师(刘克庄《后村大全集》卷一百七十四)。她走红的时候，是周邦彦、晁冲之等诗人词人歌咏的对象(《片玉词》卷上《少年游·感旧》，《具茨先生诗集》卷十三《都下追感往昔因成二首》；至于张先和秦观所歌咏的师师，那是另一个人，参看丁绍仪《听秋声馆词话》卷十七)。宋无名氏的《李师师外传》说汴梁城破以

后,她不肯屈身金人,吞簪自杀。不过据这首诗以及《三朝北盟会编·靖康中帙》卷五、张邦基《墨庄漫录》卷八等看来,靖康元年正月宋政府抄没了她的家私以后,她就逃亡流落在湖南、浙江等地方。

陆 游

陆游(1125—1210)字务观,自号放翁,山阴人,有《剑南诗稿》。他的作品主要有两方面:一方面是闲愤激昂,要为国家报仇雪耻,恢复丧失的疆土,解放沦陷的人民;一方面是闲适细腻,咀嚼出日常生活的深永的滋味,熨贴出当前景物的曲折的情状。他的学生称赞他说:"论诗何止高南渡,草檄相看了北征"[1];一个宋代遗老表扬他说:"前辈评宋渡南后诗,以陆务观拟杜,意在瘖痹不忘中原,与拜鹃心事,悲惋实同。"[2]这两个跟他时代接近的人注重他作品的第一方面。然而,除了在明代中叶他很受冷淡以外[3],陆游全靠那第二方面去打动后世好几百年的读者,像清初杨大鹤的选本,方文、汪琬、王苹、徐钪、冯廷櫆、王霖等的摹仿[4],像《红楼梦》第四十八回里香菱的摘句,像旧社会里无数客堂、书房和花园中挂的陆游诗联都是例证[5]。就此造成了陆游是个"老清客"的印象[6]。当然也有批评家反对这种一偏之见,说"忠愤"的诗才是陆游集里的骨干和主脑,那些流连光景的"和粹"的诗只算次要[7]。可是,这个偏向要到清朝末年才矫正过来;读者痛心国势的衰弱,愤恨帝国主义的压迫,对陆游第一方面的作品有了极亲切的体会,作了极热烈的赞扬,例如:"诗界千年靡靡风,兵魂销尽国魂空;集中什九从军乐,亘古男儿一放翁!""辜负胸中十万兵,百无聊赖以诗鸣;谁怜爱国千行泪,说到胡尘意不平!"[8]这几句话仿佛是前面所引两个宋人的意见的口声,而且恰像山谷里的回声一样,比原来的声音洪大震荡得多了。

"扫胡尘"、"靖国艰"的诗歌在北宋初年就出现过,像路振的《伐棘篇》[9]。靖康之变以后,宋人的爱国作品增加了数目,前面也选了一些。不过,陈与义、吕本中、汪藻、杨万里等人在这方面跟陆游显然不同。他们只表达了对国事的忧愤或希望,并没有投身在灾难里、把生命和力量都交给国家去支配的壮志和弘愿;只束手无策地叹息或者伸手求助地呼吁,并没有说自己也要来动手,要"从戎",要"上马击贼",能够"慷慨欲忘身"或者"敢爱不赀身",愿意"拥马横戈"、"手枭逆贼清旧京"。这就是陆游的特点,他不但写爱国、忧国的情绪,并且声明救国、卫国的胆量和决心。譬如刘子翚的诗里说:"中兴将士材无双……胡儿胡儿莫猖狂!""低头拔胡箭,却向胡军射……男儿取封侯,赴敌如饥渴"[10],语气已经算比较雄壮了,然而讲的是别人,是那些"将士"和"男儿"——正像李白、王维等等的《从军行》讲的是别人,尽管刘子翚对他的诗中人有更真切的现实感,抱更迫切的希望。试看陆游的一个例:"鸭绿桑乾尽汉天,传烽自合过祁连;功名在子何殊我,惟恨无人快着鞭!"[11]尽管他把自己搁后,口吻已经很含蓄温和,然而明明在这一场英雄事业里准备有自己的份儿的。这是《诗经·秦风》里《无衣》的意境,是杜牧《闻庆州赵纵使君中箭身死长句》的意境,也是和陆游年辈相接的岳飞在《满江红》词里表现的意境;在北宋像苏舜钦和郭祥正的诗里,在南北宋之交像韩驹的诗里,也偶然流露过这种"修我戈矛,与子同仇"、"谁知我亦轻生者"的气魄和心情[12],可是从没有人像陆游那样把它发挥得淋漓酣畅。这也正是杜甫缺少的境界,所以说陆游"与拜鹃心事实同"还不算很确切,还没有认识他别开生面的地方。爱国情绪饱和在陆游的整个生命里,洋溢在他的全部作品里;他看到一幅画马[13],碰见几朵鲜花[14],听了一声雁唳[15],喝几杯酒[16],写几行草书[17],都会惹起报国仇、雪国耻的心事,血液沸腾起来,而且这股热潮冲出了他的白天清醒生活的边界,还泛滥到他的梦境里去[18]。这也是在旁人的诗集里找不到的。

关于陆游的艺术,也有一点应该补充过去的批评。非常推重他的刘克庄说他记闻博,善于运用古典,组织成为工致的对偶,甚至说"古人好对偶被放翁用尽"[19];后来许多批评家的意见也不约而同。这当然说得对,不过这忽视了他那些朴质清空的作品,更重要的是抹杀了他对这个问题的看法。我们发现他时常觉得寻章摘句的作诗方法是不妥的,尽管他自己改不掉那种习气。他说:"组绣纷纷炫女工,诗家于此欲途穷"[20];又说:"我初学诗日,但欲工藻绘;中年始少悟,渐若窥弘大。……汝果欲学诗,工夫在诗外"[21];又针对着"杜诗无一字无来处"的议论说:"今人解杜诗,但寻出处……如《西昆酬唱集》中诗何尝有一字无出处?……且今人作诗亦未尝无出处……但不妨其为恶诗耳!"[22]那就是说,字句有"出处"并不等于诗歌有出路;刘克庄赏识的恰恰是陆游认为诗家的穷途末路——"组绣"、"藻绘"、"出处"。什么是诗家的生路、"诗外"的"工夫"呢?陆游作过几种答复。最值得注意而一向被人忽视的是下面的主张。他说:"法不孤生自古同,痴人乃欲镂虚空!君诗妙处吾能识,正在山程水驿中"[23];又说:"大抵此业在道途则愈工……愿舟楫鞍马间加意勿辍,他日绝尘迈往之作必得之此时为多。"[24]换句话说,要做好诗,该跟外面的世界接触,不用说,该走出书本的字里行间,跳出蠹鱼蛀孔那种陷人坑。"妆画虚空"、"扪摸虚空"原是佛经里的比喻[25],"法不孤生仗境生"、"心不孤起,仗境方生"也是禅宗的口号[26]。陆游借这些话来说:诗人决不可以关起门来空想,只有从游历和阅历里,在生活的体验里,跟现实——"境"——碰面,才会获得新鲜的诗思——"法"。像他自己那种独开生面的、具有英雄气概的爱国诗歌，也是到西北去参预军机以后开始写的，第一首就是下面选的《山南行》[27]。至于他颇效法晚唐诗人而又痛骂他们，很讲究"组绣""藻绘"而最推重素朴平淡的梅尧臣，这些都表示他对自己的作品提出更严的要求，悬立更高的理想。

陆游虽然拜曾几为师，但是诗格没有受到很大影响；他的朋友早已指出他"不嗣江西"这一点[28]。杨万里和范成大的诗里保留的江西派作风的痕迹都比他的诗里来得多。在唐代诗人里，白居易对他也有极大的启发，当然还有杜甫，一般宋人尊而不亲的李白常常是他的七言古诗的楷模。

早在元初，闻仲和"于放翁诗注其事甚悉"，清代乾隆嘉庆年间，许美尊为陆游的一部分诗篇曾作详密的注解[29]；这两个注本当时没有刻出来，现在也无从寻找了。

〔1〕苏泂《泠然斋诗集》卷五《寿陆放翁》；参看《剑南诗稿》卷十八《燕堂春夜》："草檄北征今二纪"句自注。

〔2〕林景熙《霁山先生集》卷五《王修竹诗集序》，参看卷三《书陆放翁诗卷后》。

〔3〕参看李梦阳《空同子集》卷六十二附载山阴周祚书，陶望龄《歇庵集》卷十二《徐文长传》、卷十五《与袁六休书》之二。屠隆《鸿苞集》卷四《舆图要略下》讲到各地的名人，例如南昌府一节提起黄庭坚，吉安府一节提起欧阳修、杨万里，但是绍兴府一节不提起陆游。明中叶能作诗的书画家倒往往师法陆游的诗，例如张弼、文徵明等（参看《张东海全集》卷三《诗欲学陆放翁赋此见志》，何良俊《四友斋丛说》卷二十六记文徵明语），尤其是沈周。

〔4〕方文《嵞山续集》卷一《题剑南集》；汪琬尤其从《钝翁前后类

稿》卷七起;王苹《二十四泉草堂集》卷十一《大水泊过门人于无学东始山房论诗》;徐钒《南州草堂集》卷十二冯廷櫆题绝句(《冯舍人遗诗》失收);冯廷櫆《冯舍人遗诗》卷五《论诗》第十首;王霖《弇山诗钞》卷十八《放翁先生生日》。

〔5〕例如汪康年《庄谐选录》卷六《联语》条(亦见《汪穰卿遗著》卷七),恰好也是香菱爱的两句。参看纪昀《〈瀛奎律髓〉刊误》卷五陆游《入城至郡圃》诗的批语:"竟是巷市春联";又李慈铭《越缦堂日记》同治八年十二月初六日摘陆游句:"此等数百十联皆宜于楹帖。"

〔6〕阎若璩《潜邱札记》卷四《跋〈尧峰文钞〉》。

〔7〕例如潘问奇、祖应世《宋诗啜醨集》卷三,孙枝蔚《溉堂续集》卷四《读陆放翁诗》,姚范《援鹑堂笔记》卷四十,纪昀《〈瀛奎律髓〉刊误》卷三十二,又《点论东坡诗集》卷十《病中游祖塔院》评语,《四库全书总目提要》卷一百六十,潘德舆《养一斋诗话》卷五。

〔8〕梁启超《饮冰室全集》第四十五册《读陆放翁集》。

〔9〕《皇朝文鉴》卷十三。

〔10〕《屏山全集》卷十一《胡儿莫窥江》、《防江行》。

〔11〕《剑南诗稿》卷五十八《书事》。

〔12〕《苏学士文集》卷一《舟中感怀寄馆中诸君》、卷二《吾闻》,卷七《览照》,《青山集》卷四《东望》、卷二十七《原武按堤杂诗》,《陵阳先生诗》卷三《某已被旨移蔡,贼起傍郡,未果进发;今日上城,部分民兵,阅视战舰,口号》。

〔13〕《剑南诗稿》卷五《龙眠画马》,《渭南文集》卷三十《跋韩幹马》。

〔14〕《诗稿》卷三十九《白乐天诗云:"夜合花前日又西",此花以五六月开山中,为赋小诗》、卷八十二《赏山园牡丹有感》。

〔15〕见杨万里《初入淮河》注〔4〕引。

〔16〕《诗稿》卷五《长歌行》、卷六《江上对酒作》、卷十一《前有樽酒行》之二。

〔17〕《诗稿》卷七《题醉中所作草书卷后》、卷二十一《醉中作行草数纸》。

〔18〕《诗稿》卷四《九月十六夜梦驻军河外》、卷十二《五月十一日梦从大驾亲征》、卷二十七《枕上述梦》、卷六十三《纪梦》、卷七十七《异梦》。

〔19〕《后村大全集》卷一百七十四、卷一百七十九。

〔20〕《诗稿》卷十八《即事》。

〔21〕《诗稿》卷七十八《示子聿》。

〔22〕《老学庵笔记》卷七,参看《渭南文集》卷三十一《跋柳书苏夫人墓志》。

〔23〕《诗稿》卷五十《题萧彦毓诗卷后》。

〔24〕《广西通志》卷二百二十四载桂林石刻陆游与杜思恭手札,《渭南文集》未收。参看《诚斋集》卷二十六《下横山滩望金华山》:"闭门觅句非诗法,只是征行自有诗。"

〔25〕《杂阿含经》卷十五之三百七十七、卷四十一之一千一百三十六。

〔26〕智昭《人天眼目》卷四载石佛忠《相生颂》,延寿《宗镜录》卷四论"心法",卷七十一论"心仗境起"、卷七十二论"摄受因"。参观《后村大全集》卷一百六十六《宝谟寺丞方公行状》:"尝从山阴陆公游问书,陆公为大书'诗境'二字。"《苕溪渔隐丛话》前集卷四十七引黄庭坚语也说:"诗文不可凿空强作,待境而生,便自工耳";曾敏行《独醒杂志》卷四和曾季貍《艇斋诗话》记徐俯论作诗也说"切不可闭门合目作镌空妄实之想","若无是景而作,即谓之脱空诗,不足贵也"。

〔27〕《诗稿》卷三;参看叶绍翁《四朝闻见录》乙集记陆游《具知西

北事》。

〔28〕姜特立《梅山续稿》卷二《陆严州惠剑南集》、卷五《应致远谒放翁》；参看方回《瀛奎律髓》卷四、卷十六，又《桐江集》卷一《沧浪会稽十咏序》。

〔29〕陈著《本堂集》卷四十六《跋闻仲和注陆放翁剑南句图》；周镐《犊山类稿》卷三《陆诗选注序》，嵇承咸《书画传习录》癸集《梁溪书画征》。

度浮桥至南台[1]

客中多病废登临，闻说南台试一寻。九轨徐行怒涛上，千艘横系大江心[2]。寺楼钟鼓催昏晓，墟落云烟自古今。白发未除豪气在，醉吹横笛坐榕阴[3]。

〔1〕一称钓台山，在闽江中。这首是陆游做福州宁德主簿时所作。
〔2〕"九轨"句写浮桥的"用"，"千艘"句写浮桥的"体"；浮桥是把一条条船在水面并列起来，上面加板。
〔3〕福州产榕树，所以一名榕城。

游山西村

莫笑农家腊酒浑，丰年留客足鸡豚。山重水复疑无路，柳暗花明又一村[1]。箫鼓追随春社[2]近，衣冠简朴古风存。从今若许闲乘月,拄杖无时[3]夜叩门。

[1] 这种景象前人也描摹过,例如王维《蓝田山石门精舍》:"遥爱云木秀,初疑路不同;安知清流转,偶与前山通";柳宗元《袁家渴记》:"舟行若穷,忽又无际";卢纶《送吉中孚归楚州》:"暗入无路山,心知有花处";耿𣲗《仙山行》:"花落寻无径,鸡鸣觉近村";周煇《清波别志》卷中载强彦文诗:"远山初见疑无路,曲径徐行渐有村",还有前面选的王安石《江上》。不过要到陆游这一联才把它写得"题无剩义"。

[2] 立春以后向土地神——"社公"——祭献的日子。

[3] 随时。

山南行[1]

我行山南已三日,如绳大路东西出。平川沃野望不尽,麦陇青青桑郁郁。地近函秦[2]气俗豪,鞦鞯蹴踘分朋曹[3];苜蓿[4]连云马蹄健,杨柳夹道车声高。古来历历兴亡处,举目山川尚如故;将军坛上冷云低,丞相祠前春日暮[5]。国家四纪失中原,师出江淮未易吞[6];会看金鼓从天下,却用关中作本根。

[1] 陕西南郑一带。这时候陆游在汉中,当宣抚使王炎的幕僚。山指终南山。

[2] 指函谷关和咸阳。

[3] 分了队伍荡鞦鞯和骑在马上打球。陆游诗里一再讲到山南的

鞦韆蹴鞠，例如《剑南诗稿》卷十一《忆山南》第二首："打毬骏马千金买"；卷三十七《春晚感事》第二首："寒食梁州十万家，鞦韆蹴鞠尚豪华"；《感旧》第三首："路入梁州似掌平，鞦韆蹴鞠趁清明"等等。每年春天，从寒食清明节起，开始玩这两种游戏，这是极古的风俗（陈元靓《岁时广记》卷十六）。杜甫《清明》第二首说："十年蹴鞠将雏远，万里鞦韆习俗同"；从《剑南诗稿》里也看得出这个"习俗"当时在各处都"同"，例如卷十二《三月二十一日作》："蹴鞠墙东一市哗，鞦韆楼外两旗斜"——这是讲抚州，卷十八《旬日公事颇简喜而有赋》："日射尘红击鞠场"和《晚春园中作》："毬场立马漏声静……鞦韆未拆已寥寞"——这是讲严州。

〔4〕马爱吃的一种蔬类植物。

〔5〕汉高祖拜韩信为大将的坛和蜀汉后主纪念诸葛亮的庙，都是那里的古迹；见《剑南诗稿》卷三《南郑马上作》和卷三十七《感旧》第一首的自注。

〔6〕长江淮河缺乏地利，所以从那里出兵不能扫荡敌人。一纪是十二年；这首诗作于宋孝宗乾道八年（公元1172年），上溯靖康之变约四十六年。

剑门[1]道中遇微雨

衣上征尘杂酒痕，远游无处不消魂。此身合是诗人未？细雨骑驴入剑门[2]。

〔1〕剑门关在四川剑阁东北。这时候陆游到成都去做参议。

〔2〕韩愈《城南联句》说："蜀雄李杜拔"，早把李白杜甫在四川的居

住和他们在诗歌里的造诣联系起来；宋代也都以为杜甫和黄庭坚入蜀以后，诗歌就登峰造极（例如《豫章黄先生文集》卷十九《与王观复书》，《苕溪渔隐丛话》后集卷三十二引《豫章先生传赞》）——这是一方面。李白在华阴县骑驴，杜甫《奉赠韦左丞丈二十二韵》自说"骑驴三十载"，唐以后流传他们两人的骑驴图（王琦《李太白全集注》卷三十六，《苕溪渔隐丛话》后集卷八，施国祁《遗山诗集笺注》卷十二）；此外像贾岛骑驴赋诗的故事、郑綮的"诗思在驴子上"的名言等等（《唐诗纪事》卷四十、卷六十五），也仿佛使驴子变为诗人特有的坐骑——这是又一方面。两方面合凑起来，于是入蜀道中、驴子背上的陆游就得自问一下，究竟是不是诗人的材料。参看《剑南诗稿》卷十《岳阳楼再赋一绝》："不向岳阳楼上醉，定知未可作诗人"——心目中当然有杜甫《登岳阳楼》、孟浩然《望洞庭湖》等名作。

九月十六日夜梦驻军河外遣使招降诸城觉而有作

杀气昏昏横塞上，东并黄河开玉帐。昼飞羽檄下列城，夜脱貂裘抚降将。将军枥上汗血马，猛士腰间虎文韔[1]。阶前白刃明如霜，门外长戟森相向。朔风卷地吹急雪，转盼玉花深一丈。谁言铁衣冷彻骨，感义怀恩如挟纩[2]！腥臊窟穴一洗空，太行北岳原无恙。更呼斗酒作长歌，要使天山健儿唱[3]。

〔1〕弓袋。

〔2〕"如挟纩"出于《左传》宣公十二年,说楚王关怀军士的受寒挨冻,所以军士心里都感到温暖,仿佛穿了绵衣。《剑南诗稿》卷四里从这首诗倒数第十二首是《夜读岑嘉州诗集》:"常想从军时,气无玉关路(公诗多从戎西边时所作)……我后四百年,清梦奉巾屦……群胡自鱼肉,明主方北顾,诵公《天山》篇,流涕思一遇。"这一首纪梦的诗可以算跟岑参"梦中神遇",内容和风格都极像岑参的《白雪歌》、《轮台歌》、《天山雪歌》、《走马川行》等等。岑参《白雪歌》说:"都护铁衣冷犹著",欧阳修得罪晏殊的《西园贺雪歌》说:"须怜铁甲冷彻骨,四十馀万屯边兵"(本事见魏泰《东轩笔录》卷十一),这可以解释"谁言"两个字。

〔3〕承蔡美彪教授指出,此处天山,似非远在西域之天山,而是金朝天山,即古之阴山,今之青山(大青山)。《金史》卷二十四《地理志上》述金朝西北边疆:"跨庆、桓、抚、昌、净州之北,出天山外,包东胜,接西夏。"太行山纵贯南北,为北宋故地。恒山横跨东西,在辽宋边疆,为北宋旧界,天山则是金朝北疆。诗人遐想,由南而北,经太行、恒山,招降诸城,直抵天山,降服整个金国,于义为顺。

秋声

人言悲秋难为情,我喜枕上闻秋声;快鹰下鞲爪觜健,壮士抚剑精神生〔1〕。我亦奋迅起衰病,唾手便有擒胡兴;弦开雁落诗亦成,笔力未饶〔2〕弓力劲。五原草枯苜蓿空,青海萧萧风卷蓬;草罢捷书重上马,却从銮驾下辽东。

〔1〕参看刘禹锡《始闻秋风》:"马思边草拳毛动,雕眄青云睡眼开。"

〔2〕不让、不亚于。

春残

石镜山前送落晖[1],春残回首倍依依。时平壮士无功老,乡远征人有梦归。苜蓿苗侵官道合,芜菁[2]花入麦畦稀。倦游自笑摧颓甚,谁记飞鹰醉打围!

〔1〕石镜山在浙江临安。这一句是第二句"回首"的对象;陆游那时候还在成都。

〔2〕一称蔓菁,有黄花;参看司空图《独望》:"绿树连村暗,黄花入麦稀。"

夜寒

斗帐重茵香雾重[1],膏粱[2]那可共功名!三更骑报河冰合,铁马何人从我行?

〔1〕第一个"重"字是重叠的意思,阳平;第二个"重"字是轻重的意思,去声。

〔2〕享受奢侈的公子哥儿。"斗帐"句正是写这类人怎样消磨寒夜。

大风登城[1]

风从北来不可当,街中横吹人马僵。西家女儿午未妆,帐底炉红愁下床。东家唤客宴画堂,两行玉指调丝簧;锦绣四合如垣墙,微风不动金猊香。我欲登城望大荒,勇欲为国平河湟;才疏志大不自量,西家东家笑我狂。

〔1〕这诗里写"西家""东家"一段可以算《夜寒》第一二句的引申。

初发夷陵[1]

雷动江边鼓吹雄,百滩过尽失途穷。山平水远苍茫外,地辟天开指顾中。俊鹘横飞遥掠岸,大鱼腾出欲凌空。今朝喜处君知否?三丈黄旗舞便风。

〔1〕见欧阳修《戏答元珍》注〔1〕;这是陆游离开四川回浙江路上所作。

夏夜不寐有赋

急雨初过天宇湿,大星磊落才数十。饥鹘掠檐飞磔磔,冷萤堕水光熠熠。丈夫无成忽老大,箭羽凋零剑锋涩。徘徊欲睡还复行,三更犹凭阑干立。

五月十一日夜且半梦从大驾亲征尽复汉唐故地见城邑人物繁丽云西凉府也喜甚马上作长句未终篇而觉乃足成之

天宝胡兵陷两京,北庭安西无汉营[1];五百年间置不问,圣主下诏初亲征。熊罴百万从銮驾,故地不劳传檄下;筑城绝塞进新图,排仗行宫宣大赦。冈峦极目汉山川,文书初用淳熙年[2];驾前六军错锦绣,秋风鼓角声满天。苜蓿峰前尽亭障[3],平安火[4]在交河上;凉州女儿满高楼,梳头已学京都样[5]。

[1]"天宝"句指安禄山之变,唐代在现在新疆境内设立"北庭都护府"和"安西都护府";《剑南诗稿》卷二十九《凉州行》也说:"安西北庭皆郡县,四夷朝贡无征战。"参看杨万里《初入淮河》注[2]引白居易诗。

[2]这首诗是在宋孝宗淳熙七年做的。

[3]保卫国家边境的守望亭和堡垒。"苜蓿峰"从岑参诗里来,岑参有《题苜蓿峰寄家人》七绝。

[4]唐代在边塞上每三十里置一烽候,夜里举火为信,报告平安无事。

[5]汉唐在现在甘肃境内置凉州,北宋初改西凉府,后为西夏占领。末句参看朱祖谋校《云谣集》载唐人《内家娇》第二首:"及时衣着,

梳头京样。"

小园[1]

小园烟草接邻家,桑柘阴阴一径斜。卧读陶诗未终卷,又乘微雨去锄瓜[2]。

村南村北鹁鸪声,水刺新秧漫漫平。行遍天涯千万里,却从邻父学春耕。

〔1〕原有四首,见《剑南诗稿》卷十三;同卷还有《蔬圃绝句》七首、《蔬圃》、《灌园》、《蔬园杂咏》等都是同时所作。宋庠《元宪集》卷十五也有这四首诗,那是误收进去的。
〔2〕《剑南诗稿》卷二十七《读陶诗》:"我诗慕渊明,恨不造其微;雨馀锄瓜垄,月下坐钓矶。"

临安春雨初霁[1]

世味年来薄似纱,谁令骑马客京华。小楼一夜听春雨,深巷明朝卖杏花[2]。矮纸斜行闲作草,晴窗细乳戏分茶[3]。素衣莫起风尘叹[4],犹及清明可到家。

〔1〕南宋有个传说,说陆游少年时做了这首诗,蒙宋高宗赏识。那

是无稽之谈,陆游做这首诗的时候已经六十二岁了(方回《桐江集》卷四《跋所抄陆放翁诗后》、《瀛奎律髓》卷十七)。也许因为宋高宗称赏注〔2〕里所引陈与义的名句(《朱子语类》卷一百四十),而陆游这首诗里也讲杏花,传说就此把两件事混起来了。宋遗老陈著《本堂集》卷三十一有一首七古,题为《夜梦在旧京忽闻卖花声,有感至于恸哭,觉而泪满枕上,因趁笔记之》;也可见卖花声是临安的本地风光。

〔2〕这一联仿佛是引申陈与义《怀天经智老因访之》的名句:"杏花消息雨声中";陆游的朋友王季夷《夜行船》词说:"小窗人静,春在卖花声里"(《绝妙好词笺》卷二),意境也相近。

〔3〕据说草书大家张芝"下笔必为楷则,号'匆匆不暇草书'"(严可均《全晋文》卷三十卫恒《四体书势》),北宋也流行两句谚语说:"信速不及草书,家贫不办896食"(江少虞《皇朝类苑》卷五十引,而李之仪《姑溪居士前集》卷三十九《跋山谷草书〈渔父词〉》和方回《桐江续集》卷二十六《七月十五日书》都引作"事忙不及草书"),所以陆游说"闲作草"(陆游《锦堂春》词也说"弄笔斜行小草")。"分茶"是宋代流行的一种"茶道",诗文笔记里常常说起,如王明清《挥麈馀话》卷一载蔡京《延福宫曲宴记》、杨万里《诚斋集》卷二《澹庵坐上观显上人分茶》;宋徽宗《大观茶论》也有描写。黄遵宪《日本国志·物产志》自注说日本"点茶"即"同宋人之法":"碾茶为末,注之以汤,以筅击拂"云云,可以参观。据康熙时徐葆光《中山传信录》、嘉庆时李鼎元《使琉球记》等书,这种"宋人之法",也在琉球应用。

〔4〕陆机《为顾彦先赠妇》:"京洛多风尘,素衣化作缁";意思说京城里肮脏势力,把人品都玷污了。

病起

山村病起帽围宽[1],春尽江南尚薄寒。志士凄凉闲处老,名花零落雨中看。断香漠漠便支枕[2],芳草离离悔倚阑[3]。收拾吟笺停酒碗,年来触事动忧端。

〔1〕极言病后的面容消瘦,就是另一首《贫述》明白说出的"瘦减头围觉帽宽"。《剑南诗稿》卷三《成都岁暮始微寒小酌遣兴》、卷七《病起书怀》、卷六十五《戏遣老怀》之二等都把"纱帽宽"来形容"支离"、"清羸"。

〔2〕"便"是方便、合宜的意思,参看唐庚《醉眠》注〔2〕;这一句的景象就是《剑南诗稿》卷一《新夏感事》所谓"漠漠炉香睡晚晴"。

〔3〕在古人诗里,"春草年年绿"、"离离原上草"等等都可以牵愁惹恨——《剑南诗稿》卷十九《芳草曲》就说"芳草愁人春复秋",所以陆游说"悔"。"芳草离离"跟"名花零落"呼应,"悔"跟"志士凄凉"呼应;五六句一方面写出第三句"闲处老"的境况——"倚阑"、"支枕",一方面把"悔"字引进第八句的"触事动忧端"。也许《剑南诗稿》卷十六《感愤》的"京洛雪消春又动,永昌陵上草芊芊",卷十八《书愤》的"清汴逶迤贯旧京,宫墙春草几番生",《渭南文集》卷四十九《好事近》的"汉家宫殿劫灰中,春草几回绿"等句子可以解释第六句。

书 愤

早岁那知世事艰,中原北望气如山[1]。楼船夜雪瓜洲渡,铁马秋风大散关[2]。塞上长城空自许[3],镜中衰鬓已先斑!《出师》一表真名世,千载谁堪伯仲间[4]!

〔1〕这首诗是陆游六十一岁所作,想起少年时要恢复中原,"气涌如山"。

〔2〕这一联拈出两个自己的旧游之地,恰恰也是国防重地,一个在东南,一个在西北。下一句的情景在陆游的旧作里屡次出现,例如《剑南诗稿》卷三《归次汉中境上》:"马蹄初喜蹋梁州……大散关头又一秋",隐隐指宋高宗绍兴三十一年秋宋人和金人在大散关的争夺战。上一句的情景陆游从前没描写过,也没经历过,隐隐指绍兴三十一年十一月宋人在瓜洲、采石一带抵御金兵那件事,这是宋人夸张为大获胜利的战役(宋诗里关于这个战役的最详细的记述是员兴宗《九华集》卷二《歌两淮》)。陆游到四川去和离开四川,行程都经过瓜洲、采石,季候是夏天和秋天,那场战争已经是十年前的旧事;《剑南诗稿》卷十《过采石有感》说:"快心初见万楼船",可以跟"楼船夜雪瓜洲渡"这句参照。

〔3〕六朝名将檀道济自比万里长城,唐代名将李勣被唐太宗比为长城。(《宋书》卷四十三,《旧唐书》卷六十七)

〔4〕陆游反复称道诸葛亮的《出师表》,例如《剑南诗稿》卷七《病起书怀》:"《出师》一表通古今,夜半挑灯更细看";卷九《游诸葛武侯书台》:"《出师》一表千载无",卷三十五《七十二岁吟》:"一表何人继《出师》!"卷三十七《感秋》:"凛然《出师表》,一字不可删。"《出师表》里像"奖率三军,北定中原……兴复汉室,还于旧都"那些话,可以算代陆游说出了心事。"伯仲间"是现成用杜甫《咏怀古迹》第五首称赞诸葛亮的话:"伯仲之间见伊吕。"

雪中忽起从戎之兴戏作

铁马渡河风破肉,云梯攻垒雪平壕。兽奔鸟散何劳逐?直斩单于衅[1]宝刀。

群胡束手仗[2]天亡,弃甲纵横满战场。雪上急追奔马迹,官军夜半入辽阳。

[1]《水浒传》第三十回:"刀却是好,到我手里,不曾发市……先把这道童祭刀。"这几句话可借作"衅"字的解释。
[2] 等候。

冬夜闻角声

袅袅清笳入雪云,白头老守[1]卧中军。自怜到老怀遗恨,不向居延塞[2]外闻!

[1] 那时候陆游正做严州太守。
[2] 甘肃西北境;汉代在那里造了一个"遮虏障"。

秋夜将晓出篱门迎凉有感

迢迢天汉西南落,喔喔邻鸡一再鸣。壮志病来消欲尽,出门搔首怆平生。

三万里河东入海,五千仞岳上摩天[1]。遗民泪尽胡尘里,南望王师又一年〔2〕。

〔1〕分别指黄河华山；参看《剑南诗稿》卷十四《哀北》、卷三十四《寒夜歌》、卷三十五《北望》、卷三十七《太息》第二首、卷四十《秋怀》第十首，向往于这个地区的"名将相"、"名臣"。参看《鉴诫录》卷九载李山甫长歌："华山秀作英雄骨，黄河泻出纵横才。"（《全唐诗》漏收此歌，又以这一联误作张孜断句）

〔2〕《剑南诗稿》卷八《关山月》也说："遗民忍死望恢复，几处今宵垂泪痕。"参看陈亮《龙川文集》卷十七《水调歌头·送章德茂大卿使虏》："尧之都、舜之壤、禹之封，于中应有一个半个耻臣戎；万里腥膻如许，千古英灵安在，磅礴几时通？"又范成大《州桥》注〔2〕。白居易《西凉伎》曾说："遗民肠断在凉州，将卒相看无意收。"这种语意在南宋人诗词里变得更为痛切了。

十一月四日风雨大作

僵卧孤村不自哀，尚思为国戍轮台〔1〕。夜阑卧听风吹雨，铁马冰河入梦来〔2〕。

〔1〕在新疆；汉代在那里驻兵屯田。
〔2〕《剑南诗稿》卷十五《秋雨渐凉有怀兴元》第三首："忽闻雨掠蓬窗过，犹作当时铁马看。"

沈园[1]

梦断香销四十年,沈园柳老不飞绵。此身行作稽山土,犹吊遗踪一泫然[2]。

城上斜阳画角哀,沈园无复旧池台。伤心桥下春波绿,曾是惊鸿照影来[3]!

〔1〕陆游原娶的唐氏,因姑媳不和,离婚改嫁,嫁人后曾在沈园偶然跟陆游碰见。这首诗以及《剑南诗稿》卷二十五《禹迹寺南有沈氏小园》、卷六十五《十二月二日夜梦游沈氏园亭》,卷六十八《城南》、《渭南文集》卷四十九《钗头凤》都是写那件事。本事详见陈鹄《耆旧续闻》卷十、刘克庄《后村大全集》卷一百七十八、周密《齐东野语》卷一。

〔2〕这时候陆游七十五岁。"病骨未为山下土,尚寻遗墨话存亡!"是北宋李邦直题《江干初雪图》的名句(叶梦得《石林诗话》卷上引),陆游多次用这个意思。参观《诗稿》卷十五《石门瀑布图》,卷十九《闻韩无咎下世》,卷六十五《梦游沈氏园亭》之二,卷七十五《春游》之四。

〔3〕"翩若惊鸿"是曹植《洛神赋》里描写"凌波仙子"那种轻盈体态的名句。

溪上作

伛偻溪头白发翁,暮年心事[1]一枝笻。山衔落日青横野,鸦起平沙黑蔽空。天下可忧非一事,书生无地效孤忠。《东山》《七月》犹关念,未忍浮沉酒戤中[2]。

〔1〕最紧要的东西,"心事一枝筇"就像谢灵运《游南亭》所谓"药饵情所止"。
〔2〕《东山》、《七月》都是《诗经·豳风》里的诗篇,一首讲军士,一首讲农民。"浮沉酒戤"就是糊糊涂涂的喝酒过日。

初夏行平水[1]道中

老去人间乐事稀,一年容易又春归。市桥压担莼丝滑,村店堆盘豆荚肥。傍水风林莺语语,满园烟草蝶飞飞。郊行已觉侵微暑,小立桐阴换夹衣。

〔1〕在绍兴。

西村

乱山深处小桃源,往岁求浆忆叩门。高柳簇桥初转马,数家临水自成村。茂林风送幽禽语,坏壁苔侵醉墨痕。一首清诗记今夕,细云新月耿[1]黄昏。

〔1〕发光照耀。

追忆征西幕中[1]旧事

大散关头北望秦,自期谈笑扫胡尘。收身死向农桑社,何止明明两世人[2]!

小猎南山雪未消,绣旗斜卷玉骢骄[3]。不如意事常千万,空想先锋宿渭桥。

〔1〕见《山南行》注〔1〕。
〔2〕参看《小园》第二首,又卷七《月下醉题》:"闭门种菜英雄老",卷十三《灌园》:"少携一剑行天下,晚落空村学灌园",卷六十三《秋思绝句》第四首:"平生诗句传天下,白首还家自灌园。"
〔3〕《剑南诗稿》卷八有《九月十日如汉州、小猎于新都、弥牟之间》诗,卷二十七有《癸丑重九追怀顷在兴元、常以是日猎中梁山下》诗。

醉歌

百骑河滩猎盛秋,至今血渍短貂裘。谁知老卧江湖上,犹枕当年虎髑髅[1]。

〔1〕《西京杂记》卷五记李广射了老虎,"断其髑髅以为枕",显然承袭《庄子·至乐》所谓"援髑髅,枕而卧"。《剑南诗稿》卷四《闻虏乱有

感》:"前年从军南山南……赤手曳虎毛鬖鬖";卷十一《建安遣兴》:"刺虎腾身万目前,白袍溅血尚依然";卷十四《十月二十六日夜梦行南郑道中》:"雪中痛饮百榼空;蹴踏山林伐狐兔……奋戈直前虎人立,吼裂苍崖血如注";卷二十六《病起》:"少年射虎南山下,恶马强弓看似无";卷二十八《怀昔》:"昔者戍梁益,寝饭鞍马间……挺剑刺乳虎,血溅貂裘殷";卷三十八《三山杜门作歌》第三首:"南沮水边秋射虎"。或说箭射,或说剑刺,或说血溅白袍,或说血溅貂裘,或说在秋,或说在冬。卷一《上巳临川道中》:"平生怕路如怕虎";《剑南诗稿》卷三《畏虎》:"心寒道上迹,魄碎茆叶低。常恐不自免,一死均猪鸡!"此等简直不像出于一人之手。因此后世师法陆游的诗人也要说:"一般不信先生处,学射山头射虎时。"(曹贞吉《珂雪二集·读陆放翁诗偶题》五首之三)

示 儿[1]

死去元知万事空,但悲不见九州同。王师北定中原日,家祭无忘告乃翁[2]!

〔1〕这首是陆游的绝笔。
〔2〕参看《剑南诗稿》卷九《感兴》第一首:"常恐先狗马,不见清中原";卷三十七《太息》:"砥柱河流仙掌日,死前恨不见中原";卷三十六《北望》:"宁知墓木拱,不见塞尘清";卷三十八《夜闻落叶》:"死至人所同,此理何待评?但有一可恨,不见复两京。"这首悲壮的绝句最后一次把将断的气息又来说未完的心事和无穷的希望。陆游死后二十四年宋和蒙古会师灭金,刘克庄《后村大全集》卷十一《端嘉杂诗》第四首就说:"不及生前见虏亡,放翁易箦愤堂堂;遥知小陆羞时荐,定告王师入洛

阳。"陆游死后六十六年元师灭宋,林景熙《霁山先生集》卷三《书陆放翁诗卷后》又说:"青山一发愁濛濛,干戈况满天南东;来孙却见九州同,家祭如何告乃翁?"

范成大

范成大(1126—1193)字致能,自号石湖居士,吴县人,有《石湖诗集》。元末明初,他的《四时田园杂兴》已经公认为经典作品,忽然起了个传说,说宋孝宗原想叫他做宰相,以为他"不知稼穑之艰",就此作罢,于是他写了这些诗来替自己表白[1]。假如这个传说靠得住,它只证明了宋孝宗没调查过范成大的诗,或者没把他的诗作准,那末再多写些《四时田园杂兴》和《腊月村田乐府》也不见得有效。因为《石湖诗集》里很早就有像《大暑舟行含山道中》那种"忧稼穑"、"怜老农"的作品[2],而且不论是做官或退隐时的诗,都一贯表现出对老百姓痛苦的体会,对官吏横暴的愤慨。

他晚年所作的《四时田园杂兴》不但是他的最传诵、最有影响的诗篇,也算得中国古代田园诗的集大成。《诗经》里《豳风》的《七月》是中国最古的"四时田园"诗,叙述了农民一年到头的辛勤生产和刻苦生活。可是这首诗没有起示范的作用;后世的田园诗,正像江淹的《杂体》诗所表示,都是从陶潜那里来的榜样。陶潜当然有《西田获早稻》、《下潠田舍获》等写自己"躬耕"、"作苦"的诗,然而王维的《渭川田家》、《偶然作》、《春中田园作》、《淇上田园即事》和储光羲的《田家即事》(五古和七律)、《田家杂兴》等等建立风气的作品,是得了陶潜的《怀古田舍》、《归园田居》等的启示,着重在"陇亩民"的安定闲适、乐天知命,内容从劳动过渡到隐逸。宋代像欧阳修和梅尧臣分咏的《归田四时乐》更老实不客气的是过腻了富贵生活,要换个新鲜。西洋文学里牧歌的传统老是形容草多么又绿又软,羊多么既肥且驯,天真快乐的牧童牧女怎样在尘世的干净土里谈情说爱;有人读得腻了,就说这种诗里漏掉了一件东西——狼[3]。我们看中国传统的田园诗,也常常觉得遗漏了一件东西——狗,地保公差这一类统治阶级的走狗以及他们所代表的剥削和压迫农民的制度。诚然,很多古诗描写到这种现象,例如柳宗元《田家》第二首、张籍《山农词》、元稹《田家词》、聂夷中《咏田家》等等,可是它们不属于田园诗的系统。梅尧臣的例可以说明这个传统的束缚力;上面选了他驳斥"田家乐"的《田家语》[4],然而他不但作了《续永叔〈归田乐〉》[5],还作了《田家四时》[6],只在第四首末尾轻描淡写地说农民过不了年,此外依然沿袭王维、储光羲以来的田园诗的情调和材料。秦观的《田居四首》只提到了"明日输绢租,邻儿入城郭"和"得谷不敢储,催科吏傍午"[7],一点没有描画发挥,整个格调也还是摹仿储、王,并且修词很有毛病[8]。到范成大的《四时田园杂兴》六十首才仿佛把《七月》、《怀古田舍》、《田家词》这三条线索打成一个总结,使脱离现实的田园诗有了泥土和血汗的气息,根据他的亲切观感,把一年四季的农村劳动和生活鲜明地刻划出一个比较完全的面貌。田园诗又获得了生命,扩大了境地,范成大就可以跟陶潜相提并称,甚至比他后来居上:例如宋代遗老的"月泉吟社"的诗里和信里动不动把"栗里"、"彭泽"来对"石湖";而贾政的清客就只知道:"非范石湖《田家》之咏不足以尽其妙"[9]。最耐人寻味的是"月泉吟社"第四十八名那首诗的批语。诗题是:《春日田园杂兴》;诗的结句是:"前村犬吠无他事,不是搜盐定榷茶";批语是:"此诗无一字不佳,末语虽似过直,若使采诗观风,亦足以戒闻者。"换句话说,尽管范成大的《田园杂兴》里也讽刺过公差下乡催租的行径,头脑保守的批评家总觉得田园诗里提到官吏榨逼农民,那未免像音乐合奏时来一响手枪声[10],有点儿杀风景,所以要替第四十八名的两句诗开脱一下。这证明范成大的手法真是当时一个大胆的创举了。

范成大的风格很轻巧,用字造句比杨万里来得规矩和华丽,却没有陆游那样匀称妥贴。他也受了中晚唐人的影响,可是像在杨万里的诗里一样,没有断根的江西派习气时常要还魂作怪。杨万里和陆游运用的古典一般还是普通的,他就喜欢用些冷僻的故事成语,而且有江西派那种"多用释氏语"的通病[11],也许是黄庭坚以后、钱谦益以前用佛典最多、最内行的名诗人。例如他的《重九日行营寿藏之地》说:"纵有千年铁门限,终须一个土馒头"[12];这两句曾为《红楼梦》第六十三回称引的诗,就是搬运王梵志的两首诗而作成的,而且"铁门限"那首诗经陈师道和曹组分别在诗词里采用过,"土馒头"那首诗经黄庭坚称赞过[13]。他是个多病的人,在讲病情的诗里也每每堆塞了许多僻典,我们对他的"奇博"也许增加钦佩[14],但是对他的痛苦不免减少同情。

清代沈钦韩有《石湖诗集注》,颇为疏略,引证还确凿可靠。

〔1〕宋长白《柳亭诗话》卷二十二引汤沐《公馀日录》记孙作语,都穆《题〈田园杂兴〉手迹》。

〔2〕《石湖诗集》卷二。

〔3〕圣佩韦《文学家写真》论莱翁那牧歌,七星丛书版《圣佩韦集》第二册第三百六十五页。

〔4〕《宛陵先生集》卷七。

〔5〕《宛陵先生集》卷二十三。

〔6〕《宛陵先生集》卷一。

〔7〕《淮海集》卷二。

〔8〕贺裳《载酒园诗话》卷五就批评第一首开头几句"有驴非驴马非马之恨"。

〔9〕《红楼梦》第十七回。

〔10〕斯汤达《红与黑》第二部第二十二章讲文艺里搀入政治的比喻。

〔11〕《说郛》卷二十载吴萃《视听钞》。

〔12〕《石湖诗集》卷二十八。

〔13〕范摅《云溪友议》卷下，费衮《梁溪漫志》卷十，胡仔《苕溪渔隐丛话》前集卷五十六，任渊《后山诗注》卷四《卧疾绝句》，曾慥《乐府雅词》卷六曹组《相思会》。

〔14〕方回《瀛奎律髓》卷四十四。

初 夏

清晨出郭更登台，不见馀春只么回[1]。桑叶露枝蚕向老，菜花成荚蝶犹来。

晴丝千尺挽韶光，百舌无声燕子忙。永日屋头槐影暗，微风扇里麦花香。

〔1〕就此罢休回去。"只么"是禅宗语录里常用的口语；黄庭坚《寄杜家父》也说："闲情欲被春将去，鸟唤花惊只么回。"

晚 潮

东风吹雨晚潮生,叠鼓催船镜里行。底事今年春涨小?去年曾与画桥平。

碧 瓦

碧瓦楼前绣幙遮,赤栏桥外绿溪斜。无风杨柳漫天絮,不雨棠梨满地花。

横 塘[1]

南浦春来绿一川,石桥朱塔两依然。年年送客横塘路,细雨垂杨系画船[2]。

〔1〕在吴县。第一句的南浦是借用屈原《九歌》的"送美人兮南浦"或江淹《别赋》的"送君南浦,伤如之何",泛指和朋友分手的河边,不是湖北江夏或福建浦城的南浦。

〔2〕这首诗里的景象可以跟前面所选郑文宝《柳枝词》里的景象比较。范成大《谒金门》词也说:"塘水碧……只欠柳丝千百尺,系船春弄笛。"

催租行 效王建[1]

输租得钞官更催,跟跎里正敲门来。手持文书杂嗔喜:"我亦来营醉归耳!"[2]床头悭囊[3]大如拳,扑破正有三百钱;不堪与君成一醉,聊复偿君草鞋费[4]。

〔1〕王建并没有这个题目的诗,范成大不过学他那种乐府的风格。

〔2〕这两句活画出一个做好做歹、假公济私的地保;参看下面《四时田园杂兴》末一首。

〔3〕指积钱罐,所谓"扑满"。

〔4〕行脚僧有所谓"草鞋钱",早见于唐代禅宗的语录(例如《五灯会元》卷三普愿语录)。宋代以后,这三个字也变成公差、地保等勒索的小费的代名词,就是《儒林外史》第一回所谓"差钱"。元曲里岳伯川的《铁拐李》第一折写差人张千向韩魏公说:"有什么草鞋钱与我些",又写韩魏公骂他说:"你道别人手里不要钞,则我老夫身上也还要钱买草鞋";这可以注解范成大的诗句。参看柳宗元《田家》第二首:"里胥夜经过,鸡黍事筵席";李贺《感讽》第一首:"越妇通言语,小姑具黄粱;县官踏飡去,簿吏复登堂";唐彦谦《宿田家》:"忽闻扣门急,云是下乡隶……阿母出搪塞,老脚走颠踬……东邻借种鸡,西舍觅芳醑。"唐彦谦那样具体细致的刻画也还不及范成大这首诗的笔墨轻快、口角生动。

早发竹下[1]

结束晨妆破小寒,跨鞍聊得散疲顽。行冲薄薄轻轻雾,看放重重叠叠山。碧穗炊烟当树直,绿纹溪水趁桥湾。清禽百啭似迎客,正在有情无思间[2]。

〔1〕在安徽休宁。
〔2〕鸟儿的叫声又像对人有情,又像并没有什么含意。刘禹锡《柳花词》说:"无意似多情,千家万家去";李贺《昌谷北园新笋》第二首说:"无情有恨何人见";杨发《玩残花》说:"低枝似泥幽人醉,莫道无情似有情";苏轼描写杨花的《水龙吟》也说:"思量却似,无情有思";这都是从《玉台新咏》卷九梁简文帝《和萧侍中子显〈春别〉》第一首又卷十《古绝句》第三首写葡萄、荳蔻、菟丝的诗句推演而出。范成大又把前人形容草木的话移用在禽鸟上。

后催租行

老父[1]田荒秋雨里,旧时高岸今江水;佣耕[2]犹自抱长饥,的知无力输租米。自从乡官新上来,黄纸放尽白纸催[3]。卖衣得钱都纳却,病骨虽寒聊免缚。去年衣尽到家口[4],大女临岐两分首;今年次女已行媒,亦复驱将换升斗[5]。室中更有第三女,明年不怕催租苦!

〔1〕老翁。
〔2〕自己的田不能种,只好做人家的雇农。
〔3〕"黄纸"是皇帝的诏书,"白纸"是县官的公文。朝廷颁布了一个官样文章,豁免灾区的赋税,可是当地官吏还是勒逼人民缴纳。这种

剥削人民的双簧戏,苏轼在北宋早向皇帝指出来:"四方皆有'黄纸放而白纸收'之语"(《东坡集》卷二十八《应诏论四事状》),可是始终扮演下去。参看米芾《催租》:"一司日日下赈济,一司旦旦催租税"(《宝晋英光集》卷三);赵汝绩《无罪言》:"发粟通有无,宽逋已征索"(《江湖后集》卷七);朱继芳《农桑》:"淡黄竹纸说蠲逋,白纸仍科不稼租"(《南宋群贤小集》第十二册)。

〔4〕衣服卖光,只好卖家里的人口。

〔5〕二女儿已经配定人家了,也得卖掉。

州桥_{南望朱雀门北望宣德楼皆旧御路也}〔1〕

州桥南北是天街,父老年年等驾回;忍泪失声询使者:"几时真有六军来?"〔2〕

〔1〕宋孝宗乾道六年(公元1170年),范成大出使到金,因此经过了淮河以北的北宋故土,写了七十二首七言绝句和一卷日记《揽辔录》。这首写的是北宋旧京汴梁的州桥——《水浒》里杨志卖刀的天汉州桥。

〔2〕这首可歌可泣的好诗足以说明文艺作品里的写实不就等于埋没在琐碎的表面现象里。《揽辔录》里写汴梁只说:"民亦久习胡俗,态度嗜好与之俱化";写相州也只说:"遗黎往往垂涕嗟啧,指使人曰:'此中华佛国人也!'"比范成大出使早一年的楼钥的记载说:"都人列观……戴白之老多叹息掩泣,或指副使曰:'此必宣和中官员也!'"(《攻媿集》卷一百十一《北行日录》上)比范成大出使后三年的韩元吉的记载说:"异时使者率畏风埃,避嫌疑,紧闭车内,一语不敢接,岂古之所谓'觇国'者哉!故自渡淮,虽驻车乞浆,下马盥手,遇小儿妇女,率以言挑

之,又使亲故之从行者反复私焉,然后知中原之人怨敌者故在而每恨吾人之不能举也!"(《南涧甲乙稿》卷十六《书〈朔行日记〉后》;据《金史》卷六十一《交聘表》,韩元吉使金在大定十三年,就是乾道九年。)可见断没有"遗老"敢在金国"南京"的大街上拦住宋朝使臣问为什么宋兵不打回老家来的,然而也可见范成大诗里确确切切的传达了他们藏在心里的真正愿望。寥寥二十八个字里滤掉了渣滓,去掉了枝叶,干净直捷地表白了他们的爱国心来激发家里人的爱国行动,我们读来觉完全入情入理。韩元吉《南涧甲乙稿》卷六《望灵寿致拜祖茔》:"白马冈前眼渐开,黄龙府外首空回;殷勤父老如相识,只问'天兵早晚来?'"和范成大这首诗用意相同。参看唐代刘元鼎《使吐蕃经见纪略》:"户皆唐人,见使者麾盖,夹观。至龙支城,耋老千人拜且泣……言:'顷从军没于此,今子孙未忍忘唐服,朝廷尚念之乎?兵何日来?'言已皆呜咽。"(《全唐文》卷七百十六)

夜坐有感

静夜家家闭户眠,满城风雨骤寒天。号呼卖卜谁家子,想欠明朝籴米钱!

雪中闻墙外鬻鱼菜者
求售之声甚苦有感

饭箩驱出敢偷闲,雪胫冰须惯忍寒;岂是不能扃户坐?忍寒犹可忍饥难[1]!

〔1〕范成大的《墙外卖药者》诗也说:"长鸣大咤欺风雪,不是甘心是苦心!"

咏河市歌者

岂是从容唱《渭城》〔1〕?个中当有不平鸣。可怜日晏忍饥面,强作春深求友声!

〔1〕《渭城》是唐人的一种歌曲,这里是借用刘禹锡《与歌者》:"更与殷勤唱《渭城》。"

四时田园杂兴〔1〕

土膏欲动雨频催,万草千花一饷开。舍后荒畦犹绿秀,邻家鞭笋过墙来。

种园得果仅偿劳,不奈儿童鸟雀搔〔2〕。已插棘针樊〔3〕笋径,更铺渔网盖樱桃。

吉日初开种稻包,南山雷动雨连宵。今年不欠秧田水,新涨看看拍小桥。

蝴蝶双双入菜花,日长无客到田家。鸡飞过篱犬吠窦,知有行商来卖茶。

三旬蚕忌闭门中,邻曲都无步往踪。犹是晓晴风露下,采桑时节暂相逢[4]。

雨后山家起较迟,天窗新色半熹微。老翁欹枕听莺啭,童子开门放燕飞。

梅子金黄杏子肥,麦花雪白菜花稀。日长篱落无人过,惟有蜻蜓蛱蝶飞。

昼出耘田夜绩麻,村庄儿女各当家。童孙未解供耕织,也傍桑阴学种瓜。

黄尘行客汗如浆,少住侬家漱井香[5]。借与门前盘石坐,柳阴亭午正风凉。

采菱辛苦废犁锄,血指流丹鬼质枯[6]。无力买田聊种水,近来湖面亦收租!

朱门乞巧沸欢声,田舍黄昏静掩扃。男解牵牛女能织,不须邀福渡河星[7]。

垂成稼事苦艰难,忌雨嫌风更怯寒。笺诉天公[8]休掠剩,半偿私债半输官。

新筑场泥镜面平,家家打稻趁霜晴。笑歌声里轻雷动,一夜连枷响到明[9]。

租船满载候开仓,粒粒如珠白似霜。不惜两钟输一斛[10],尚赢糠覈[11]饱儿郎。

斜日低山片月高,睡馀行药[12]绕江郊。霜风扫尽千林叶,闲倚筇枝数鹳巢。

黄纸蠲租白纸催,皂衣旁午下乡来。"长官头脑冬烘甚,乞汝青铜买酒回。"[13]

〔1〕原分《春日》、《晚春》、《夏日》、《秋日》、《冬日》五组,每组十二首。《永乐大典》卷九百"诗"字引顾世名《梅山集·题吴僧闲白云注范石湖田园杂兴诗》:"一卷田园杂兴诗,世人传诵已多时;其中字字有来历,不是笺来不得知。"这个注本似早失传。

〔2〕贾谊《新书·退让》篇和刘向《新序·杂事》之四都纪载楚人忌妒梁人种的瓜好,晚上偷偷去"搔瓜",使瓜"死焦"。这里"搔"字引申为"损害"的意思。

〔3〕当篱笆来保护。

〔4〕养蚕的时候,忌陌生人进门。南宋人诗里常写这种风俗。例

如项安世《建平县道中》:"村村煮酒开官坊,家家禁忌障蚕房"(《平庵悔稿》卷二);赵汝鐩《耕织叹》:"春气熏陶蚕满纸,采桑女儿哄如市;昼饲夜喂时分盘,扃门谢客谨俗忌";又《蚕舍》:"每到蚕时候,村村多闭门;往来断亲党,啼叫禁儿孙"(《野谷诗稿》卷一、卷五);叶绍翁《田家三咏》:"家为蚕忙户紧关"(《南宋群贤小集》第七册《靖逸小集》)。

〔5〕道书称清净水为"华水"或"水华"(《云笈七签》卷六十七《岷山丹法》、《东坡志林》卷一《雨井水》),此地又从"华"(通"花")生发出"香"来;参看《礼记》里《月令》:"仲冬之月……水泉必香",欧阳修《醉翁亭记》:"泉香而酒洌。"

〔6〕又《石湖诗集》卷二十《采菱》:"刺手朱殷鬼质青"。"鬼质"这个名词很冷僻,根据《石湖诗集》卷十五《蛇倒退》里"山民茅数把,鬼质犊子健"两句看来,是瘦得像鬼的意思;大约从何承天和颜延之辩论"鬼宜有质"那句话来的(《弘明集》卷四《重释何衡阳》、《重答颜光禄》),"质"就是形状,如陆机《演连珠》:"览影偶质,不能解独",《新唐书》卷二百二十三下说卢杞"鬼貌蓝色",同卷《赞》里就说他"鬼质"。

〔7〕这首讲农民没工夫在七夕乞巧。

〔8〕祈求天老爷。六朝时刘谧之和乔道元都有《与天公笺》(严可均《全晋文》卷一百四十三、《全宋文》卷五十七),因此皮日休《苦雨杂言寄鲁望》说:"不如直上天公笺,天公笺,方修次。"黄庭坚诗里常常用这个成语。

〔9〕范成大还有一首《冬舂行》描写这种情景:"官租私债纷如麻,有米冬舂能几家!"

〔10〕范成大《劳畲耕》那首诗里叙述"吴农"的贫苦:"不辞春养禾,但畏秋输官;奸吏大雀鼠,盗胥众螟蝼。掠剩增釜区,取赢折缗钱;两钟致一斛,未免催租瘝。重以私债迫,逃屋无炊烟;晶晶云子饭,生世不下咽。食者定游手,种者长流涎。"宋代官家收租,规定农民每一石米得多

缴六斗的"耗"——参看李觏《获稻》注〔2〕;而事实上由于吏胥的舞弊勒索,农民得拿出近三石米,才算缴纳了一石的租。一钟等于六斛四斗,"两钟输一斛"是说一石租得实缴十二石八斗,极言官府剥削的狠、农民负担的重。

〔11〕糠覈,米麦舂馀的粗屑。覈,通"核",果核。

〔12〕吃了药后散步。

〔13〕这首第一句的意义见《后催租行》注〔3〕;第二至第四句就是《催租行》里写的景象,"冬烘"等于糊涂。这个公差说:"县官是糊涂不管事的,做好做歹都由得我,你们得孝敬我几个钱买酒喝。"

杨万里

杨万里(1127—1206)字廷秀,自号诚斋,吉水人,有《诚斋集》。南宋时所推重的"中兴四大诗人"是尤袤、杨万里、范成大和陆游四位互相佩服的朋友;杨和陆的声名尤其大,俨然等于唐诗里的李白和杜甫[1]。不过,十个指头也有长短,同时齐名的两位作家像李白和杜甫、元稹和白居易慢慢的总会分出个高低。宋代以后,杨万里的读者不但远少于陆游的,而且比起范成大的来也数目上不如[2]。在当时,杨万里却是诗歌转变的主要枢纽,创辟了一种新鲜泼辣的写法,衬得陆和范的风格都保守或者稳健。因此严羽《沧浪诗话》的《诗体》节里只举出"杨诚斋体",没说起"陆放翁体"或"范石湖体"。

杨万里的创作经历见于《江湖集》和《荆溪集》的自序[3]。据他说,他最初学江西派,后来学王安石的绝句,又转而学晚唐人的绝句,最后"忽若有悟",谁也不学,"步后园,登古城,采撷杞菊,攀翻花竹,万象毕来,献余诗材",从此作诗非常容易。同时人也赞叹他的"活法"、他的"死蛇弄活"和"生擒活捉"的本领[4]。这一段话可以分三方面来申说。

第一,杨万里和江西派。江西诗一成了宗派,李格非、叶梦得等人就讨厌它"腐熟窃袭"、"死声活气"、"以艰深之词文之"、"字字剽窃"[5]。杨万里的老师王庭珪也是反对江西派的,虽然他和叶梦得一样,很喜欢黄庭坚。杨万里对江西派的批评没有明说,从他的创作看来,大概也是不很满意那几点,所以他不掉书袋,废除古典,真能够

213

做到平易自然，接近口语。不过他对黄庭坚、陈师道始终佩服[6]，虽说把受江西派影响的"少作千馀"都烧掉了，江西派的习气也始终不曾除根，有机会就要发作[7]；他六十岁以后，不但为江西派的总集作序，还要增补吕本中的《宗派图》，来个"江西续派"，而且认为江西派好比"南宗禅"，是诗里最高的境界[8]。南宋人往往把他算在江西派里[9]，并非无稽之谈。我们进一步的追究，就发现杨万里的诗跟黄庭坚的诗虽然一个是轻松明白，点缀些俗语常谈，一个是引经据典，博奥艰深，可是杨万里在理论上并没有跳出黄庭坚所谓"无字无来处"的圈套。请看他自己的话："诗固有以俗为雅，然亦须经前辈取镕，乃可因承尔，如李之'耐可'、杜之'遮莫'、唐人之'里许''若个'之类是也。……彼固未肯引里母田妇而坐之于平王之子、卫侯之妻之列也。"[10]这恰好符合陈长方的记载："每下一俗间言语，无一字无来处，此陈无己、黄鲁直作诗法也。"[11]换句话说，杨万里对俗语常谈还是很势利的，并不平等看待、广泛吸收；他只肯挑选牌子老、来头大的口语，晋唐以来诗人文人用过的——至少是正史、小说、禅宗语录记载着的——口语。他诚然不堆砌古典了，而他用的俗语都有出典，是白话里比较"古雅"的部分。读者只看见他潇洒自由，不知道他这样谨严不马虎，好比我们碰见一个老于世故的交际家，只觉得他豪爽好客，不知道他花钱待人都有分寸，一点儿不含糊。这就像唐僧寒山的诗，看上去很通俗，而他自己夸口说："我诗合典雅"[12]，后来的学者也发现他的词句"涉猎广博"[13]。

第二，杨万里和晚唐诗。他说自己学江西派学腻了，就改学王安石的绝句，然后过渡到晚唐人的绝句[14]。我们知道，黄庭坚是极瞧不起晚唐诗的："学老杜诗，所谓'刻鹄不成尚类鹜'也；学晚唐诸人诗所谓'作法于凉，其敝犹贪，作法于贪，敝将若何！'"[15]所以一个学江西体的诗人先得反对晚唐诗;不过,假如他学腻了江西体而要另找门路,他也就很容易按照钟摆运动的规律,趋向于晚唐诗人。杨万里说:"诗非文比也……而或者挟其深博之学、雄隽之文,于是隐栝其伟辞以为诗"[16]。这透露了他转变的理由,可以藉刘克庄的话来做注脚:"古诗出于情性,今诗出于记闻博而已,自杜子美未免此病。于是张籍、王建辈稍束起书帒(曰"袋"),划去繁缛,趋于切近。世喜其简便,竞起效颦,遂为'晚唐体'。"[17]除掉李商隐、温庭筠、皮日休、陆龟蒙等以外,晚唐诗人一般都少用古典,而绝句又是五七言诗里最不宜"繁缛"的体裁,就像温、李、皮、陆等人的绝句也比他们的古体律体来得清空;在讲究"用事"的王安石的诗里,绝句也比较明净。杨万里显然想把空灵轻快的晚唐绝句作为医救填饱塞满的江西体的药。前面讲过徐俯想摆脱江西派而写"平易自然"的诗,他就说:"荆公诗多学唐人,然百首不如晚唐人一首"[18];另一个想脱离江西派的诗人韩驹也说:"唐末人诗虽格致卑浅,然谓其非诗则不可;今人作诗虽句语轩昂,但可远听,其理略不可究"[19]。可以想见他们都跟杨万里打相同的主意,要翻黄庭坚定下的铁案。从杨万里起,宋诗就划分江西体和晚唐体两派,这一点在评述"四灵"的时候还要细讲。他不像"四灵"那样又狭隘又呆板的学晚唐一两个作家的诗:他欣赏的作家很多,有杜牧[20],有陆龟蒙[21],甚至有黄滔和李咸用,而且他也并不模仿他们,只是藉他们的帮助,承他们的启示,从江西派的窠臼里解脱出来。他的目的是作出活泼自然的诗,所以他后来只要发现谁有这种风格,他就喜欢,不管是晋代的陶潜或中唐的白居易或北宋的张耒[22]。

　　第三,杨万里的活法。"活法"是江西派吕本中提出来的口号[23],意思是要诗人又不破坏规矩,又能够变化不测,给读者以圆转而"不费力"的印象[24]。杨万里所谓"活法"当然也包含这种规律和自由的统一[25]，但是还不仅如此。根据他的实践以及"万象毕来"、"生擒活捉"等话看来，可以说他努力要跟事物——主要是自然界——重新建立嫡亲母子的骨肉关系[26]，要恢复耳目观感的天真状态。古代作家言情写景的好句或者古人处在人生各种境地的有名轶事，都可以变成后世诗人看事物的有色眼镜，或者竟离间了他们和现实的亲密关系，支配了他们观察的角度，限制了他们感受的范围，使他们的作品"刻板"、"落套"、"公式化"。他们仿佛挂上口罩去闻东西，戴了手套去摸东西。譬如赏月作诗，他们不写自己直接的印象和切身的情事，倒给古代的名句佳话牢笼住了，不想到杜老的鄜州对月或者张生的西厢待月，就想到"我欲乘风归去，又恐琼楼玉宇，高处不胜寒"或者"本是分明夜，翻成黯淡愁"。他们的心眼丧失了天真，跟事物接触得不亲切，也就不觉得它们新鲜，只知道把古人的描写来印证和拍合，不是"乐莫乐兮新相知"而只是"他乡遇故知"。六朝以来许多诗歌常使我们怀疑：作者真的领略到诗里所写的情景呢？还是他记性好，想起了关于这个情景的成语古典呢？沈约《宋书》卷六十七说："子建'函京'之作，仲宣'灞岸'之篇，子荆'零雨'之章，正长'朔风'之句，并直举胸情，非傍诗史"[27]。钟嵘《诗品》也说过："'思君如流水'，既是即目；'高台多悲风'，亦惟所见；'清晨登陇首'，羌无故实；'明月照积雪'，讵出经史？"杨万里也悟到这个道理，不让活泼泼的事物做死书的牺牲品，把多看了古书而在眼睛上长的那层膜刮掉，用敏捷灵巧的手法，描写了形形色色从没描写过以及很难描写的景象，因此姜夔称赞他说："处处山川怕见君"——怕落在他眼睛里，给他无微不至的刻划在诗里[28]。这一类的作品在杨万里现存的诗里一开头就很多，也正像江西体在他晚年的诗里还出现一样[29];他把自己的创作讲得来层次过于整齐划一,跟实际有点儿参差不合。

杨万里的主要兴趣是天然景物,关心国事的作品远不及陆游的多而且好,同情民生疾苦的作品也不及范成大的多而且好;相形之下,内容上见得琐屑。他的诗很聪明、很省力、很有风趣,可是不能沁入心灵;他那种一挥而就的"即景"写法也害他写了许多草率的作品。

〔1〕刘克庄《后村大全集》卷一百七十四。

〔2〕汪琬《钝翁前后类稿》卷八《读宋人诗》第二、第三首,田雯《古欢堂集》七言绝卷二《论诗绝句》第九首、序文卷二《鹿沙诗集序》、《杂著》卷一,姚椿《通艺阁诗续录》卷三《偶成》、《三录》卷二《题剑南集后》第四首《书诚斋集后》。

〔3〕《诚斋集》卷八十。

〔4〕周必大《平园续稿》卷一《次韵杨廷秀〈寄题涣然书院〉》,张镃《南湖集》卷七《有怀新筠州杨秘监》、《携杨秘监诗一编登舟因成》,又方回《桐江续集》卷八《读南湖集》引张镃嘉定庚午自序,《南宋群贤小集》第十册葛天民《葛无怀小集·寄杨诚斋》,项安世《平庵悔稿》卷五《题刘都干所藏杨秘监诗卷》。

〔5〕刘壎《隐居通议》卷六《评本之诗》条引李格非语,陶宗仪《说郛》卷二十载吴萃《视听钞》引叶梦得语。

〔6〕《诚斋集》卷一《仲良见和再和谢焉》、卷四《和李天麟〈秋怀〉》、卷七《灯下读山谷诗》、卷三十八《书黄庐陵伯庸诗卷》。

〔7〕早的例像卷一《和仲良〈春晚即事〉》,晚的例像卷三十九《足痛无聊块坐读江西诗》。

〔8〕卷七十九《江西宗派诗序》、卷八十三《江西续派二曾居士诗集序》、卷三十八《送分宁主簿罗宏材》。

〔9〕王迈《臞轩集》卷十六《山中读诚斋诗》,《后村大全集》卷六《湖南江西道中》第九首、卷三十六《题诚斋像》第一首、卷九十七《茶山诚斋诗选序》。

〔10〕卷六十六《答卢谊伯书》,参看周必大《平园续稿》卷九《跋杨廷秀〈石人峰〉长篇》;"以俗为雅"见《后山先生集》卷二十三《诗话》引梅尧臣答《闽中有好诗者》语、《津逮秘书》本《东坡题跋》卷二《题柳子厚诗》第二则、《山谷内集注》卷十二《再次韵杨明叔》自序。

〔11〕《步里客谈》卷下记章宪语。

〔12〕第三百零三首。

〔13〕王应麟《困学纪闻》卷十八,当然还没有看出他用佛典的地方。

〔14〕参看卷八《读唐人及半山诗》、卷三十五《答徐子材谈绝句》、卷八十三《颐庵诗稿序》、卷一百十四《诗话》。

〔15〕《山谷老人刀笔》卷四《与赵伯充》。

〔16〕卷七十九《黄御史集序》。

〔17〕《后村大全集》卷九十六《韩隐君诗序》。

〔18〕曾季貍《艇斋诗话》引。

〔19〕《诗人玉屑》卷十六引《陵阳室中语》。

〔20〕卷二十《新晴读樊川诗》。

〔21〕卷二十七《读〈笠泽丛书〉》。

〔22〕卷二十二《读渊明诗》、卷三十九《读白氏〈长庆集〉》、卷四十《读张文潜诗》。

〔23〕《后村大全集》卷九十五《江西诗派小序》引吕本中作《夏均父诗集序》,张泰来《江西诗社宗派图录》引吕本中作《诗社宗派图序》,谢薖《谢幼槃文集》卷一《读吕居仁诗》,陈起《前贤小集拾遗》卷四载曾几《读吕居仁旧诗有怀其人》,曾季貍《艇斋诗话》。刘克庄在那篇文章的

《总序》里还说杨万里"真得"吕本中"所谓活法"。

〔24〕张九成《横浦心传录》卷上记吕本中语。

〔25〕参看《翰苑新书》续集卷四载王迈《贺林直院》："笔有活法,珠走于盘而不出于盘";那是《臞轩集》漏收的文章。这个比喻出于杜牧《樊川文集》卷十《孙子注序》："犹盘中走丸:丸之走盘,横斜圆直,不可尽知;其必可知者,丸不能出于盘也。"

〔26〕参看达文齐《画论》第七十八节论画家不师法造化而模仿傍人,就降为大自然母亲的孙子,算不得她的儿子。(罗马合作出版社本第四十五页)

〔27〕皎然《诗式》卷一"不用事第一格"条说:"沈约云'不傍经史,直率胸臆',吾许其知诗者也。"虽然引征的字句不符原文,而意思更明白。

〔28〕《白石道人诗集》卷下《送〈朝天续集〉归诚斋》。杜甫《江上值水如海势聊短述》:"老去诗篇浑漫与,春来花鸟莫深愁","怕"就是"深愁";参看韩愈《荐士》诗:"勃兴得李、杜,万类困陵暴";唐扶《使南海道长沙题道林岳麓寺》:"两祠物色采拾尽,壁间杜甫真少恩";王建《寄上韩愈侍郎》:"咏伤松桂青山瘦,取尽珠玑碧海愁",又《哭孟东野》:"吟损秋天月不明,兰无香气鹤无声。自从东野先生死,侧近云山得散行";陆龟蒙《甫里文集》卷十八《书李贺小传后》:"天物既不可暴,又可抉摘刻削,露其情状乎?使自萌卵至于槁死,不能隐伏";皮日休《鲁望昨以五百言见贻因成一千言》:"万象疮复痏,百灵瘠且瘵";吴融《赠广利大师歌》:"昨来示我十馀篇,咏杀江南风与月";黄庭坚《山谷诗外集补》卷三《和答任仲微赠别》:"任君洒墨即成诗,万物生愁困品题。"

〔29〕林希逸《竹溪鬳斋十一稿》续集卷十二《陈子宽诗集序》论杨万里自言焚弃少作,因说:"然观公见行诸集,此等句既变以后未尝无之。岂变其可变者,其不可变者终在耶?"

过百家渡[1]

园花落尽路花开,白白红红各自媒。莫问早行奇绝处,四方八面野香来。

柳子祠前春已残,新晴特地却春寒。疏篱不与花为护,只为蛛丝作网竿。

一晴一雨路干湿,半淡半浓山叠重;远草平中见牛背,新秧疏处有人踪。

〔1〕在湖南永州。柳宗元做过永州司马,所以那里有他的祠堂,就是第二首里的"柳子祠"。

悯农

稻云不雨不多黄,荞麦空花早着霜。已分[1]忍饥度残岁,更堪岁里闰添长[2]!

〔1〕料定、早知道。
〔2〕"堪"等于"不堪"、"岂堪",参看梅尧臣《田家语》注〔8〕。意思

说:这个年头儿真难过,度日如年,偏偏又碰到个闰年,日子比平常的年头儿多。

闲居初夏午睡起

梅子留酸软齿牙,芭蕉分绿与窗纱。日长睡起无情思,闲看儿童捉柳花[1]。

〔1〕这首诗里的"留"字"分"字都精致而不费力,参看杨炎正《诉衷情》词:"露珠点点欲团霜,分冷与纱窗。"第四句参看白居易的《前有〈别杨柳枝〉绝句,梦得继和云"春尽絮飞留不得,随风好去落谁家",又复戏答》:"谁能更学孩童戏,寻逐春风捉柳花?"有人指摘这首诗说:"'梅子留酸'、'芭蕉分绿'已是初夏风景,安得复有柳花可捉乎?"(王端履《重论文斋笔录》卷九)可备一说。韩偓《幽窗》已有"齿软越梅酸"。

插秧歌

田夫抛秧田妇接,小儿拔秧大儿插。笠是兜鍪蓑是甲,雨从头上湿到胛[1]。唤渠朝餐歇半霎,低头折腰只不答。秧根未牢莳未匝[2],照管[3]鹅儿与雏鸭。

〔1〕尽管戴"盔"披"甲",还淋得一身是水。
〔2〕秧还没插得匀。

〔3〕小心提防。

春晴怀故园海棠

竹边台榭水边亭,不要人随只独行。乍暖柳条无气力,淡晴花影不分明。一番过雨来幽径,无数新禽有喜声。只欠翠纱红映肉[1],两年寒食负先生!予去年正月离家之官,盖两年不见海棠矣[2]。

〔1〕苏轼《寓居定惠院之东杂花满山有海棠一株》:"朱唇得酒晕生脸,翠袖卷纱红映肉。"这里用他的比喻。
〔2〕那时候杨万里在广州,"先生"是他自称。

五月初二日苦热

人言"长江无六月"[1],我言六月无长江。只今五月已如许,六月更来何可当!船仓周围各五尺,且道此中底宽窄!上下东西与南北,一面是水五面日。日光煮水复成汤,此外何处能清凉?掀篷更无风半点,挥扇只有汗如浆。吾曹避暑自无处,飞蝇投吾求避暑;吾不解飞且此住,飞蝇解飞不飞去。

〔1〕大家都说长江里很凉快,等于没有夏天。这句谚语北宋初就有(《五灯会元》卷十六义怀语录引),参看洪适《渔家傲》词:"六月长江

无暑气。"(《全宋词》卷一百三十四)

初入淮河[1]

船离洪泽岸头沙,人到淮河意不佳。何必桑乾方是远,中流以北即天涯[2]!

两岸舟船各背驰,波痕交涉亦难为。只馀鸥鹭无拘管,北去南来自在飞。

中原父老莫空谈,逢着王人[3]诉不堪。却是归鸿不能语,一年一度到江南[4]。

〔1〕南宋把淮河以北全割让给金。宋光宗赵惇绍熙元年(公元一一九〇年)杨万里奉命去迎接金国派来的"贺正使",这几首就是那时候做的。

〔2〕唐诗像雍陶《渡桑乾河》说:"南客岂曾谙塞北,年年唯见雁飞回",表示过了桑乾河才是中国的"塞北"。在北宋,苏辙出使回国,离开辽境,还可以说:"胡人送客不忍去,久安和好依中原;年年相送桑乾上,欲话白沟一惘怅。"(《栾城集》卷十六《渡桑乾》)在南宋,出了洪泽湖、进了淮河已走到中国北面的边境了!杨万里的意思就像徐陵《为始兴王让琅邪二郡太守表》:"言瞻汉草,乃曰中州;遥望胡桑,已成边郡";白居易《西凉伎》:"平时安西万里疆,今日边防在凤翔";或陆游《醉歌》:"穷边指淮泲,异域视京雒"。可比较王符《潜夫论》第二十二《救边》篇的议

论:"无边亡国。是故失凉州则三辅为边,三辅内入则弘农为边,弘农内入则洛阳为边。推此以相况,虽尽东海,犹有边也。"许多南宋诗人都跟杨万里有同样的感慨;例如陆游《剑南诗稿》卷二十一《送霍监丞出守盱眙》,姜特立《梅山续稿》卷一《渡淮喜而有作》,袁说友《东塘集》卷三《入淮》,陈造《江湖长翁文集》卷十一《都梁》第四首,许及之《涉斋集》卷七《元日登天长城》,戴复古《石屏集》卷七《江阴浮远堂》、《盱眙北望》,《南宋群贤小集》第三册毛珝《吾竹小稿·仪真》第三首,汪元量《水云集·湖州歌》第二十四首,汪梦斗《北游诗集》自序,《诗人玉屑》卷十九载路德章《盱眙旅舍》,《瀛奎律髓》卷四十七潘柽《上龟山寺》,《〈宋诗纪事〉补遗》卷四十五王信《第一山》、卷五十四蒋介《第一山》。参看刘因《静修先生文集》卷九《白沟》:"白沟移向江淮去。"

〔3〕天子的使臣;《春秋》三传里常用这个名词。

〔4〕沦陷中的北方人民向南宋的使者诉苦也没有用,倒不如不会说话的鸿雁能够每年从北方回南一次。宋人对中原的怀念,常常借年年北去南来的鸿雁来抒写,总说:"自恨不如云际雁,南来犹得过中原!""何许中原惟雁见!"这一类的话(陆游《剑南诗稿》卷十《冬夜闻雁有感》、卷三十三《枕上偶成》、卷七十八《闻新雁有感》,王质《雪山集》卷十二《问北雁赋》,韦居安《梅磵诗话》卷下引方回句;参看邹浩《道乡集》卷八《邻家集射》,岳珂《玉楮集》卷四《九月一日闻雁》)。杨万里反过来写"中原父老"向往南宋。

过宝应县新开湖

天上云烟压水来,湖中波浪打云回;中间不是〔1〕平林树,水色天容拆不开。

〔1〕等于"若不是",现代口语里也有这种说法;参看王建《赠王枢密》:"不是当家频向说,九重争遣外人知?"

桑茶坑〔1〕道中

田塍莫道细于椽,便是桑园与菜园。岭脚置锥留结屋〔2〕,尽驱柿栗上山巅。

晴明风日雨干时,草满花堤水满溪。童子柳阴眠正着,一牛吃过柳阴西。

〔1〕在安徽泾县。
〔2〕留下一小块"立锥之地",准备搭草屋。

过松源晨炊漆公店

莫言下岭便无难,赚得行人错喜欢;正入万山圈子里,一山放出一山拦。

尤 袤

尤袤(1127—1194)字延之,自号遂初居士,无锡人。他的诗集已经散失,后人几次三番的搜辑,以《锡山尤氏丛刊甲集》里的《梁谿遗稿》算比较完备,当然也还有增补的馀地。他那些流传下来的诗都很平常,用的词藻往往滥俗,实在赶不上杨、陆、范的作品。下面选的一首是他集里压卷之作。此外还有经杨万里称赏而保存的《寄友人》一联好句:"胸中襞积千般事,到得相逢一语无。"[1]亲友久别重逢,要谈起来是话根儿剪不断的,可是千丝万绪,不知道拈起那一个话头儿才好,情意的充沛反造成了语言的窘涩。尤袤的两句把这种情景真切而又经济的传达出来了。全首诗已经失传,断句也因此埋没,直到它经过扩充和引申,变为王实甫《西厢记》第五本第四折的《沉醉东风》:"不见时准备著千言万语……待伸诉,及至相逢,一语也无,刚则道个'先生万福!'"[2]仿佛一根折断的杨柳枝儿,给人捡起来,插在好泥土里,长成了一棵亭亭柳树。

〔1〕《诚斋集》卷一百十四《诗话》。

〔2〕郑振铎《古本戏曲丛刊》第一集《元本题评西厢记》里这一节的眉批引"古诗"两句,就是尤袤这两句。参看唐项斯(一作许彬)《荆州夜与友亲相遇》:"别来何限意,相见却无词";又裴说《喜友人再面》:"相思长有事,及见却无言。"

淮民谣[1]

东府买舟船,西府买器械。问侬欲何为?团结[2]山水寨。寨长过我庐,意气甚雄粗。青衫两承局[3],暮夜连勾呼。勾呼且未已,椎剥到鸡豕[4]。供应稍不如,向前受笞棰。驱东复驱西,弃却锄与犁。无钱买刀剑,典尽浑家[5]衣。去年江南荒,趁熟[6]过江北;江北不可住,江南归未得!父母生我时,教我学耕桑;不识官府严,安能事戎行!执枪不解刺,执弓不能射;团结我何为,徒劳定无益[7]。流离重流离,忍冻复忍饥;谁谓天地宽[8],一身无所依!淮南丧乱后,安集亦未久。死者积如麻,生者能几口!荒村日西斜,破屋两三家;抚摩[9]力不给,将奈此扰何!

〔1〕尤袤那时候是泰兴知县,这是他为民请命的作品(徐梦莘《三朝北盟会编·炎兴下帙》卷一百四十)。

〔2〕组织成为队伍,参看梅尧臣《田家语》注〔1〕。

〔3〕公差;《水浒传》里常见,例如第六回两个"承局"去叫林冲,第四十三回戴宗打扮做"承局"等。《全唐文》卷五百三十三李观《代李图南上苏州韦使君论戴察书》:"见有黄衣排闼直入,口称里胥";宋人著作中也常说"黄衣",如郭彖《睽车志》卷五《李允升》:"黄衣声喏于庭下";洪迈《夷坚志》支乙卷七《王牙侩》、支景卷四《宝积行者》、三志壬卷九《霍秀才归土》等条只说"黄衫承局"、"黄衫公人"。

〔4〕参看范成大《催租行》注〔4〕。南宋时无名氏的《鸡鸣》诗可以

作为这一句的注解:"鸡鸣喈喈,鸭鸣呷呷;县尉下乡,有献则纳。鸡鸣于埘,鸭鸣于池;县尉下乡,靡有孑遗。鸡既鸣矣,鸭既羹矣,锣鼓鸣矣,县尉行矣。"(陶宗仪《说郛》卷七载无名氏《豹隐记谈》)

〔5〕全家,例如《敦煌掇琐》之三《燕子赋》:"浑家大小"、"浑家不残",韩愈《寄卢仝》:"浑舍惊怕走折趾。"

〔6〕就是"逃荒",一称"逐熟";《清平山堂话本》的《合同文字记》里就用"趁熟"。黄震《黄氏日抄》卷六十七摘录范成大《再奏荒政剳子》里这两个字而解释说:"浙人乡谈……盖谓荒处之人于熟处趁求也。"但是据郑侠《西塘文集》卷一《流民》看来,北宋时北方也早有"趁熟"的说法。

〔7〕意思说只"团结"而不"训练"是没有用处的。

〔8〕用孟郊《赠别崔纯亮》里的名句:"出门即有碍,谁谓天地宽!"参看杜甫《送李校书》:"每愁悔吝作,如觉天地窄。"

〔9〕安定、救济。

萧德藻

萧德藻(生年死年不详)字东夫,自号千岩居士,长乐人。他在当时居然也跟尤、杨、范、陆并称[1],可是诗集流传不广[2],早已散失,所存的作品都搜集在清代光聪谐的《有不为斋随笔》卷丁里。他跟曾几学过诗[3],为杨万里所赏识,看来也想摆脱江西派的影响,所以他说:"诗不读书不可为,然以书为诗不可也。"[4]用字造句都要生硬新奇,显得吃力。他有一篇《吴五百》的寓言[5],为中国的笑林里添了个类型,后世转辗摹仿[6],而完全忘掉了他这位创始人;这一点也许可以提起。

[1] 杨万里《诚斋集》卷三十九《谢张功父送近诗集》、卷四十《进退格寄张功父、姜尧章》、卷八十一《千岩摘稿序》、卷一百十四《诗话》,姜夔《白石道人诗集》自序一,乐雷发《雪矶丛稿》卷二《书萧千岩集》。

[2] 方回《瀛奎律髓》卷六。

[3] 张端义《贵耳集》卷上。

[4] 范晞文《对床夜话》卷二引。

[5] 赵与旹《宾退录》卷六引。

[6] 例如耿定向《耿天台先生全书》卷八《杂俎·彻蒩篇》,蒲松龄《聊斋志异》卷一《成仙》等。

樵夫

一担干柴古渡头,盘缠一日颇优游[1]。归来䂭底磨刀斧,又作全家明日谋。

　　[1] 卖掉一担柴,够一天的开销。

王 质

王质(1127—1189)字景文,自号雪山,兴国人,有《雪山集》。他佩服苏轼,甚至说:"一百年前……有苏子瞻……一百年后……有王景文。"[1]他的诗很流畅爽快,有点儿苏轼的气派,还能够少用古典。他的朋友张孝祥也以第二个苏轼自命,名声比他响得多,而作品笨拙,远不如他。至于他的《绍陶录》,那是表示他羡慕陶潜那样的隐逸生活,并非效法陶潜的诗歌,而且"陶"字指陶潜、陶弘景两个人,所谓:"渊乎栗里,谧哉华阳。"[2]

〔1〕《雪山集》卷十《自赞》。
〔2〕《绍陶录》卷上《书栗里、华阳闲窝词》。

山行即事

浮云在空碧,来往议阴晴[1]。荷雨洒衣湿,蘋风吹袖清。鹊声喧日出,鸥性狎波平。山色不言语,唤醒三日酲。

〔1〕天上的云片忽聚忽散,仿佛在讨论要不要下雨;第三句和第五句是说一会儿下雨,一会儿又天晴。"议"等于"商量",宋人诗词里描写天气时常用的,例如:"云来岭表商量雨,峰绕溪湾物色梅"(《后村千家

诗》卷十四潘牥《郊行》);"重阴未解,云共雪商量不了"(曾觌《乐府雅词拾遗》卷下王观《天香》);"断云归去商量雨,黄叶飞来问讯秋"(林希逸《竹溪鬳斋十一稿》续集卷七《秋日凤凰台即事》)。

东流道中[1]

山高树多日出迟,食时雾露且霏霏。马蹄已踏两邮舍,人家渐开双竹扉。冬青匝路野蜂乱,荞麦满园山鹊飞。明朝大江送吾去,万里天风吹客衣。

[1] 一作《晚泊东流》。东流在安徽。

陈　造

陈造（1133—1203）字唐卿，自号江湖长翁，高邮人，有《江湖长翁文集》。他是陆游、范成大、尤袤都赏识的诗人，跟范成大唱和的诗很多。自从杨万里以后，一般诗人都想摆脱江西派的影响，陈造和敖陶孙两人是显著的例外。他敢批评当时的社会习尚，肯反映人民疾苦，只可惜堆砌和镶嵌的古典成语太多，意思不够醒豁，把批评的锋口弄得钝了、反映的镜面弄得昏了。

田家谣

麦上场，蚕出筐，此时只有田家忙。半月天晴一夜雨，前日麦地皆青秧。阴晴随意[1]古难得，妇后夫先各努力。倏凉骤暖茧易蛾，大妇络丝中妇织。中妇辍闲事铅华[2]，不比大妇能忧家。饭熟何曾趁时吃，辛苦仅得蚕事毕。小妇初嫁当少宽，令伴阿姑顽 房谓嬉为"顽"[3]过日。明年愿得如今年，剩贮二麦饶丝绵。小妇莫辞担上肩，却放大妇当姑前[4]。

〔1〕 天晴天雨都恰恰合了农人的心愿。参看苏轼《泗州僧伽塔》："耕田欲雨刈欲晴"，又《江湖长翁集》卷九《田家叹》："秧欲雨，麦欲晴。"

〔2〕二媳妇忙里偷闲爱打扮。

〔3〕那时候陈造是湖北房陵的代理太守;《江湖长翁集》卷十九《房陵》第八首也说:"老稚不妨顽过日",自注:"俗谓戏曰'顽'。"

〔4〕小媳妇去劳动,让大媳妇陪着婆婆。

题赵秀才壁

日日危亭凭曲栏,几层苍翠拥烟鬟。连朝策马冲云去,尽是亭中望处山。

章　甫

　　章甫（生年死年不详）字冠之，自号易足居士，鄱阳人，有《自鸣集》。他是陆游的朋友，诗歌受杜甫和苏轼的影响。

田家苦[1]

何处行商因问路，歇肩听说田家苦。今年麦熟胜去年，贱价还人如粪土。五月将次尽，早秧都未移；雨师懒病藏不出，家家灼火钻乌龟[2]。前朝夏至还上庙，着衫奠酒乞杯珓[3]；许我曾为五日期，待得秋成敢忘报。阴阳水旱由天公，忧雨忧风愁煞侬；农商苦乐原不同，淮南不熟贩江东[4]。

　　[1] 参看刘攽《江南田家》注[2]。这首跟那些诗的意思大致相同，只是添写了农民忧旱愁涝、求神拜佛的苦恼。章甫对这种迷信是不赞成的——从《自鸣集》卷二《白露行》、卷三《悯农》、卷四《忧旱》、《白露》、卷五《苦旱》等诗里都看得出——因此他愈觉得农民的处境可怜。

　　[2] 古代占卜法。

　　[3] 也是一种占卜法。

　　[4] 商人可以到年成丰收的地方去做买卖。

即事〔1〕

天意诚难测,人言果有不〔2〕?便令江海竭,未厌虎狼求。独下伤时泪,谁陈活国谋〔3〕?君王自神武,况乃富貔貅!

初失清河口,骎骎遂逼人。馀生偷岁月,无地避风尘。精锐看诸将,谟谋仰大臣。悁夫忧国泪,欲忍已沾巾。

　　〔1〕原十首,大约是宋孝宗隆兴二年(公元1164年)所作。那年金兵从清河口入淮,宋人要放弃淮河,退保长江,结果割地买和。诗的风格极像杜甫。
　　〔2〕不知道皇帝究竟作什么打算,只听得外面盛传要割地赔款——就是第三句所谓"便令江汉竭"。
　　〔3〕第七八句就是"活国谋";意思说国家有的是士兵,为什么不抵抗。

姜　夔

姜夔(1155—1221)字尧章,自号白石道人,鄱阳人,有《白石道人诗集》。他是一位词家,也很负诗名,在当时差不多赶得上尤、杨、范、陆的声望[1]。他跟尤、杨、范也都有交情,诗篇唱和,只把陆漏掉了。词家常常不会作诗,陆游曾经诧异过为什么"能此不能彼"[2],姜夔是极少数的例外之一。他早年学江西派,后来又受了晚唐诗的影响;在一切关于他的诗歌的批评里,也许他的朋友项安世的话比较切近实际:"古体黄陈家格律,短章温李氏才情。"[3] 当然在他的近体里还遗留着些黄、陈的习气,七律却又受了杨万里的薰陶,而且与其说温、李也还不如说皮、陆。他的字句很精心刻意,可是读来很自然,不觉得纤巧,这尤其是词家的诗里所少有的。

[1] 方回《瀛奎律髓》卷三十六。
[2] 《渭南文集》卷三十《跋〈花间集〉》之二。
[3] 《平庵悔稿》卷七《谢姜夔秀才示诗卷、从千岩萧东夫学诗》。

昔游诗

夔蚤岁孤贫,再走川陆;数年以来,始获宁处。秋日无谓,追述旧游可喜可愕者,吟为五字古句。时欲展阅,自省生平,不足以为诗也。

我乘五板船,将入沌河[1]口。大江风浪起,夜黑不见手。同行子周子,渠胆大如斗;长竿插芦席,船作野马走。不知何所诣,死生付之偶。忽闻入草声[2],灯火亦稍有。杙[3]船遂登岸,急买野家酒。

扬舲下大江,日日风雨雪。留滞鳌背洲,十日不得发。岸冰一尺厚,刀剑触舟楫;岸雪一尺深,屹如玉城堞。同舟二三士,颇壮不恐慑;蒙毡闭篷卧,波里任倾侧。晨兴视毡上,积雪何皎洁。欲上不得梯,欲留岸频裂;攀援始得上,幸有人见接。荒村三两家,寒苦衣食缺。买猪祭波神,入市路已绝。如今得安坐,闲对妻儿说。

濠梁[4]四无山,陂陀亘长野。吾披紫茸毡,纵饮面无赭[5]。自矜意气豪,敢骑雪中马[6]。行行逆风去,初亦略沾洒;疾风吹大片,忽若乱飘瓦。侧身当其冲,丝鞚袖中把。重围万箭急,驰突更叱咤。酒力不支吾[7],数里进一舍。燎茅烘湿衣,客有见留者。徘徊望神州,沉叹英雄寡!

〔1〕在湖北汉阳西南。
〔2〕唐人柳中庸(一作姚崇)《夜渡江》的"听草遥寻岸",北宋词家张先《题西溪无相院》诗的名句"小艇归时闻草声"(参看《安陆集》附录中葛朝阳按语),也都写这种情景。

〔3〕把船拴住。

〔4〕在安徽凤阳东北。

〔5〕喝的酒不上脸。

〔6〕姜夔《雪中六解》也说："塞草汀云护玉鞍,连天花落路漫漫,如今却忆当时健,下马题诗不怕寒。"这里所写回忆当年、顾盼自豪的神气使我们联想到陆游这类的诗和辛弃疾这类的词(例如《稼轩词》卷一《水调歌头·舟次扬州和杨济翁、周显先韵》、卷三《鹧鸪天·有客慨然谈功名因追念少年时事戏作》),整首诗的风格也很像陆游的。当然姜夔没有陆、辛两人那种英雄老去、抚今感昔的牢骚,这因为他虽然"沉叹英雄寡",到底缺乏他们两人的志事和抱负。

〔7〕等于"枝梧",支持的意思;酒力渐消,自己觉得抵挡不住风寒。

除夜自石湖归苕溪[1]

细草穿沙雪半销,吴宫烟冷水迢迢。梅花竹里无人见,一夜吹香过石桥[2]。

黄帽[3]传呼睡不成,投篙细细激流冰。分明旧泊江南岸,舟尾春风飐客灯。

三生定是陆天随[4],又向吴淞作客归。已拚新年舟上过,倩人和雪洗征衣。

笠泽[5]茫茫雁影微,玉峰[6]重叠护云衣。长桥寂寞春寒夜,只有诗人一舸归。

〔1〕石湖是苏州和吴江之间的风景区,范成大的别墅所在;苕溪指湖州,姜夔住家所在。

〔2〕姜夔咏梅花的《暗香》词说:"但怪得竹外疏花,香冷入瑶席",也是写这种情景。参看范祖禹《范太史集》卷二的一个诗题:"黄鲁直示千叶黄梅,余因忆蜀中冬月山行,江上闻香而不见花,此真梅也。"

〔3〕指船夫;汉代的船夫都戴黄帽子,号称"黄头郎",见《史记》卷一百二十五《佞幸列传》。

〔4〕陆龟蒙自号天随子,隐居在吴淞江上;姜夔因为自己在石湖小住,爱好那里的风景,就说准是陆龟蒙的后身。参看他的《三高祠》诗:"沉思只羡天随子,蓑笠寒江过一生。"

〔5〕太湖下流的吴淞江。

〔6〕指积雪未销的山,参看《昔游诗》的"玉城堞"。下句"长桥"即垂虹桥,参看姜夔《庆宫春》词小序。

湖上[1]寓居杂咏

处处虚堂望眼宽,荷花荷叶过阑干。游人去后无歌鼓,白水青山生晚寒[2]。

苑墙曲曲柳冥冥,人静山空见一灯。荷叶似云香不断,小船摇曳入西陵[3]。

〔1〕指杭州西湖。

〔2〕参看姜夔的朋友陈造的诗句"因循又耐笙歌聒"和"付与笙歌三万指,平分彩舫聒湖山"(《江湖长翁文集》卷十二《早步湖上》、卷十八《都下春日》),可以想见白天西湖上"歌鼓"的热闹。

〔3〕即西泠,《玉台新咏》卷十《钱塘苏小歌》所谓"西陵松柏下"。

平甫[1]见招不欲往

老去无心听管弦,病来杯酒不相便。人生难得秋前雨,乞我虚堂自在眠[2]。

〔1〕张鉴,字平甫,张镃之弟。周密《齐东野语》卷十二载姜夔《自序》,称:"张兄平甫情甚骨肉。"

〔2〕吕本中《紫微诗话》里称道吕希哲的一首绝句:"老读文书兴易阑,须知养病不如闲。竹床瓦枕虚堂上,卧看江南雨外山。"假如姜夔作这首诗的时候,没有记起那首诗,我们读这首诗的时候,也会想到它。

徐　玑

徐玑(1162—1214)字文渊,一字致中,号灵渊,永嘉人,有《二薇亭诗集》。他和他的三位同乡好友——字灵晖的徐照,字灵舒的翁卷,号灵秀的赵师秀——并称"四灵",开创了所谓"江湖派"。

杜甫有首《白小》诗,说:"白小群分命,天然二寸鱼",意思是这种细小微末的东西,要大伙儿合起来才凑得成一条性命。我们看到"四灵"这个称号,也许想起麟、凤、龟、龙,但是读了"四灵"的作品,就觉得这种同一流派而彼此面貌极少差异的小家不过像白小。江湖派反对江西派运用古典成语、"资书以为诗",就要尽量白描、"捐书以为诗","以不用事为第一格"[1];江西派自称师法杜甫,江湖派就抛弃杜甫,抬出晚唐诗人来对抗。这种比杨万里的主张更为偏激的诗风从潘柽开始[2],由叶适极力提倡,而在"四灵"的作品里充分表现[3],潘和叶也是永嘉人。叶适认为:"庆历、嘉祐以来,天下以杜甫为师,始黜唐人之学,而江西宗派章焉";"杜甫强作近体……当时为律诗者不服,甚或绝口不道……王安石七言绝句人皆以为特工,此亦后人貌似之论尔!七言绝句凡唐人所谓工者,今人皆不能到……若王氏徒有纤弱而已"[4]。朱熹批评过叶适,说他"说话只是杜撰",又批评过叶适所隶属的永嘉学派说:"譬如泰山之高,它不敢登,见个小土堆子,便上去,只是小。"[5]这些哲学和史学上的批评也可以应用在叶适的文艺理论上面。他说杜甫"强作近体"那一段话,正所谓"只是杜撰";他排斥杜甫而尊崇晚唐,鄙视欧阳修梅尧臣以来的诗而偏袒庆历、嘉祐以前承袭晚唐风气像林逋、潘阆、魏野等的诗,正所谓"只是小"。而且他心目中的晚唐也许比林逋、潘阆、魏野所承袭的——至少比杨万里所喜爱的——狭隘得多,主要指姚合和贾岛,两个意境非常淡薄而琐碎的诗人,就是赵师秀所选《二妙集》里的"二妙"[6]。

　　经过叶适的鼓吹,有了"四灵"的榜样,江湖派或者"唐体"风行一时,大大削弱了江西派或者"派家"的势力[7],几乎夺取了它的地位,所谓"旧止四人为律体,今通天下话头行"[8]。名叫"江湖派"大约因为这一体的作者一般都是布衣——像徐照和翁卷——或者是不得意的小官——像徐玑和赵师秀,当然也有几个比较显达的"巨公"[9],譬如叶适、赵汝谈、刘克庄等。名叫"唐体"其实就是晚唐体,杨万里已经把名称用得混淆了[10];江湖派不但把"唐"等于"晚唐"、"唐末"[11],更把"晚唐"、"唐末"限于姚合、贾岛,所以严羽抗议说这是惑乱观听的冒牌[12],到清初的黄宗羲还得解释"四灵"所谓"唐诗"是狭义的"唐诗"[13]。"四灵"的诗情诗意都枯窘贫薄,全集很少变化,一首也难得完整,似乎一两句话以后,已经才尽气竭;在这一伙里稍微出色的赵师秀坦白的说:"一篇幸止有四十字,更增一字,吾未如之何矣!"[14]可是这"四十字"写得并不高明,开头两句往往死死扣住题目,像律赋或时文的"破题"[15];而且诗里的警联常常依傍和模仿姚合等的诗[16],换句话说,还不免"资书以为诗",只是根据的书没有江西派根据的那样多。

　　我们没有选叶适的诗。他号称宋儒里对诗文最讲究的人,可是他的诗竭力炼字琢句,而语气不贯,意思不达,不及"四灵"还有那么一点点灵秀的意致。所以,他尽管是位"大儒",却并不能跟小诗人排列在一起;这仿佛麻雀虽然是个小鸟儿,飞得既不高又不远,终不失为飞禽,而那庞然昂然的鸵鸟,力气很大,也生了一对翅膀,可是绝不会腾空离地,只好让它跟善走的动物赛跑去罢。

〔1〕参看刘克庄《后村大全集》卷九十六《韩隐君诗序》,戴复古《石屏诗集》卷首赵汝腾序、包恢序、王野序,仇远《山村遗集·书与元仁诗卷后》,袁桷《清容居士集》卷四十八《书汤西楼诗后》。

〔2〕韦居安《梅磵诗话》卷中、方回《瀛奎律髓》卷三引叶适《转庵集序》,那是《水心集》和《补遗》里都没有的。

〔3〕韩淲《涧泉集》卷八《昌甫题徐山民诗集因和》:"眇眇三灵见,萧萧一叶知",自注"三灵"指徐照以外的那三个人,"一叶"指叶适。

〔4〕《水心集》卷十二《徐斯远文集序》;叶适《习学纪言序目》卷四十七。

〔5〕《语类》卷一百二十三。

〔6〕《瀛奎律髓》卷十。赵师秀另选《众妙集》,共七十六家,从沈佺期起,没有姚合、贾岛,也没有杜甫,选刘长卿的诗多至二十三首,可能是《二妙集》的补充。参看胡应麟《少室山房类稿》卷四十一《清源寺中戏效晚唐人五言近体》自序。

〔7〕"派家"这个名称见《后村大全集》卷九十四《刘圻父诗序》,方岳《秋崖小稿》文集卷四十三《跋陈平仲诗》,舒岳祥《阆风集》卷二《题潘少白诗》、卷十《刘士元诗序》等。

〔8〕《后村大全集》卷十六《题蔡炷主簿诗卷》,参看严羽《沧浪诗话·诗辨》说"四灵""独喜贾岛姚合之诗……江湖诗人多效其体"。

〔9〕《瀛奎律髓》卷二十。参看赵文《青山集》卷一《萧汉杰青原樵唱序》:"'江湖'者,富贵利达之求而饥寒之务去,役役而不休者也。"

〔10〕《诚斋集》卷十六《送彭元忠县丞北归》、卷七十八《双桂老人诗集后序》等。

〔11〕参看周南《山房后稿·读唐诗》,吴泳《鹤林集》卷三十六《沈宏甫〈齐瑟录〉序》。

〔12〕《沧浪诗话·诗辨》,参看陈著《本堂集》卷四十七《题天台潘少白续古集》。

〔13〕《南雷文案》三刻《撰杖集·张心友诗序》。

〔14〕《后村大全集》卷九十四《野谷集序》。林希逸《竹溪鬳斋十一稿》续集卷十二《方君节诗序》。

〔15〕例如徐玑《送赵灵秀赴筠州幕》:"郡以竹为名,因知此地清";翁卷《题常州独孤桂》:"此桂何时种,相传是独孤";赵师秀《桃花寺》:"旧有桃花树,人呼寺故名。"

〔16〕参看魏庆之《诗人玉屑》卷十九引黄升论赵师秀点化成句。

新凉

水满田畴稻叶齐,日光穿树晓烟低。黄莺也爱新凉好,飞过青山影里啼。

徐 照

徐照(？—1211)字道晖,一字灵晖,号山民,永嘉人,有《芳兰轩集》。

促促词[1]

促促复促促,东家欢欲歌,西家悲欲哭。丈夫力耕长忍饥,老妇勤织长无衣。东家铺兵[2]不出户,父为节级[3]儿抄簿;一年两度请官衣,每月请米一石五;小儿作军送文字[4],一旬一轮怨辛苦。

〔1〕唐人李益有《效古促促曲为河上思妇作》,王建有《促促行》。"促促"是忙碌、困迫之意;参看张籍《促促词》:"促促复促促,家贫夫妇欢不足";又《南归》:"促促念道路,四支不常宁。"
〔2〕"兵"一作"君"。"铺兵"该到远地去传送文书,例如陆游《剑南诗稿》卷三十一《闭户》自注:"蜀兵来得张季长归唐安江原书。"可是这首诗里的铺兵是坐在家里的。
〔3〕兵营里的小官,《水浒》里的戴宗就做过这个职位。
〔4〕"作军"指"铺兵","送文字"指"抄簿";这个儿子靠父亲的庇护,顶了一名铺兵的额子,而不必出去奔波跋涉,只要抄写了文件去向公家缴回。

翁 卷

翁卷(生年死年不详)字续古,一字灵舒,永嘉人,有《苇碧轩集》。

野望

一天秋色冷晴湾,无数峰峦远近间。闲上山来看野水,忽于水底见青山。

乡村四月

绿遍山原白满川,子规声里雨如烟。乡村四月闲人少,才了蚕桑又插田。

刘 宰

刘宰(1166—1239)字平国,自号漫塘病叟,金坛人,有《漫塘文集》。他以品节著名,诗歌不很出色,但是像下面选的两首,在同时人的诗集里倒也很难找到那样朴挚的作品。

开禧纪事[1]

"泥滑滑","仆姑姑",唤晴唤雨无时无。晓窗未曙闻啼呼,更劝沽酒"提壶芦"。年来米贵无酒沽!

"婆饼焦","车载板",饼焦有味婆可食,有板盈车死不晚。君不见比来翁姥尽饥死,狐狸嘬骨乌啄眼!

〔1〕宋宁宗赵扩开禧三年(公元1209年)大旱岁饥。这两首也是"禽言"体,参看周紫芝《禽言》注〔1〕。

野犬行 嘉定己巳作[1]

野有犬,林有乌;犬饿得食声咿呜,乌驱不去尾毕逋[2]。田舍无烟人迹疏,我欲言之涕泪俱。村南村北衢路隅,妻唤不省哭者夫;父气欲绝孤儿扶,夜半夫死儿亦殂。尸横路隅一缕无;乌啄眼,犬衔须,身上那有全肌肤!叫呼五百[3]烦里间,浅土元不盖头颅。过者且勿叹,闻者且莫吁;生必有数死莫逾,饥冻而死非幸欤!君不见荒祠之中荆棘里,脔割不知谁氏子;苍天苍天叫不闻,应羡道旁饥冻死[4]!

〔1〕宋宁宗嘉定二年(公元1209年)大旱岁饥。

〔2〕"城上乌,尾毕逋"是《后汉书》卷二十三记载的童谣;"毕逋"大约跟古乐府《两头纤纤》里写公鸡振动羽毛的"膈膊"是一音之转。

〔3〕即"伍伯",有好几个意义(详见郑珍《巢经巢文集》卷五《跋韩诗寄卢仝首》),此地指地保、公差之类。

〔4〕意思说:饿死冻死还落得个全躯而死,尽管"乌啄""犬衔",反正是个尸首;在这种年头儿,还有人吃人的事,活生生的给人宰割,那就更惨了。

戴复古

戴复古(1167—?)字式之,自号石屏,黄岩人,有《石屏诗集》。他活到八十多岁[1],是江湖派里的名家。作品受了"四灵"提倡的晚唐诗的影响,后来又搀杂了些江西派的风格;他有首《自嘲》的词说:"贾岛形模原自瘦,杜陵言语不妨村。"[2]贾岛是江湖派所谓"二妙"的一"妙",杜甫是江西派所谓"一祖三宗"的一"祖",表示他的调停那两个流派的企图。据说他为人极谨慎,"广座中口不谈世事"[3],可是他的诗里每每指斥朝政国事,而且好像并不怕出乱子得罪人[4]。

〔1〕方回《桐江集》卷四《跋戴石屏诗》。
〔2〕《石屏诗集》卷八《望江南》。
〔3〕方回《瀛奎律髓》卷二十。
〔4〕参看《石屏诗集》王野序,周弼《端平诗隽》卷一《戴式之垂访村居》。

织妇叹

春蚕成丝复成绢,养得夏蚕重剥茧。绢未脱轴拟输官,丝未落车图赎典[1]。一春一夏为蚕忙,织妇布衣仍布裳;有布得着犹自可,今年无麻愁杀我[2]!

〔1〕赎回当掉的东西。
〔2〕参看梅尧臣《陶者》注〔1〕,又赵汝鐩《耕织叹》。这里和赵汝鐩诗里写的情况似乎比孟郊、杜荀鹤等诗里所写的更贫困了。李心传《建炎以来朝野杂记》甲集卷十四就记载南宋赋税比五代还要繁重,"宜民力之困";参看赵翼《廿二史札记》卷二十五"南宋取民无艺"条。末二句句法仿古乐府《独漉篇》:"独漉独漉,水深泥浊;泥浊尚可,水深杀我。"这是古代民谣里常用的句型,例如《汉书·王莽传》:"太师尚可,更始杀我";《后汉书·南蛮传》:"虏来尚可,尹来杀我";《新唐书·杨虞卿传》:"苏张尚可,三杨杀我";孙樵《孙可之集》卷二《书田将军边事》:"西戎尚可,南蛮残我"。李白、黄庭坚的诗里都仿过这个句调。(参看吴景旭《历代诗话》卷五十九论韩驹评诗)

庚子荐饥[1]

饿走抛家舍,纵横死路歧。有天不雨粟,无地可埋尸。劫数惨如此,吾曹忍见之?官司行赈恤,不过是文移!

杵臼成虚设,蛛丝网釜鬵[2]。啼饥食草木,啸聚斫山林[3]。人语无生意,鸟啼空好音。休言谷价贵,菜亦贵如金[4]!

〔1〕"荐"是重叠、接连的意思;"庚子"是宋理宗赵昀嘉熙四年(公元1240年)。

〔2〕"鬵"音"芩",大锅子。这两句说一切舂米的和煮饭的家伙都没有用了。

〔3〕落草做强盗。

〔4〕古书里常说荒年的饥民"面有菜色",这里说连菜都吃不到。

夜宿田家

簦笠相随走路歧[1],一春不换旧征衣。雨行山崦黄泥坂,夜扣田家白板扉。身在乱蛙声里睡,心从化蝶梦中归[2]。乡书十寄九不达,天北天南雁自飞。

〔1〕一个儿东西飘泊,只有草帽和雨伞是随身伴侣。

〔2〕用庄周《齐物论》所写梦里化为蝴蝶的故典。

赵师秀

赵师秀(1170—1219)字紫芝,号灵秀,永嘉人,有《清苑斋集》。

数 日

数日秋风欺病夫,尽吹黄叶下庭芜。林疏放得遥山出,又被云遮一半无。

约 客

黄梅时节家家雨,青草池塘处处蛙;有约不来过夜半,闲敲棋子落灯花[1]。

〔1〕陈与义《夜雨》:"棋局可观浮世理,灯花应为好诗开",就见得拉扯做作,没有这样干净完整。

裘万顷

　　裘万顷(？—1222)字元量,自号竹斋,新建人,有《竹斋诗集》。当时人要把他归入江西派[1],后来的批评家又称赞他是江西人而能不传染江西派的习气[2]。其实南宋从杨万里开始,许多江西籍贯的诗人都要从江西派的影响里挣扎出来,裘万顷也是一个,可是还常常流露出江西派的套语,跟江湖派终不相同。

　　〔1〕陈元晋《渔墅类稿》卷五《跋裘元量〈竹斋漫存诗〉》。
　　〔2〕贺裳《载酒园诗话》卷五。

雨后

秋事雨已毕,秋容晴为妍。新香浮穛稏,馀润溢潺湲[1]。机杼蛩声里,犁锄鹭影边。吾生一何幸,田里又丰年!

　　〔1〕上句说稻熟,下句说水涨。

早作

井梧飞叶送秋声,篱菊缄香[1]待晚晴。斗柄横斜河欲没[2],数山青处乱鸦鸣。

〔1〕菊花还没有晒到太阳,所以不香,仿佛把香气包扎封锁起来似的。

〔2〕指北斗星和天河。

入京道中曝背

露湿芳桃午未干,花时全似麦秋[1]寒。征衫不敌东风力,试上邮亭曝背看。

〔1〕见寇准《夏日》注〔1〕。

华 岳

华岳(？—1221)字子西,自号翠微,贵池人,有《翠微南征录》。这个遭韩侂胄迫害、被史弥远残杀的爱国志士是"武学生"出身。宋代的武学"重墨义文学而后骑射"[1],武学生也是文绉绉的,但是他总跟职业文人不同。华岳并不沾染当时诗坛上江西派和江湖派的风尚;他发牢骚,开顽笑,谈情说爱,都很真率坦白的写出来,不怕人家嫌他粗犷或笑他俚鄙。宋人说他的人品"倜傥"像陈亮[2];我们看他那种"粗豪使气"的诗格,同时人里只有刘过和刘仙伦——所谓"庐陵二刘"[3]——的作风还相近,而他的内容比较充实,题材的花样比较多。他的散文集《翠微北征录》卷一里有篇《平戎十策》,劝皇帝四面八方搜罗"英雄豪杰",别把国事全部交托给"书生学士";他讲英雄豪杰的八个来源——从"沉溺下僚"的小官一直到"轻犯刑法"的"黥配"和"隐于吏籍"的"胥靡"——简直算得《水浒传》的一篇总赞,这也许可以附带一提的。

〔1〕《贵池先哲遗书》本《翠微南征录》卷十一《附录》。
〔2〕叶绍翁《四朝闻见录》甲。
〔3〕张端义《贵耳集》卷上。

骤雨

牛尾乌云泼浓墨,牛头风雨翻车轴。怒涛顷刻卷沙滩,十万军声吼鸣瀑。牧童家住溪西曲,侵早骑牛牧溪北;慌忙冒雨急渡溪,雨势骤晴山又绿。

江上双舟催发

前帆风饱江天阔,后帆半出疏林阙。后帆招手呼前帆,画鼓轻敲总催发。前帆雪浪惊飞湍,后帆舵尾披银山。前帆渐缓后帆急,相傍俱入芦花滩。岛屿潆洄断还续,沙尾夕阳明属玉[1];望中醉眼昏欲花,误作闲窗小横轴。

〔1〕"属玉"是一种水鸟。

田家

老农锄水子收禾,老妇攀机女织梭;苗绢[1]已成空对喜,纳官还主外无多。

鸡唱三声天欲明,安排饭碗与茶瓶;良人犹恐催耕早,自扯蓬窗看晓星。

拂晓呼儿去采樵,祝[2]妻早办午炊烧;日斜枵腹归家看,尚有生枝炙未焦[3]。

〔1〕苗是老农和儿子的劳动果实，绢是老妇和女儿的劳动果实。
〔2〕请求。
〔3〕表示儿子采来的柴不好。

高 翥

高翥(1170—1241)字九万,自号菊磵,馀姚人,有《菊磵小集》、《信天巢遗稿》。他是"江湖派"里比较有才情的作者,黄宗羲甚至推重他为"千年以来"馀姚人的"诗祖"[1];谭嗣同幼年读了很感动的句子正是他的《清明日对酒》诗[2]。

〔1〕《南雷文案》卷一《景州诗集序》。
〔2〕《谭嗣同全集》卷四《城南思旧铭并序》。

秋 日

庭草衔秋自短长,悲蛩传响答寒螀。豆花似解通邻好,引蔓殷勤远过墙。

晓出黄山寺

晓上篮舆[1]出宝坊[2],野塘山路尽春光。试穿松影登平陆,已觉钟声在上方。草色溪流高下碧,菜花杨柳浅深黄[3]。杖藜切莫匆匆去,有伴行春不要忙[4]。

〔1〕竹轿。

〔2〕和尚寺。

〔3〕草在岸上绿,水在岸下绿;菜花黄得浓,柳丝黄得淡。句法仿唐鲍溶《春日》:"径草渐生长短绿,庭花欲绽浅深红。"(《全唐诗逸》卷上)

〔4〕高翥《天台曹园》诗也说:"平生看花法,不学蜜蜂忙。"参看陆游《剑南诗稿》卷十七《闻傅氏庄紫笑花开,急棹小舟观之》:"漫道闲人无一事,逢春也似蜜蜂忙。"

赵汝鐩

赵汝鐩(1172—1246)字明翁,自号野谷,袁州人,有《野谷诗稿》。江湖派诗人里算他的才气最豪放;他的古体不但学王建、张籍,也学李白、卢仝,近体不但传"四灵"的家法,也学杨万里,都很畅快伶俐。

翁媪叹

旱曦赫空岁不熟,炊甑飞尘煮薄粥;翁媪饥雷常转腹,大儿嗷嗷小儿哭。愁死未死此何时,县道赋不遗毫氂[1];科胥督欠烈星火,诉言我已遭榜笞。壮丁偷身出走避,病妇抱子诉下泪;掉头不恤尔有无,多寡但照帖中字。盘鸡岂能供大嚼?杯酒安足直一醉?沥血祈哀容贷纳,拍案邀需仍痛詈。百请幸听去须臾,冲夜搥门谁叫呼?后胥复持朱书急急符,预借明年一年租[2]。

〔1〕"道"略相当于后世的"省";"氂"通"厘"。
〔2〕参看范成大《催租行》注〔4〕。

耕织叹[1]

春催农工动阡陌,耕犁纷纭牛背血。种莳已遍复耘耔[2],久晴渴雨车声发。往来逻视晓夕忙,香穗垂头秋登场。一年苦辛今幸熟,壮儿健妇争扫仓。官输私负索交至,勺合不留但穅秕;我腹不饱饱他人,终日茅檐愁饿死!

春气薰陶蚕动纸,采桑女儿闹如市。昼饲夜喂时分盘,扃门谢客谨俗忌[3]。雪团落架抽茧丝,小姑缫车妇织机;全家勤劳各有望,翁媪处分[4]将裁衣。官输私负索交至,尺寸不留但箱笥;我身不暖暖他人,终日茅檐愁冻死!

〔1〕参看梅尧臣《陶者》注〔1〕。赵汝鐩这两首也许是把这个不合理现象写得最畅达的宋代诗篇。
〔2〕"莳"见杨万里《插秧歌》注〔2〕;"耘耔"两字出于《诗经》里《小雅》的《甫田》,"耘"是除草,"耔"是下肥。
〔3〕参看范成大《四时田园杂兴》注〔4〕。
〔4〕分配、筹画。

陇首

陇首多逢采桑女,荆钗蓬鬓短青裙。斋钟断寺鸡鸣午,吟杖穿山犬吠云。避石牛从斜路转,作陂水自半溪分。农家说县催科急,留我茅檐看引文[1]。

[1] 官府派租单。

途中

雨中奔走十来程,风卷云开陡顿晴。双燕引雏花下教,一鸠唤妇树梢鸣。烟江远认帆樯影,山舍微闻机杼声。最爱水边数株柳,翠条浓处两三莺。

洪咨夔

洪咨夔(1176—1235)字舜俞,自号平斋,於潜人,有《平斋文集》。他是抨击当时政治黑暗的著名人物,集里常有讽刺官吏、怜悯人民的作品。他的诗歌近江西派的风格,也受了些杨万里的影响,往往有新巧的比喻。

漩口[1]

秃山束纤江[2],寸土无平田。麦登粟事起,竟岁相周旋[3]。扶犁荦确间,并驱从两犙。两犙力不齐,手胼后者鞭[4]。日暮鞭更急,轭促肩领穿。归来茅屋下,抚牛涕泗涟。一饱匆易得,奈此官租钱!

〔1〕在四川。

〔2〕草木不生的山夹住了曲折的江水;参看吕本中《东莱先生诗集》卷一《宿青阳驿》:"晚风号古木,高岸束黄流。"都是从杜甫那里来的字法——《秋日夔府咏怀》:"峡束沧江起。"

〔3〕忙完了麦又要忙稻,一年到头没有空闲的时候。

〔4〕把落后的一头牛不住地打,拿鞭子的手上都长出厚皮来了。打牛是不得已,参看下文"抚牛"句。

狐鼠[1]

狐鼠擅一窟,虎蛇行九逵[2]。不论天有眼,但管地无皮[3]。吏鹜肥如瓠,民鱼烂欲糜[4]。交征谁敢问,空想"素丝"诗[5]。

〔1〕也许宋代一切讥刺朝政的诗里,要算这一首骂得最淋漓痛快、概括周全。洪咨夔向皇帝上过奏章,指斥满朝公卿的有亏职守,因此得罪贬官。(参看《平斋文集》卷五《乙酉六月十九日应诏言事九月一日去国》、《示诸儿》,罗大经《鹤林玉露》卷八,仇远《山村遗集》所附《稗史》"志言"条)

〔2〕这一联说官吏勾结盘据,无法无天。

〔3〕这一联变成后世描写贪官污吏、暗无天日的成语,例如明人小说《醉醒石》第七回:"共叹天无眼,群惊地少皮。"(参看李开先《中麓闲居集》卷十《渼陂王检讨传》,褚人获《坚瓠广集》卷二,吴振棫《养吉斋馀录》卷四,林昌彝《射鹰楼诗话》卷一)洪咨夔是组织了蔡琰《胡笳十八拍》第八拍的"为天有眼兮,何不见我独漂流"和卢仝《萧宅二三子赠答诗》第十四首的"扬州恶百姓,疑我卷地皮"等诗句以及无名氏《江南馀载》卷上所记贪官徐知训"和地皮掘来"的有名故事。

〔4〕这一联把"吏抱成案,雁鹜行以进"(韩愈《蓝田县丞厅壁记》)、"肥白如瓠"、"鱼肉良民"、"鱼烂"、"糜烂"等成语联合在一起,是地道的江西派手法。

〔5〕这一联说大大小小的官都剥削人民,像《诗经》里赞美的那种好官是找不到的了。"上下交征利"见《孟子·梁惠王》篇,"素丝"见

《诗经·召南》的《羔羊》。

泥溪

沙路缘江曲,斜阳塞轿明[1]。晚花酣晕浅[2],平水笑窝轻[3]。喜荫时休驾,疑昏屡问程。谁家刚齐[4]饼,味过八珍烹。

〔1〕"塞"跟"明"两字相反相成,塞满了是应当黑暗的,却反而明亮。

〔2〕花的颜色像人喝了酒的脸色,不过红得不深,因为是最后一次开放了——从下面"喜荫"两字看来,诗里所写是暮春初夏、绿肥红瘦的时节。

〔3〕风平浪静的水面也有圆圆的波痕,就像人脸上浅浅的笑涡。参看杨炯《浮沤赋》:"细而察之,若美人临镜开宝靥"(《初唐四杰文集》卷十);袁中道《沮漳道中》:"桨后圆涡如酒靥,舟头沸水似茶声"(《珂雪斋前集》卷七)。

〔4〕"齐"音"剂",调和味道。

促织[1]

一点光分草际萤,缲车未了纬车鸣。催科知要先期办,风露饥肠织到明。

水碧衫裙透骨鲜,飘摇机杼夜凉边。隔林恐有人闻得,报县来拘土产钱。

〔1〕这两首借"促织"、"络纬"这种草虫来讽刺赋税制度的苛刻。第一首把促织来比辛勤纺织的妇女;第二首说促织既然也在"织",小心给县官知道了来勒索,比陆游《剑南诗稿》卷二十一《夜闻蟋蟀》写得深刻;陆游只说:"布谷布谷解劝耕,蟋蟀蟋蟀能促织;州符县帖无已时,劝耕促织知何益?"

王 迈

王迈(1184—1248)字实之,自号臞轩居士,仙游人,有《臞轩集》。他因直言强谏,给宋理宗骂为"狂生"[1]。许多号称有胆量、敢批评的人在诗歌里都表现得颇为"温柔敦厚",洪咨夔却不是那样,王迈更不是那样。他在作品里依然保存那股辣性和火劲,处处替人民讲话,不怕得罪上司和同僚,真像他自己所说:"生为奇男子,先办许国身"[2];"入被丞相嗔,出遭长官骂……不曲不圆,不聋不哑。"[3]他虽然极推尊杨万里的诗,自己的风格并不相像,还是受江湖派的影响居多。《臞轩集》里混进了若干旁人的作品,有北宋人的,有同时人的,甚至有元代诗人的。

〔1〕周密《齐东野语》卷四,参看《臞轩集》卷十二《有客》、卷十六《读王伯大都承奏疏》。

〔2〕《臞轩集》卷十二《反〈艳歌曲〉》。

〔3〕白珽《湛渊静语》卷二载王迈自题画像,那是《臞轩集》里遗漏掉的。

简同年[1]刁时中俊卿诗并序

时中吾诤友也。未第[2]时作《老农行》以讽其长官,言词甚苦。今为绥宁簿[3],被邹帅檄,来董虎营[4]二千间之役;诸邑疲于应命,民间悴于科募[5]。一日禀帅,又欲任浮屠宫宇[6]之责,帅以小缓谢之。余退而作诗,即以所讽令者讽之。

读君《老农诗》,一读三太息。君方未第时,忧民真恳恻;直笔诛县官,言言虹贯日[7]。县官怒其讪,移文加诮斥;君笑答之书,抗词如矢直。旁观争吐舌,此士勇无匹。今君已得官,一饭必念国。民为国本根,岂不思培植?其如边事殷[8],赋役烦且亟。虎营间二千,鸠工日数百。硬土烧炽窑,高岗舁巨石。山骨惨无青,犉皮腥带赤[9]。羸者颓其肩,饥者菜其色[10]。憔悴动天愁,搬移惊地脉。吏饕鹰隼如,攫拏何顾惜。交炭不论斤,每十必加一;量竹不计围,每丈必赢尺[11]。军则新有营,谁念民无室?吏则日饱鲜,谁悯民艰食?州家费不赀,帑藏空储积。间有小人儒,旁献生财策;大帅今龚、黄[12],岂愿闻此画?夏潦苦不多,秋旱势如炙。愿君在莒心,端不渝畴昔[13];蔡人即吾人,一视孰肥瘠[14]?筑事宜少宽,纾徐俟农隙[15];至如浮屠宫,底用吾儒力?彼役犹有名,何名尸此役[16]?君言虽怂恩,帅意竟缩瑟。同年义弟兄,王事同休戚;相辨色如争,相与情似昵。余言似太戆,有君前日癖;责人斯无难[17],亦合受人责。我既规君过,君盍砭我失,面谀皆相倾,俗子吾所疾。

〔1〕同一年里中的进士。

〔2〕还没有中进士。

〔3〕湖南绥宁主簿。这时候王迈在长沙做潭州观察推官。

〔4〕调来监造兵营。

〔5〕按户口来派工作。

〔6〕负责造和尚的寺院。

〔7〕用荆轲的故事,等于说"精诚感天"。

〔8〕国家的边防紧急。

〔9〕拉大车的牛把皮都磨破了。

〔10〕见戴复古《庚子荐饥》注〔4〕。

〔11〕人民每缴十根炭,得多缴一根,每缴十尺竹竿,得多缴一尺,作为小吏的外快。

〔12〕见苏轼《吴中田妇叹》注〔8〕。"今"原作"令",疑是误字。

〔13〕刘向《新序》的《杂事》四记载鲍叔劝齐桓公不要一朝得意,忘掉了从前落难逃亡的时候——"毋忘其出而在莒"。

〔14〕鲁定公四年十一月吴人救蔡,《公羊传》认为"夷狄忧中国"、"朋友相卫",是件值得表扬的事;韩愈《诤臣论》说:"若越人视秦人之肥瘠,忽焉不加喜戚于其心。"王迈的意思是:你做官所在地的人民跟你本乡的人民都是同胞,应当一体看待,不要只对本乡人关心。

〔15〕等到农忙以后。

〔16〕"彼役"指建虎营,"此役"指造浮屠宫。

〔17〕《书经·秦誓》里的句子。

观猎行

落日飞山上,山下人呼猎。出门纵步观,无遑需屦屐。至则闻猎人,喧然肆牙颊。或言歧径多,御者困[1]追蹑。或言御徒希,声势不相接。或言器械钝,驰逐无所挟。或言卢犬[2]顽,兽走不能劫。余笑与之言:"善猎气不慑。汝方未猎时,战气先萎苶。弱者力不支,勇者胆亦怯。微哉一雉不能擒,虎豹之血其可喋？汝不闻去岁淮甸间,熊罴百万临危堞。往往被甲皆汝曹,何怪师行无凯捷!"呜呼！安得善猎与善兵,使我一见而心惬![3]

〔1〕"困"原作"因",疑是误字。
〔2〕黑色善走的狗。
〔3〕相传岳飞论南宋人抵御金人的必备条件是:"文臣不爱钱,武臣不惜命。"王迈这首诗借题指斥"武臣"的畏敌"惜命"。据周南《书三将罢兵》(《永乐大典》卷一万八千二百零七"将"字下引,四库本《山房集》失收),韩世忠、张俊曾说:"文儒生不爱钱,武将一意轻生命";周密《齐东野语》卷十三《秦会之收诸将兵柄》全袭周南文,却改韩、张语为岳飞的那两句话,传诵后世。

读渡江诸将传[1]

读到诸贤传,令人泪洒衣。功高成怨府,权盛是危机。勇似韩彭有,心如廉蔺希[2]。中原岂天上？尺土不能归！

〔1〕大约就是章颖的《南渡十将传》。
〔2〕指韩信、彭越、廉颇、蔺相如。"心如"句说南宋的将相不和;

《南渡十将传》卷一论刘锜说:"一时辈流嫉其能,力沮遏之",卷二论岳飞和秦桧的关系说:"桧之贪功以自专,忌贤害能,隳中兴之大计",都可以解释这一句。参看《朧轩集》卷二《乙未间七月轮对第一劄》:"往者中兴之初,张俊、岳飞、刘光世、韩世忠皆善将兵,惟不相能,遂误大计。"

刘克庄

刘克庄(1187—1269)字潜夫,自号后村居士,莆田人,有《后村居士诗集》。他是江湖派里最大的诗人,最初深受"四灵"的影响,蒙叶适赏识。不过他虽然著重的效法姚合贾岛[1],也学其他晚唐诗人像许浑、王建、张籍,还模仿过李贺[2],颇有些灵活流动的作品。后来他觉得江西派"资书以为诗失之腐",而晚唐体"捐书以为诗失之野"[3],就也在晚唐体那种轻快的诗里大掉书袋,填嵌典故成语,组织为小巧的对偶。因此,他又非常推重陆游的作"好对偶"和"奇对"的本领。他的两个后辈刘辰翁和方回对他的批评最中肯。刘辰翁说:"刘后村仿《初学记》,骈俪为书,左旋右抽,用之不尽,至五七言名对亦出于此,然终身不敢离尺寸,遂欲古诗少许自献,如不可得。"[4]我们只知道刘克庄瞧不起《初学记》这种类书[5],不知道他原来采用了《初学记》的办法,下了比江西派祖师黄庭坚还要碎密的"帖括"和"饾饤"的工夫[6],事先把搜集的故典成语分门别类作好了些对偶,题目一到手就马上拼凑成篇。"诗因料少未成联"[7],因此为了对联,非备料不可。这可以解释为什么他的作品给人的印象是滑溜得有点机械,现成得似乎店底的宿货。在方回骂刘克庄的许多话里,有一句讲得顶好:"饱满'四灵',用事冗塞"[8];意思说:一个瘦人饱吃了一顿好饭,肚子撑得圆鼓鼓的,可是相貌和骨骼都变不过来[9]。清代诗人像赵翼等的风格常使读者想起《后村居士诗集》来。

〔1〕《后村大全集》卷九十四《瓜圃集序》。

〔2〕魏庆之《诗人玉屑》卷十九载刘克庄模仿李贺乐府三篇,也就是杨慎《升庵外集》卷七十八所称赞的三篇,《后村居士诗集》不收。

〔3〕《后村大全集》卷九十六《韩隐君诗序》。

〔4〕《须溪集》卷六《赵仲仁诗序》。

〔5〕《后村大全集》卷三十一《训蒙》:"帖括不离《初学记》,管蠡乌睹大方家?"参看卷一百十一《跋章南举小稿》。

〔6〕翁方纲《复初斋文集》卷二十九《跋山谷手录杂事墨迹》。黄庭坚把典故分类摘抄的《建章录》在《永乐大典》卷七千九百六十二"兴"字、一万两千零四十三"酒"字、一万四千五百三十七"树"字等部还保存几段。

〔7〕陈普《石堂先生遗集》卷十七《次答姚考成留别》。

〔8〕《瀛奎律髓》卷四十二。

〔9〕这句话就仿佛吴乔《答万季野诗问》里说王士禛是"清秀李于鳞",或者陈田《明诗纪事》庚签卷二十三说沈德符是"著色竟陵诗"(参看沈德符《野获编》卷二十五说《昙花记》是"著色西游记");纪昀解释为"撑肠挂腹皆'四灵'语",似误。陈世崇《随隐漫录》卷五记曹东亩语:"四灵诗如唊玉腴,虽爽不饱;江西诗如百宝头羹,充口适腹";就是说四灵缺乏事料,本身不"饱满",也不能使别人"撑肠挂腹"。

北来人

试说东都[1]事,添人白发多。寝园[2]残石马,废殿泣铜驼[3]。胡运占难久,边情听易讹。凄凉旧京女,妆髻尚宣和[4]。

十口同离仳^[5]，今成独雁飞！饥锄荒寺菜，贫著陷蕃^[6]衣。甲第歌钟沸，沙场探骑稀^[7]。老身闽地死，不见翠銮归！

〔1〕指汴梁。

〔2〕指北宋皇帝的坟园。

〔3〕晋代索靖感叹洛阳宫门的铜驼埋没在荆棘里，这里借指沦陷在金人手里。

〔4〕宋徽宗年号；意思说虽然土地沦陷了好多年，人民还保存北宋的风俗习惯。

〔5〕"仳"等于"别"；意思说从北方逃到南方来原有十口人。

〔6〕"蕃"通"番"；意思说逃回南宋，可是还穿着金国的衣服，跟第一首"凄凉"二句对照。

〔7〕跟第一首"边情"句对照，意思说南宋不派人好好去打探消息，只听信些谣言。

戊辰即事^[1]

诗人安得有青衫？今岁和戎百万缣！从此西湖休插柳，剩栽桑树养吴蚕^[2]。

〔1〕戊辰是宋宁宗嘉定元年（公元1208年）；宋兵攻金大败，讲和赔款，说定犒赏金兵三百万两，以后每年缴纳"岁币"三十万两。刘克庄把无衫可穿作为"比兴"，来讲民穷财尽，还希望西湖边的小朝廷注意国

计民生,不要再文恬武嬉。参看陈德武《水龙吟》:"东南第一名州,西湖自古多佳丽。……十里荷花,三秋桂子,四山晴翠。使百年南渡,一时豪杰,都忘却平生志。……力士推山,天吴移水,作农桑地。"(《全宋词》卷二百七十四)

〔2〕苏州当然是出产丝绢的蚕桑之区(参看范成大《吴郡志》卷一《土贡》),不过"吴蚕"两字也许还是沿用唐诗里的成语,像李白《寄东鲁二稚子》的"吴地桑叶绿,吴蚕已三眠"。《后村大全集》卷一《扬州作》又说:"惆怅两淮蚕织地,春风不复长桑芽。"

筑城行

万夫喧喧不停杵,杵声丁丁惊后土。遍村开田起窑灶,望青斫木作楼橹[1]。天寒日短工役急,白棒诃责如风雨。汉家丞相方忧边,筑城功高除美官[2]。旧时广野无城处,而今烽火列屯戍。君不见高城甃甃[3]如鱼鳞,城中萧疏空无人[4]!

〔1〕侦望敌人的活动木楼,上面不盖顶。
〔2〕参看《开壕行》第一句;地方官不管筑城有没有需要,也不顾人民的死活,只要筑好了城墙向上司去缴差报功,因而升官。唐代张籍、元稹、陆龟蒙等的《筑城曲》和北宋末叶李之仪的《筑长城》(《姑溪居士后集》卷三)都没有讲到这一点,北宋末叶田昼的《筑长堤》就说到了:"科头跣足不得稽,要与官长修长堤。官长亦大贤,能得使者意……终当升诸朝,自足富妻子;何惜桑榆年,一为官长死!"(吕祖谦《皇朝文鉴》卷

十四)

〔3〕齾(yà yá)齾指城堞的参差上下。

〔4〕筑城原为保障人民,可是人民都在筑城的过程里困顿死了。参看张籍《筑城曲》:"杵声未定人皆死……今日作君城下土";曹邺《筑城》第三首:"筑人非筑城";刘克庄同时人许棐《梅屋四稿》的《筑城曲》:"城高不特土累成,半是铺填怨夫骨。"刘克庄拈出有城无人这一点,比他们写得醒豁透彻。

开壕行

前人筑城官已高,后人下车〔1〕来开壕;画图先至中书省〔2〕,诸公聚看称贤劳。壕深数丈周十里,役兵大半化为鬼;传闻又起旁县夫,凿教四面皆成水。何时此地不为边,使我地脉重相连?

〔1〕到任。
〔2〕中央掌管庶务、官职升降等等的机构。

运粮行〔1〕

极边官军守战场,次边丁壮俱运粮。县符旁午〔2〕催调发,大车小车声轧轧;霜寒晷短路又滑,担夫肩穿牛蹄脱。呜呼!汉军何日屯渭滨,营中子弟皆耕人〔3〕?

〔1〕参看王禹偁《对雪》注〔6〕。
〔2〕四面八方。
〔3〕用《三国志·蜀志》卷五《诸葛亮传》:"亮每患粮不继……是以分兵屯田,为久住之基,耕者杂于渭滨居民之间。"

苦寒行

十月边头风色恶,官军身上衣裘薄。押衣敕使来不来,夜长甲冷睡难着。长安城中多热官,朱门日高未启关;重重帏箔施屏山〔1〕,中酒不知屏外寒。

〔1〕又挂帘幕,又有屏风。

军中乐〔1〕

行营面面设刁斗,帐门深深万人守。将军贵重不据鞍,夜夜发兵防隘口。自言虏畏不敢犯,射麋捕鹿来行酒。更阑酒醒山月落,彩缣百段支女乐。谁知营中血战人,无钱得合金疮药!

〔1〕辛弃疾《美芹十论》里《致勇》第七说:"营幕之间,饱暖有不充,而主将歌舞无休时;锋镝之下,肝脑不敢保,而主将雍容于帐中"(辛启

泰辑《稼轩集钞存》卷一);是这首诗的好注解。参看唐人高适《燕歌行》的名句:"战士军前半死生,美人帐下犹歌舞。"

方　岳

方岳(1199—1262)字巨山,自号秋崖,祁门人,有《秋崖先生小稿》。南宋后期,他的诗名很大,差不多比得上刘克庄[1]。看来他本来从江西派入手,后来很受杨万里、范成大的影响。他有把典故成语组织为新巧对偶的习惯,例如元明以来戏曲和小说里常见的"不如意事常八九,可与语人无二三"这一联,就是他的诗[2]。

〔1〕参看吴龙翰《古梅吟稿》卷六《联句辨》。
〔2〕《秋崖小稿》诗集卷八《别子才司令》;郝经《陵川文集》(王镠编)卷十五《感兴》的"不得意事十八九,可与言人百二三"也许是最早的模仿。

春思

春风多可[1]太忙生,长共花边柳外行;与燕作泥蜂酿蜜,才吹小雨又须晴。

〔1〕嵇康《与山巨源绝交书》说:"多可而少怪",是"多有许可"、"宽容"的意思(《六臣注文选》卷四十三)。这首诗写万物在春天的活跃,就说春风很随和,什么事都肯干,忙得不亦乐乎。

湖上

连天芳草晚萋萋,蹀躞花边马不嘶。蜂蝶已归弦管静,犹闻人语画桥西。

农谣

雨过一村桑柘烟,林梢日暮鸟声妍。青裙老姥遥相语,今岁春寒蚕未眠。

漠漠馀香着草花,森森柔绿长桑麻;池塘水满蛙成市,门巷春深燕作家。

三虎行

黄茅惨惨天欲雨,老乌查查路幽阻。田家止予且勿行,前有南山白额虎;一母三足其名彪,两子从之力俱武;西邻昨暮樵不归,欲觅残骸无处所。日未昏黑深掩关,毛发为竖心悲酸,客子岂知行路难!打门声急谁氏子,束蕴[1]乞火霜风寒;劝渠且宿不敢住,袒而示我催租瘢[2]。呜呼!李广不生周处死,负子渡河何日是[3]!

〔1〕草把。

〔2〕给县官罚打板子的伤痕;这也是《礼记·檀弓》所谓"苛政猛于虎"的例证。参看李贺《猛虎行》:"泰山之下,妇人哭声;官家有程,吏不敢听。"

〔3〕李广射虎,周处杀虎,刘昆做弘农太守三年,"仁化大行,虎皆负子渡河";刘昆的故事见《后汉书》卷一百零七上,是有名的传说,唐人《传奇》里的老虎精班寅作诗就引用到它(《太平广记》卷四百三十四《宁茵》)。方岳的涵意是做官的人没有"仁化",只有"苛政"。

罗与之

罗与之(生年死年不详)字与甫,自号雪坡,吉安人,有《雪坡小稿》。在江湖派诗人里,他作的道学诗比例上最多;有几首二十字的抒情短诗,简练精悍,颇有孟郊、曹邺的风味,同辈很少赶得上的。

寄衣曲

忆郎赴边城,几个秋砧月[1]。若无鸿雁飞[2],生离即死别。

此身傥长在,敢恨归无日。但愿郎防边,似妾缝衣密。

〔1〕暗用李白《子夜吴歌》的《秋歌》:"长安一片月,万户捣衣声……何日平胡虏,良人罢远征?"
〔2〕指鸿雁传书。

商歌[1]

东风满天地,贫家独无春[2]。负薪花下过,燕语似讥人。

〔1〕春秋时宁戚有自鸣不平的《商歌》二首(《乐府诗集》卷八十三,参看《文选》卷十八成公绥《啸赋》李善注所引《商歌》);"商"是五音里象征萧瑟的秋天的,所以成公绥《啸赋》说:"动商则秋霖春降",恰好也是这首诗的用意。

〔2〕参看《汉郊祀歌》里《日出入》:"春非我春,秋非我秋";曹植《感婚赋》:"春风起兮萧条";庾信《和庾四》:"无妨对春日,怀抱只言秋";张说《寄许八》:"万类春皆乐,徂颜独不怡";杜审言《春日京中有怀》:"愁思看春不当春";孟郊《长安羁旅行》:"万物皆及时,独余不觉春";李贺《感春》:"日暖自萧条";赵嘏《别麻氏》:"分离况值花时节,从此东风不似春。"这些只是写个人情绪的不愉快,罗与之用"贫家"和"负薪"点明社会里贫富劳逸的不平等。

许棐

许棐(？—1249)字忱夫,自号梅屋,海盐人,有《梅屋诗稿》、《融春小缀》、《梅屋第三稿》、《梅屋第四稿》。他是江湖派诗人而能在姚合、贾岛以外也师法些其他晚唐作家的。

乐府

妾心如镜面,一规[1]秋水清;郎心如镜背,磨杀不分明。

郎心如纸鸢,断线随风去;愿得上林[2]枝,为妾萦留住。

〔1〕圆形。
〔2〕原是秦汉时皇帝花园的名字,借指树木。

秋斋即事

桂香吹过中秋了,菊傍重阳未肯开;几日铜瓶无可浸,赚他饥蝶入窗来。

泥孩儿

牧渎〔1〕一块泥，装塐〔2〕恣华侈；所恨肌体微，金珠载不起。双罩红纱厨，娇立瓶花底〔3〕。少妇初尝酸〔4〕，一玩一心喜；潜乞大士灵〔5〕，生子愿如尔。岂知贫家儿，呱呱瘦于鬼；弃卧桥巷间，谁或顾生死！人贱不如泥，三叹而已矣。

〔1〕牛喝水的小河。

〔2〕塐（sù 素）同"塑"，用泥做人物形象。

〔3〕参看孟元老《东京梦华录》卷八关于宋代所谓"磨喝乐"的描写："乃小塑土偶……或用红纱碧笼，或饰以金珠牙翠。"

〔4〕有孕。

〔5〕所谓"送子观音"；从《太平广记》卷一百十《王珉妻》、《孙道德》，又卷一百十一《卞悦之》等故事看来，远在宋以前就流行这种迷信。

利　登

利登(生年死年不详)字履道,自号碧涧,南城人,一说金川人。有《骸稿》。他是江湖派里比较朴素而不专讲工致细巧的诗人。

田家即事

小雨初晴岁事新,一犁江上趁初春。豆畦种罢无人守,缚得黄茅更似人。

野农谣[1]

去年阳春二月中,守令出郊亲劝农。红云一道[2]拥归骑,村村镂榜黏春风[3]。行行蛇蚓字相续[4],野农不识何由读[5]？惟闻是年秋,粒颗民不收:上堂对妻子,炊多籴少饥号啾;下堂见官吏,税多输少喧征求。呼官视田吏视釜[6];官去掉头吏不顾;内煎外迫两无计,更以饥躯受笞箠。古来丘垅几多人,此日孱生岂难弃！今年二月春,重见劝农文;我勤自钟惰自釜[7],何用官司劝我氓？农亦不必劝,文亦不必述;但愿官民通有无,莫令租吏打门叫呼疾。或言州家〔8〕一年三百六十日,念及我农惟此日〔9〕。

〔1〕这是讽刺地方官一年一次刻板照例的"劝农"仪式。唐以来讲"劝农"的诗很多,像利登的同时人郑清之、许及之、刘克庄、方岳等就都写过这类诗篇(《安晚集》补编卷二《和虚斋劝农》,《涉斋集》卷十五《劝农口号》,《后村大全集》卷八《劳农》,《秋崖小稿》卷十五《劝耕》),也都是打着官话;只有利登这首和谌祐的《劝农日》反映了惨酷的真实情况,说出了人民的话,揭破了官样文章。此外《南宋群贤小集》第十一册林希逸《竹溪十一稿诗选》里的《劭农》诗只描写官府下乡请农民喝酒,让我们知道"劝农"的典礼是怎么一回事。

〔2〕指贵人出行的仪仗。

〔3〕指劝农的木刻告示。

〔4〕唐太宗李世民描写恶劣难认的草书说:"行行若萦春蚓,字字如绾秋蛇",见《晋书》卷八十《王羲之传》,是句名言。

〔5〕参看《南宋群贤小集》第十一册林希逸《竹溪十一稿诗选·劭农》:"已分镂板随人看,闻说今年僻字稀。"

〔6〕请大官瞧瞧田里多么荒,请小官瞧瞧锅子里多么空。大官身份高,所以农人不敢请他屈尊进屋。

〔7〕"钟"见范成大《四时田园杂兴》注〔9〕,"釜"是六斗四升。意思说勤苦的人收成多,懒惰的人收成少,这种劳动果实在数量上的差异是《劝农》最有力的论证。

〔8〕"家"字等于"公家"的"家",指州官。

〔9〕参看刘壎《隐居通议》卷八载南宋末谌祐《劝农日》:"山花笑人人似醉,劝农文似天花坠。农今一杯回劝官,吏瘠民肥官有利。官休休,民休休,劝农文在墙壁头。官此日,民此日,官酒三行官事毕。"曾燠《江

西诗征》卷二十一也选了这首诗,大概是根据《隐居通议》来的,而把题目改为《劝农曲》。

叶绍翁

叶绍翁(生年死年不详)字嗣宗,浦城人,有《靖逸小集》。江湖派诗人,最擅长七言绝句。

游园不值

应怜屐齿印苍苔,小扣柴扉久不开。春色满园关不住,一枝红杏出墙来[1]。

〔1〕这是古今传诵的诗,其实脱胎于陆游《剑南诗稿》卷十八《马上作》:"平桥小陌雨初收,淡日穿云翠霭浮;杨柳不遮春色断,一枝红杏出墙头。"不过第三句写得比陆游的新警。《南宋群贤小集》第十册有另一位"江湖派"诗人张良臣的《雪窗小集》,里面的《偶题》说:"谁家池馆静萧萧,斜倚朱门不敢敲;一段好春藏不尽,粉墙斜露杏花梢。"第三句有闲字填衬,也不及叶绍翁的来得具体。这种景色,唐人也曾描写,例如温庭筠《杏花》:"杳杳艳歌春日午,出墙何处隔朱门";吴融《途中见杏花》:"一枝红杏出墙头,墙外行人正独愁"又《杏花》:"独照影时临水畔,最含情处出墙头";李建勋《梅花寄所亲》:"云鬟自粘飘处粉,玉鞭谁指出墙枝";但或则和其他的情景搀杂排列,或则没有安放在一篇中留下印象最深的地位,都不及宋人写得这样醒豁。

田家三咏

织篱为界编红槿,排石成桥接断塍。野老生涯差省事,一间茅屋两池菱。

田因水坏秧重播,家为蚕忙户紧关[1];黄犊归来莎草阔,绿桑采尽竹梯闲。

抱儿更送田头饭,画鬟浓调灶额烟;争信春风红袖女,绿杨庭院正秋千[2]。

〔1〕 参看范成大《四时田园杂兴》注〔4〕。
〔2〕 参看白居易《代卖薪女赠诸妓》:"乱蓬为鬓布为裙,晓踏寒山自负薪;一种钱塘江畔女,着红骑马是何人!"苏轼《於潜女》:"青裙缟袂於潜女,两足如霜不穿屦……逢郎樵归相媚妩,不信姬姜有齐鲁。"叶绍翁写得比白深刻,比苏醒豁;意思说富贵人家妇女的有闲生活,农家妇女不但没见过,并且听人讲了也还不能相信。

夜书所见

萧萧梧叶送寒声,江上秋风动客情。知有儿童挑促织,夜深篱落一灯明[1]。

〔1〕这种景象就是姜夔《齐天乐》咏蟋蟀所谓:"笑篱落呼灯,世间儿女。"

严 羽

严羽(生年死年不详)字仪卿,一字丹邱,自号沧浪逋客,邵武人,有《沧浪吟》。他是位理论家,极力反对苏轼黄庭坚以来的诗体和当时流行的江湖派,严格的把盛唐诗和晚唐诗区分,用"禅道"来说诗,排斥"以文字为诗,以才学为诗,以议论为诗",开了所谓"神韵派",那就是以"不说出来"为方法,想达到"说不出来"的境界。他的《沧浪诗话》在明清两代起了极大的影响,被推为宋代最好的诗话,像诗集一样,有人笺注[1],甚至讲戏曲和八股文的人,也宣扬或应用他书里的理论[2]。

批评家一动手创作,人家就要把他的拳头塞他的嘴——毋宁说,使他的嘴咬他的手。大家都觉得严羽的实践远远不如他的理论[3]。他论诗着重"透彻玲珑"、"洒脱",而他自己的作品很粘皮带骨,常常有摹仿的痕迹;尤其是那些师法李白的七古,力竭声嘶,使读者想到一个嗓子不好的人学唱歌,也许调门儿没弄错,可是声音又哑又毛,或者想起寓言里那个青蛙,鼓足了气,跟牛比赛大小。江湖派不满意苏、黄以来使事用典的作风,提倡晚唐诗;严羽也不满意这种作风,就提倡盛唐诗。江湖派把这种作风归罪于杜甫,就把他抛弃;严羽把杜甫开脱出来,没有把小娃娃和澡盆里的脏水一起掷掉,这是他高明的地方。他虽然"以禅喻诗",虚无缥缈,作品里倒还有现实感,并非对世事不见不闻,像参禅入定那样加工精制的麻木。他很爱国,尽管他那些《从军》、《塞下》、《出塞》、《闺中词》等等都是仿古摹唐之作,看来也在他所处的时代里抛锚下碇,寄托着他的期望:"何日匈奴灭,中原得晏然?"跟一般想象边塞风光的摹唐之作,还有点儿不同。此外他有两三首伤离忧乱的诗,比较不依傍前人,颇有情致。

关于《沧浪诗话》,此地不能多讲,只有两件事还值得一提。当时跟《沧浪诗话》的主张最符合的是包恢《敝帚稿略》里几篇文章[4],而据《樵川二家诗》卷首黄公绍的序文[5],严羽是包恢的父亲包扬的学生;当然,徒弟的学问和意见未必全出于师父的传授,不过假如师兄弟俩的议论相同,这里面就有点关系。《沧浪诗话》的主张不但跟十九世纪欧洲颇为风行的一派诗论接近,并且跟古印度的一派诗论暗合,更妙的是那派诗论的口号恰恰相当于汉文的"韵"字[6];印度的文艺理论没有介绍到中国来过,"禅"不过沾了印度哲学一点儿边,所以这个巧合很耐寻味。

[1] 清代就有胡鉴的注本,还有仅注《诗体》一节的王玮庆《沧浪诗话补注》。

[2] 王骥德《曲律》卷三《杂论》第三十九上(参看第二十一、第二十六),董其昌《容台文集》卷二《赵升之制义序》、《戏鸿堂稿自序》,王铎《拟山园初集》第二十四册《文丹》。

[3] 例如方回《桐江集》卷七《〈诗人玉屑〉考》,李东阳《怀麓堂集·杂记》卷十,胡应麟《诗薮》内编古体中,李日华《紫桃轩杂缀》卷二等;参看王世贞《弇州山人四部稿》卷一百四十四称赞《沧浪诗话》,而卷一百四十七说严羽的诗"仅具声响,全乏才情"。

[4] 卷二《答傅当可论诗》、《答曾子华论诗》、卷五《书徐子远〈无弦稿〉后》。马金编戴复古《石屏诗集》有包恢序,《敝帚稿略》漏收,里面的议论也可参证。

[5] 《在轩集》失收。

〔6〕参看德《梵文诗学史研究》第二册第五章、第六章。(1925年伦敦版第181页、190页、226页)

有感[1]

误喜残胡灭,那知患更长!黄云新战路,白骨旧沙场。巴蜀连年哭,江淮几郡疮。襄阳根本地,回首一悲伤。

闻道单于使,年来入国频。圣朝思息战,异域请和亲。今日唐虞际,群公社稷臣;不防盟墨诈,须戒覆车新[2]。

〔1〕原有六首。宋理宗端平元年(公元1234年)宋师会合蒙古师灭金;理宗端平二年至淳祐六年蒙古师攻四川、湖北、安徽等地;理宗宝祐六年(公元1258年)至开庆元年(公元1259年)蒙古师攻四川、湖北、湖南等地,结果宋宰相贾似道向蒙古求和,以"称臣纳币"为条件;宋度宗赵禥咸淳三年(公元1267年)蒙古师围襄阳,一直围困到咸淳九年守将吕文焕因贾似道不派兵援救,献城出降。严羽这些诗大约是咸淳三年以后所作。

〔2〕订和约,就不防备敌人的反覆无常、不守信义,那可得小心,别重新吃大亏。

临川逢郑遐之之云梦[1]

天涯十载无穷恨,老泪灯前语罢垂。明发又为千里别,相思应尽一生期。洞庭波浪帆开晚,云梦蒹葭[2]鸟去迟。世乱音书到何日?关河一望不胜悲!

　　[1] 题目原作《临川逢郑遐之云梦》,疑心漏掉一个"之"字;郑遐之到湖北去,路过江西,遇见严羽。
　　[2] 云梦泽边的芦荻;这是用《诗经》里《秦风·蒹葭》的语意,表示分手之后,盈盈一水,相望相思。

乐雷发

乐雷发(生年死年不详)字声远,自号雪矶,春陵人,有《雪矶丛稿》。他在当时的诗名并不大,其实算得宋末小家里一位特出的作者,比较有雄伟的风格和激昂的情调。近体诗还大多落在江湖派的圈套里。

乌乌歌[1]

莫读书!莫读书!惠施五车[2]今何如?请君为我焚却《离骚赋》,我亦为君劈碎《太极图》[3];朅来相就饮斗酒,听我仰天呼乌乌[4]。深衣大带讲唐虞,不如长缨系单于;吮毫搦管赋《子虚》,不如快鞭跃的卢[5]。君不见前年贼兵破巴渝,今年贼兵屠成都[6];风尘澒洞兮豺虎塞途,杀人如麻兮流血成湖。眉山书院嘶哨马,浣花草堂巢妖狐[7]。何人笞中行[8]?何人缚可汗?何人丸泥封函谷[9]?何人三箭定天山[10]?大冠若箕兮高剑拄颐;朝谭回轲兮夕讲濂伊[11]。绶若若兮印累累,九州博大兮君今何之?有金须碎作仆姑[12],有铁须铸作蒺藜。我当赠君以湛卢青萍之剑,君当报我以太乙白鹄之旗[13]。好杀贼奴取金印,何用区区章句为？死诸葛兮能走仲达,非孔子兮孰却莱夷[14]？噫！歌乌乌兮使我不怡,莫读书！成书痴！

〔1〕据乐雷发后人乐宣的《雪矶丛稿跋》,乐雷发在宝祐元年(公元1253年)中特科状元,"时元兵大起,西北多虞……尝为《乌乌歌》……励志发愤"。诗的宗旨是感慨在国家危急之际,书生真是"百无一用"的废物。书生包括两种人,写作词章的文学家和研究性理的道学家,而似乎对后者谴责得更多。南宋时道学的声势已在评论刘子翚的时候提起过,作家像陈造、徐似道等偶尔写了些诗词讽刺道学家的诈伪(《江湖长翁文集》卷六《正学》、卷七《送项平甫》,《癸辛杂识》续集卷下载《一剪梅》词),政客像刘德秀、胡纮之流纷纷上过奏章攻讦道学家"蟠据朝廷,几危社稷","图为不轨"(李心传《道命录》卷七上,参看叶绍翁《四朝闻见录》丙集"褒赠伊川"条、又丁集"庆元党"条)。讽刺的只是指摘一部分道学家的行为,攻讦的也是诬告政治上的异己分子,论点都逃不出宋高宗所谓"浮伪之徒……窃借名以自售"。只有陈亮的批评最中要害:"今世之儒士自以为得正心诚意之学者,皆风痹不知痛痒之人也。举一世安于君父之仇而方低头拱手以谈性命,不知何者谓之性命乎？"(《龙川文集》卷一《上孝宗皇帝第一书》)南宋末期,当时外国的侵略愈来愈厉害,而道学恰恰又经宋理宗御定为国家的正统学问,就有人跟陈亮起了同感,乐雷发这首诗是个极好的例。同时,恰像东晋人看到"中原倾覆""神州陆沉"都是崇尚老庄的"清谈"的结果(严可均《全晋文》卷一百二十五范宁《王弼何晏论》,《世说新语》第二十六《轻诋》记桓温语；参看《全晋文》卷三十七庾翼《贻殷浩书》、卷七十三刘弘《下荆部教》、卷八十九陈頠《与王导书》、卷一百二十七干宝《〈晋纪〉总论》,《世说新语》第二《言语》记王羲之戒谢安语),有人也体会到崇尚孔孟的道学很可以误国祸世,因此往往把清谈和道学相提并论。利登说:"开明周孔心,赖有

伊洛儒……彼哉典午时,相师谈清虚;未知千载人,视今又何如?"(《南宋群贤小集》第八册《皷稿·感兴》)俞文豹说:"恐开物成务之事业废而为格物致知之谈……故孝宗皇帝恐其流为晋人之清谈"(《吹剑录》外集);沈仲固说:"异时必为国家莫大之祸,恐不在典午清谈之下也"(周密《癸辛杂识》续集卷下"道学"条,又《志雅堂杂钞》卷上"人事"条记沈子固语略同)。宋亡以后,刘壎更沉痛地说:"谁将道学称清谈,更着程文配作三。带雨纸人存旦暮,屯云铁骑满东南。宗祧烟灭谁长虑,字义渊深且饱参。如此虚浮国同社,犹将旧事重谪谪!"(《水云村吟稿》卷七《客谈宋事》)其实正像俞文豹所说,宋孝宗早已感觉到当时的"儒者"不切实际而爱"高论",讲过:"今士大夫微有西晋风。"(李心传《建炎以来朝野杂记》乙集卷三)直到明代,还有人讨论这个问题。(例如徐谟《太室塵谈》:"晋人以名理为清谈,宋人以道学为清谈";方以智《通雅》卷首之二引"二无公"语:"今谓宋儒与晋清谈同弊,过矣!")有趣的是,在南宋的冤家敌人那里,也发生了跟《乌乌歌》相类的议论,认为金的国势受了文学和道学的蚀害。完颜伟谏金世宗说:"今皇帝一向不说着兵,使说文字人朝夕在侧;不知三边有急,把诗人去当得否?"(宇文懋昭《大金国志》卷十七)金的遗老程自修的《痛哭》诗说:"乾坤误落腐儒手,但遣空言当汗马;西晋风流绝可愁,怅望千秋共潇洒!"(杜本《谷音》卷上)参看刘因《静修先生文集》卷十一《书事》第五首:"朱张遗学有经纶,不是清谈误世人;白首归来会同馆,儒冠争看宋师臣。"——这代表金元道学家的观点,忻幸南宋道学家在国亡后能到北方来。

〔2〕 庄子《天下》篇说惠施"其书五车",后世借来指博学。

〔3〕 周敦颐作《太极图》和《太极图说》,宋儒推崇为宇宙和人生的最精简的表解和说明。(参看黄宗羲《宋元学案》卷十二)这里把《离骚赋》代表文学,把《太极图》代表道学;"我"和"君"的用法表示乐雷发只以文人自居。当然,乐雷发的《离骚赋》并没给人烧掉,否则那里

会有编成五卷的《雪矶丛稿》? 而且他也不敢劈碎《太极图》,只要看他自己的状元策(周洪谟《雪矶先生诗集序》引:"求天下之士以文,不若淑天下之士以道")、他的诗稿自序("早岁……溺志词章,既而悔之,方将鞭辟近里,以进圣贤之学")、他的《登濂溪太极楼》(《丛稿》卷一:"英英考亭翁,反心会天奥……深根复深根,笃行以为宝")、《与复古叔读横渠〈正蒙书〉》(卷四:"半生骄吝如蜗缩,自把《西铭》反覆看")和《无题》(卷四:"只今心印谁传得,自折《通书》拨篆灰")。

〔4〕"乌乌"通"呜呜";这是用汉代杨恽《报孙会宗书》:"酒后耳热,仰天抚缶而呼呜呜。"

〔5〕"讲唐虞"指道学家,"赋子虚"借司马相如来指文学家;"不如"两句分别用汉代终军请"受长缨系南越王"和三国时刘备骑的卢马"一踊三丈"跃过檀溪的故典。"深衣"句是因为程颐以来的道学家都"幅巾大袖",衣服与众不同(参看张耒《柯山集》卷二十二《赠赵簿景平》,陆游《老学庵笔记》卷九);乐雷发《无题》诗里也说:"大袖褒衣走浙淮。"

〔6〕看乐宣的跋语,似乎这是宝祐六年(公元1258年);但是乐雷发的自序是宝祐五年所作,假如《雪矶丛稿》还是作者编定的原本,未经后人增补,那么这里的"今年"是淳祐元年(公元1241年),那年十一月蒙古兵破成都,"前年"是嘉熙三年(公元1239年),那年八月蒙古兵取重庆、眉州等地。

〔7〕"风尘"两句用李白《蜀道难》:"所守或匪人,化为狼与豺。朝避猛虎,夕避长蛇;磨牙吮血,杀人如麻。"浣花草堂在成都,是杜甫的故居;眉山书院指眉州孙家的藏书楼兼学堂,魏了翁《鹤山先生大全集》卷四十一《眉山孙氏书楼记》所谓"书楼山学"。这里可能把眉山书院象征道学,浣花草堂象征文学。

〔8〕《汉书》卷四十八载贾谊所上"痛哭流涕长太息"奏疏说:"行

臣之计,必系单于之颈而制其命,伏中行说而笞其背。"中行说是个护送公主远嫁匈奴的汉人,留在匈奴那里,"以汉事告匈奴";此地借中行说指那些投降蒙古的宋人。

〔9〕汉代王元对隗嚣夸口说:"以一丸泥东封函谷关。"

〔10〕唐代军队里赞扬薛仁贵的歌说:"将军三箭定天山,壮士长歌入汉关。"

〔11〕这里把文学撇开,专指道学:颜回、孟轲、周敦颐(号濂溪)、程颐(号伊川)。

〔12〕箭。

〔13〕"湛卢"、"青萍"都是三国以前传说的名剑。《汉书》卷二十五上《郊祀志》记载汉武帝,造《泰一缝旗》,上面画日、月、星、龙等形象;李白《送外甥郑灌从军》第三首说:"斩胡血变黄河水,枭首当悬白鹊旗。"

〔14〕《三国志·蜀志》卷五《诸葛亮传》注引《汉晋春秋》载民谣:"死诸葛走生仲达。"《左传》定公十年记齐侯与鲁侯会,齐侯使莱人以兵劫鲁侯,孔子曰:"士兵之!两君合好,而裔夷之俘以兵乱之,非齐君所以命诸侯也。"这里的孔子当然代表道学家,意思说道学家得像孔子那样智勇双全;诸葛亮可能代表"名士",因为他是历史上很早被称为"名士"的人,那位给他吓走的"仲达"——司马懿——说他"可谓'名士'矣"(马国翰《玉函山房辑佚书·裴子语林》卷上),而文学家是一向号称"名士"的。乐雷发在旁的诗里极推重诸葛亮。(《丛稿》卷一《胡料院出示车攻图仍索俚作》)

常宁道中怀许介之

雨过池塘路未干,人家桑柘带春寒。野巫竖石为神像,稚子搓泥作药丸。柳下两姝争饷路,花边一犬吠征鞍。行吟不得东溪[1]听,借砚村庐自写看。

[1] 许玠,字介之,衡阳人,有《东溪诗稿》。《后村大全集》卷六、卷一百《题许介之诗》一诗一文说周必大"称其诗",他为人"磊落"、"忠义",有抵御"狄难"的"规画"。

秋日行村路

儿童篱落带斜阳,豆荚姜芽社肉[1]香。一路稻花谁是主?红蜻蛉伴绿螳螂[2]。

[1] 祭土地神的胙肉。
[2] 古人诗里常有这种句法和颜色的对照,例如白居易《寄答周协律》:"最忆后庭杯酒散,红屏风掩绿窗眠";李商隐《日射》:"回廊四合掩寂寞,碧鹦鹉对红蔷薇";韩偓《深院》:"深院下帘人昼寝,红蔷薇映碧芭蕉";陆游《水亭》:"一片风光谁画得?红蜻蜓点绿荷心。"(《剑南诗稿》卷七十六)乐雷发的第三句比陆游的新鲜具体,全诗也就愈有精彩。

逃 户

租帖名犹在,何人纳税钱?烧侵无主墓,地占没官[1]田。边国干戈满,蛮州瘴疠偏。不知携老稚,何处就丰年?

[1] 充公。

萧立之

萧立之(1203—?)一名立等,字斯立,自号冰崖,宁都人,有《萧冰崖诗集拾遗》。这位有坚强的民族气节的诗人没有同时的谢翱、真山民等那些遗民来得著名,可是在艺术上超过了他们的造诣。南宋危急的时候,他参预过保卫本朝的战争[1];南宋亡后,他对元代的统治极端憎恶[2]。除掉七言古诗偶然模仿李贺和五言律诗偶然模仿陈师道以外,他的作品大多是爽快峭利,自成风格,不像谢翱那样意不胜词,或者真山民那样弹江湖派的旧调。

〔1〕《萧冰崖诗集拾遗》卷下《请兵道中作》:"申包胥有伤时泪,南霁云无食肉心。"

〔2〕卷下《又和》:"门外逢人作胡跪,官中投牒见番书。"

送人之常德[1]

秋风原头桐叶飞,幽篁翠冷山鬼啼;海图拆补儿女衣[2],轻衫笑指秦人溪。秦人得知晋以前,降唐臣宋谁为言[3]?忽逢桃花照溪源,请君停篙莫回船。编蓬便结溪上宅,采桃为薪食桃实;山林黄尘三百尺,不用归来说消息[4]!

〔1〕这首诗感慨在元人统治下的地方已经没有干净土了,希望真有个陶潜所描写的世外桃源。方回在宋将亡未亡的时候作了一首《桃源行》,序文说:"避秦之士非秦人也,乃楚人痛其君国之亡,不忍以其身为仇人役,力未足以诛秦,故去而隐于山中尔";诗里也说:"楚人安肯为秦臣,纵未亡秦亦避秦"(程敏政《新安文献志》甲集卷五十,《桐江续集》没有收);正是这首诗的用意。相传湖南桃源县的桃源洞就是陶潜《桃花源记》所指的地方;桃源在宋代属常德府。

〔2〕杜甫《北征》:"床前两小女,补绽才过膝;海图坼波涛,旧绣移曲折。"意思说穷得没有布替小孩子裁衣服,只好东拼西凑,把绘画海水的绢幅也剪碎了贴补进去。

〔3〕陶潜《桃花源记》说桃源洞里居民的祖先都是逃避秦始皇的虐政而去的——所谓"嬴氏乱天纪,贤者避其世"——因此跟外界隔绝,"乃不知有汉,无论魏晋"。

〔4〕意思说这个世界肮脏得很,你进了桃源洞就住下来,不要向我们报信,免得像《桃花源记》里的渔夫,出洞以后,再也找不到那片乐土。陶潜只说那渔夫"停数日辞去",唐代诗人像王维作《桃源行》,刘禹锡作《桃源行》,韩愈作《桃源图》,才引申说:"尘心未尽思乡县","翻然恐迷乡县处……尘心如垢洗不去","人间有累不可住";萧立之这里说"不用归来说消息",意思深远多了。

春寒叹[1]

一月春寒缩牛马[2],束桂薪刍不当价[3]。去年霜早谷蕃熟,雨烂秧青无日晒。深山处处人夷齐[4],锄荒饭蕨填朝饥;干戈满地此乐土,不谓乃有凶荒时[5]!今年有田谁力种？恃牛为命牛亦冻。君不见邻翁八十不得死,昨夜哭牛如哭子!

〔1〕"叹"原作"家",疑是误字。
〔2〕鲍照《代出自蓟北门行》:"马毛缩如猬";杜甫《前苦寒行》:"牛马毛寒缩如猬"。
〔3〕反用"米珠薪桂"那句成语,意思说"桂"还抵不上"薪"的价钱,所以不能烧火取暖。
〔4〕借伯夷叔齐来指那些逃避在山野偏僻地方的宋代遗民,参看文天祥《南安军》注〔5〕。
〔5〕"凶荒"指荒年,上面的"锄荒"指荒地;这一句还是讲"去年"多雨烂稻的事。

茶陵道中

山深迷落日,一径杳无涯。老屋茅生菌,饥年竹有花[1]。西来无道路,南去亦尘沙。独立苍茫外。吾生何处家!

〔1〕指竹米,荒年可以充粮。

第四桥

自把[1]孤樽擘蟹斟,荻花洲渚月平林。一江秋色无人管,柔橹风前语夜深〔2〕。

〔1〕"把"原作"折",疑是误字。

〔2〕指摇船时的橹声或舵声。唐人像刘禹锡《堤上行》只说:"桨声咿轧满中流",韦庄《夜雪泛舟游南溪》只说:"棹声烟里独呕哑。"李白《淮阴书怀寄王宋城》:"大舶夹双橹,中流鹅鹳鸣",把鸟叫来比橹声,颇为真切。(王琦注本卷十三谓指"舟人喧聒",大误,宋末黎廷瑞《芳洲集》卷三《青玉案》词:"巨舟双橹鸣鹅鹳",正用李白诗句,意义了然;参看白居易《河亭晴望》:"秋雁橹声来",余靖《武溪集》卷一《夏日江行》:"健橹雁齐鸣",潘牥《江行》:"急橹鸣鹅鹳"。)宋代诗人的描写却更细腻,想象橹是在咿哑独唱或呢喃自语。例如:贺铸《生查子》:"双橹本无情,鸦轧如人语";洪咨夔的"柁移船解语,帘舞酒求知"(《平斋文集》卷二《过四望山》);吴元伦的"橹鸣无调乐,帆饱有情风"(《兰皋集》卷一《舟中》);萧立之的朋友罗椅的"明虹收雨,两桨能吴语"(王补辑《涧谷先生遗集》卷二《清平乐》)。萧立之这一句把当时的景色都衬出来,不仅是个巧妙的比喻。

偶 成

雨妒游人故作难,禁持闲了下湖船〔1〕。城中岂识农耕好,却恨悭晴放纸鸢〔2〕。

〔1〕下雨仿佛是禁止人家偷空坐船游玩。

〔2〕城里人不知田家盼望下雨,只恨天公不做美,不好放风筝。参

看唐人李约《观祈雨》:"朱门几处看歌舞,犹恐春阴咽管弦";曹勋《松隐集》卷十《和次子秬〈久雨〉韵》第二首:"第忧沉稼穑,宁问浸芙蓉";陆游《剑南诗稿》卷十五《秋雨排闷十韵》:"未忧荒楚菊,直恐败吴粳",卷二十二《春雨绝句》第二首:"千点猩红蜀海棠,谁怜雨里作啼妆;杀风景处君知否?正伴邻翁救麦忙";卷七十《春早得雨》第二首:"稻陂方渴雨,蚕箔却忧寒;更有难知处,朱门惜牡丹";汪宗臣《满江红·春雨》:"蔫红殷桃吾不较,岂堪浸烂东畴麦";也都写出了对天雨天晴的两种立场。刘克庄《朝天子》:"宿雨频飘洒,欢喜西畴耕者。……老学种花兼学稼,心两挂:这几树海棠休也";林希逸《竹溪鬳斋十一稿》续集卷四《雨中看山丹》:"固知沾足偏宜稻,只恐淋漓解损花";又要写同时抱有两种态度的矛盾心理,但是语气里流露出倾向性。

周　密

周密(1232—1298)字公谨,自号草窗,又号弁阳啸翁,又号苹洲,吴兴人,有《草窗韵语》,里面都是宋代灭亡以前的诗。他的《弁阳诗集》已经失传,可见他感慨宋亡的诗所谓"凄凉怕问前朝事,老大犹存后世书"[1],不免希望太奢!南宋能诗的词家,除了姜夔,就数到他。他的诗也学晚唐体,在一般江湖派所效法的晚唐人以外,又搀进了些李贺、杜牧的风格。诗里的意境字句常常很纤涩,例如"喷天狂雨浣香尽,绿填红阙春无痕"[2],像李贺的诗,更像吴文英的词。这里面也许有线索可找。宋末虽然有几位学李贺的诗家(周密而外,像谢翱、萧立之等),而李贺主要是词家"炼字"的典范[3]。"四灵"等人的诗使读者想起花园里叠石为山、引水为池,没有真山真水那种阔大的气象,周密的诗更使人想到精细的盆景。

〔1〕马廷鸾《碧梧玩芳集》卷十五《题周公谨〈弁阳集〉后》引。参看戴表元《剡源文集》卷八《弁阳诗序》里对周密少年、壮年、晚年诗格的分别描述。
〔2〕《草窗韵语》六稿《归春曲》。
〔3〕参看张炎《词源》卷下"字面"条,又沈义父《乐府指迷》。

夜　归

夜深归客倚筇行,冷燐依萤聚土塍。村店月昏泥径滑,竹窗斜漏补衣灯[1]。

[1] 参看陆龟蒙《钓侣》:"归时月堕汀洲暗,认得妻儿结网灯。"

野步

麦陇风来翠浪斜,草根肥水噪新蛙。羡他无事双蝴蝶,烂醉东风野草花[1]。

[1] 参看李群玉《三月五日陪裴大夫泛长沙东湖》:"草色醉蜻蜓。"

西塍秋日即事

络纬声声织夜愁,酸风吹雨水边楼。堤杨脆尽黄金线,城里人家未觉秋[1]。

[1] 元代贡性之的名作《涌金门见柳》:"涌金门外柳垂金,三日不来成绿阴;折取一枝入城去,使人知道已春深。"简直就像有意跟这首诗对照似的。贡性之的诗见顾嗣立《元诗选》二集辛集里《南湖集》;徐𤊹《笔精》卷五、钱谦益《列朝诗集》闰集卷六引作日本人诗,袁枚《随园诗话》卷九引作李金娥诗,也许都因为这首诗流传得很广很远,险些回不来老家了。

西塍废圃

吟蛩鸣蜩[1]引兴长,玉簪花落野塘香。园翁莫把秋荷折,留与游鱼盖夕阳[2]。

〔1〕蟋蟀和蝉。
〔2〕晚唐郑谷《莲叶》:"多谢浣溪人不折,雨中留得盖鸳鸯";后人诗里就常把荷叶说成是鹅鸭等的雨伞,例如跟周密年辈相接的许棐《梅屋诗稿·枯荷》:"万柄绿荷衰飒尽,雨中无可盖眠鸥。"周密说它是鱼的阳伞,略似李群玉《新荷》:"圆阴已蔽鱼。"《楚辞·九歌·河伯》:"乘水车兮荷盖",又《湘夫人》:"筑室兮水中,葺之兮荷盖";这些诗句都坐实"荷盖"的字面,贴切荷叶的形状,把神话纤巧化,仿佛化山水为盆景。艾性夫《剩语》卷上《荷叶》:"龟鱼荫凉影,鹭鸥憩别业",下句又从"筑室"上生发。

文天祥

文天祥（1236—1283）字履善，一字宋瑞，自号文山，吉水人，有《文山诗集》、《指南录》、《指南后录》、《吟啸集》。这位抵抗元兵侵略的烈士留下来的诗歌绝然分成前后两期。元兵打破杭州、俘虏宋帝以前是一个时期。他在这个时期里的作品可以说全部都草率平庸，为相面、算命、卜卦等人做的诗比例上大得使我们吃惊。比他早三年中状元的姚勉的《雪坡舍人集》里有同样的情形，大约那些人都要找状元来替他们做广告[1]。他从元兵的监禁里逃出来，跋涉奔波，尽心竭力，要替宋朝保住一角山河、一寸土地，失败了不肯屈服，拘囚两年被杀。他在这一个时期里的各种遭遇和情绪都纪载在《指南录》、《吟啸集》里，大多是直书胸臆，不讲究修辞，然而有极沉痛的好作品。

〔1〕参看《翰墨大全》壬集卷八任翔龙《沁园春·赠谈命许丈》："办一封好纸，觅状元诗。"

扬子江[1]

几日随风北海游，回从扬子大江头。臣心一片磁针石，不指南方不肯休。

〔1〕 从南通搭海船到浙东转往福州去的路上所作;景炎元年(公元1276年)宋端宗赵昰在福州即位。

南安军[1]

梅花南北路[2],风雨湿征衣。出岭同谁出?归乡如此归[3]!山河千古在,城郭一时非[4]。饥死真吾志,梦中行采薇[5]。

〔1〕 宋帝昺祥兴元年(公元1278年),元兵破潮州,俘虏了文天祥,明年押送他到北方去;这是他被俘后从广东到江西经过大庾岭所作。

〔2〕 相传大庾岭是南北气候的分界,所以"大庾岭上梅,南枝落,北枝开"(《唐宋白孔六帖》卷九十九)。

〔3〕 刻本作"出岭谁同出?归乡如不归!"据刘壎《隐居通议》卷十二改正。江西是文天祥的故乡。谢翱《晞发遗集》卷上《书文山卷后》:"死不从公死,生无如此生",正是用文天祥的句法。这种对仗原是唐人五律里搬弄字面的伎俩,例如贯休《怀周朴、张为》:"白发应全白,生涯作么生?"又《送僧游天台》:"眼作么是眼?僧谁识此僧?"李咸用《早秋游山寺》:"静于诸境静,高却众山高。"文天祥向纤巧的句型里注入了新内容,精彩顿异。

〔4〕 暗用杜甫的"国破山河在",和丁令威的"去家千年今始归,城郭犹是人民非"。

〔5〕 用伯夷叔齐不食周粟、采蕨薇当粮食的故事。到了南安军,文天祥就绝食,"八日若无事然……复饮食如初"(《文山先生全集》卷十四

《临江军》)。

金陵驿[1]

草合离宫转夕晖,孤云飘泊复何依。山河风景元无异,城郭人民半已非[2]!满地芦花和我老,旧家燕子傍谁飞[3]?从今别却江南路[4],化作啼鹃带血归[5]。

〔1〕也是被俘北去之作。
〔2〕"山河"句暗用周颉的"风景不殊,正自有山河之异"(《世说新语》第二《言语》;《晋书》作"江山之异",《通鉴》作"江河之异",参看孙志祖《读书脞录》卷七);"城郭"句参看《南安军》注〔4〕。
〔3〕暗用刘禹锡《西塞山怀古》:"……金陵王气黯然收……故垒萧萧芦荻秋。"和《乌衣巷》:"旧时王谢堂前燕,飞入寻常百姓家。""老"等于说"晚"、"迟暮"。
〔4〕"路"刻本作"日",据刘壎《隐居通议》卷十二改正。
〔5〕这两句沉挚的诗感动了许多人,明代灭亡时的烈士何腾蛟有首《自悼》诗就受了它的启示。(参看陈田《明诗纪事》辛签卷九引张应诏《图园集》)

除夜[1]

乾坤空落落,岁月去堂堂。末路惊风雨,穷边饱雪霜。命随年欲尽,身与世俱忘。无复屠苏[2]梦,挑灯夜未央[3]。

[1] 元世祖忽必烈至元十八年除夕。这是关在燕京牢狱里等死的诗。
[2] 旧历元旦日,照规矩合家团聚喝"屠苏酒"。
[3] 包含"守岁"和"长夜漫漫何时旦"两重意思。

汪元量

　　汪元量(1241—?)字大有,号水云,钱塘人,有《水云集》、《湖山类稿》。他是供奉内廷的琴师,元兵灭宋,把三宫俘虏到北方去,他也跟去。他对于"亡国之苦、去国之戚",有极痛切的感受,用极朴素的语言抒写出来。在宋代遗民叙述亡国的诗歌里,以他的《湖州歌》九十八首和俞德邻的《京口遣怀》一百韵[1]算规模最大,但是他写得具体生动,远在俞德邻之上。从全部作品看来,他也是学江湖派的,虽然有时借用些黄庭坚陈师道的成句。

　　[1]《佩韦斋文集》卷二。

醉歌[1]

淮襄州郡尽归降,鞞鼓喧天入古杭。国母已无心听政,书生空有泪成[2]行。

六宫宫女泪涟涟,事主谁知不尽年[3]!太后传宣许降国,伯颜丞相到帘前。

乱点连声杀六更[4],荧荧庭燎待天明[5]。侍臣已写归降表^{〔6〕}，"臣妾"佥名"谢道清"^{〔7〕}。

涌金门外雨晴初，多少红船上下趋；龙管凤笙无韵调，却挝战鼓下西湖。

〔1〕这是写宋帝㬎德祐二年（公元1276年）春季的事。元兵在伯颜统帅之下，直逼宋都临安——杭州；那时候帝㬎还是个不足六岁的孩子，母亲全太后听政，派大臣向伯颜上传国玺和降表。

〔2〕"成"一作"千"。

〔3〕借用陈师道《妾薄命》第一首的语意："古来妾薄命，事主不尽年……忍著主衣裳，为人作春妍？……死者恐无知，妾身长自怜。""不尽年"等于说"不能偕老"。

〔4〕一作"花底传筹杀六更"。宋代宫廷里，五更以后还打六更，参看程大昌《演繁露》卷十五"六更"条；南宋人诗里常提起六更，如杨万里《诚斋集》卷三十一《谢余处恭送七夕酒果》自注、魏了翁《鹤山大全集》卷十《紫宸殿御筵即事》、岳珂《玉楮集》卷八《望北关门》又《梦尚留三桥旅邸》、陈著《本堂集》卷四《早行到慈云》。汪元量《越州歌》第七首也说："打断六更天未晓。""杀"同"煞"，即"收煞"之"煞"。

〔5〕一作"风吹庭燎灭还明"。

〔6〕一作"侍臣奏罢降元表"。

〔7〕谢道清是宋理宗的皇后，帝㬎的祖母，那时候的"太皇太后"，宋宫里最尊贵的人物；伯颜勒索她的"手诏"。汪元量还有一首《和徐雪江〈即事〉》诗也说："夜来闻太母，已自纳降笺"，都流露出他对这件事的不满意。俞德邻《京口遣怀》说："茕然太母身，垂老歌《黄鹄》"，还是原谅的语气；谢枋得《叠山集》卷四《上丞相留忠斋书》就坦白地说："太母轻信二三执政之谋，挈祖宗三百年土地人民，尽献之皇帝，无一字与封疆

之臣议可否,君臣之义亦大削矣。"

湖州歌[1]

丙子正月十有三,挝鞞伐鼓下江南。皋亭山上青烟起,宰执相看似醉酣。

万马如云在外间,玉阶仙仗罢趋班。三宫北面议方定,遣使皋亭慰伯颜。

殿上群臣嘿不言,伯颜丞相趣[2]降笺;三宫共在珠帘下,万骑虬须绕殿前。

谢了天恩出内门,驾前喝道上将军;白旄黄钺分行立,一点猩红似幼君[3]。

一掬吴山[4]在眼中,楼台累累[5]间青红。锦帆后夜烟江上,手抱琵琶忆故宫。

北望燕云不尽头,大江东去水悠悠。夕阳一片寒鸦外,目断东西四百州。

太湖风卷[6]浪头高,锦柁摇摇坐不牢;靠着篷窗垂两目,船头船尾烂弓刀[7]。

晓来宫棹去如飞,掠削[8]鬟云浅画眉。风雨凄凄能自遣,三三五五坐弹棋。

莫雨萧萧酒力微,江头杨柳正依依。宫娥抱膝船窗坐,红泪千行湿绣衣。

晓鬓鬅松懒不梳,忽听人说是南徐[9];手中明镜抛船上,半揭篷窗看打鱼。

官军两岸护龙舟,麦饭鱼羹进不休。宫女垂头空作恶,暗抛珠泪落船头。

芦荻飕飕风乱吹,战场白骨暴沙泥。淮南兵后人烟绝[10],新鬼啾啾旧鬼啼。

青天澹澹月荒荒,两岸淮田尽战场。宫女不眠开眼坐,更听人唱哭襄阳[11]。

篷窗倚坐酒微酣,淮水无波似蔚蓝。双橹咿哑摇不住,望中犹自是江南。

销金帐下忽天明,梦里无情亦有情。何处乱山可埋[12]骨,暂时相对坐调笙。

锦帆百幅碍斜阳,遥望陵州[13]里许长。车马争驰迎把盏,走来船上看花娘。

日中转柁到河间,万里羁人强自宽。此夜此歌如此酒,长安[14]月色好谁看?

〔1〕写宋母后、幼主、宫女、内侍、乐官等等被元兵俘虏到北方去的事。元人王恽《秋涧大全集》卷七《吴娃行》可相参照。德祐二年二月伯颜从临安东北的皋亭山进屯湖州,派人到临安向谢太后索取投降的"手诏",并且封府库,收图书,解除宋的职官,取销宋的侍卫军,所以汪元量把湖州作为题目。

〔2〕催索。

〔3〕伯颜派阿答海向宋母后和幼主传话,召他们到北方去朝见元帝;全太后对帝㬎说:"荷天子圣恩活汝,宜拜谢!"拜谢后,母子俩就离开宫廷。不说"是幼君",而说"似幼君",是婉曲语法。

〔4〕见苏轼《法惠寺横翠阁》注〔2〕。汪元量《越州歌》也说:"昔梦吴山列御筵,三千宫女烛金莲;而今莫说梦中梦,梦里吴山只自怜!"

〔5〕"累累"一作"叠叠"。

〔6〕"卷"一作"起"。

〔7〕船头船尾都是押送的元兵,吓得船舱里的人不敢正眼相看。

〔8〕"削"一作"发"。

〔9〕丹徒县。

〔10〕一作"扬子江头潮退迟,三宫船傍钓鱼矶,须臾风定过江去……"

〔11〕参看严羽《有感》注〔1〕。在这一次战争里,襄阳是宋兵的唯一苦守的地方。汪元量《醉歌》也说:"吕将军在守襄阳,十载襄阳铁脊梁;望断援兵无信息,声声骂杀贾平章。"襄阳一失,元兵就势如破竹。

〔12〕"埋"一作"堆"。

〔13〕山东德州。

〔14〕借指南宋国都临安。

补 注

第1页。柳开注〔1〕。《河东集》卷十四《宋故柳先生墓志铭》载所作与侄瀚七律中四句:"出众文章惟子厚(宗元),不群书札独公权。本朝事去同灰烬,圣代吾思绍祖先。"语意更爽利;柳开在古文和书法两方面都想"绍"继"祖先"遗风,"绍先"兼包二者。"绍元"和"肩愈"虽是凑手的搭配,但只限于古文,而且也触犯祖先名讳了。

第60—61页。刘攽《江南田家》注〔2〕。戴鸿森同志指出,此句虽用"汉代的说法",却切合宋时政制;《宋史》卷一百五十八《选举志》四:"绍兴初,尝以兵革,经用不足,有司请募民入赀补官,帝难之。参知政事张守曰:'祖宗时,授以斋郎,今之将仕郎是也。'"

第62页。刘攽《新晴》:"惟有南风旧相识,偷开门户又翻书。"戴鸿森同志指出,《宋诗纪事》卷十六"偷"字作"径",和"旧相识"呼应的当,"偷"字相形,不免矫揉做作。

第73页。苏轼《吴中田妇叹》注〔3〕。戴鸿森同志指出,"杷"是打场用的竹或木杷子,因久雨潮湿而"出菌"。

第96页。秦观《金山晚眺》注〔1〕。吴宗海同志指出,"西津渡"在古镇江城西门外,处金山东南。

第130页。汪藻《己酉乱后寄常州使君侄》注〔2〕。戴鸿森同志指出,"悠悠虏骑旋"当解为金人从容不迫地退兵,与"草草"反衬,且切"乱后"。

第142页。吕本中《春日即事》注〔1〕。参看苏轼《蝶恋花·暮春》:"落日多情还照坐"。也有从反面来说这个意思的,像王安石《渔家傲》:"灯火已收正月半,西看窗日犹嫌短";清人黄任《秋江集》卷二《春日杂思》之一:"夕阳大是无情物,又送墙东一日春",也许是最为传诵的反面落笔。

第144页。吕本中《柳州开元寺夏雨》注〔2〕。这一联运用《世说·言语》记顾恺之赞会稽"山川之美":"千岩竞秀,万壑争流。"方回《刊定》,确有根据。

第170页。刘子翚《策杖》注〔1〕。戴鸿森同志指出,"垅"当解作田埂,"峻"谓"整修得斩齐"。

第171页。刘子翚《汴京纪事》注〔2〕。戴鸿森同志指出"易君"是说金人"无知"妄作,先后立张邦昌、刘豫为傀儡之"君"。注〔4〕。

第191页。陆游《书愤》注〔2〕。吴宗海同志指出,焦山碑林有陆游隆兴二年闰十一月二十九日题名:"置酒上方,望风樯战舰,慨然尽醉。"可以补申上二句。

第204页。范成大《催租行》:"输租得钞官更催。"戴鸿森同志指出,《宋史》卷一百七十四《食货》上二《赋税》记绍兴十五年户部议:"输官物用四钞",其一为"户钞,付民收执",即今所谓票据。诗言民已"输租"得"钞",而"里正"仍然上门催租验看"钞"(即"文书"),借此讨索酒钱。

第258页。华岳《田家》注〔3〕。"生枝"的"生"字就像《诗·小雅·白驹》所谓"生刍一束"的"生"字;新采折的柴枝不够干燥,因而不易燃烧。参观杜荀鹤《山中寡妇》:"旋斫生柴带叶烧。"今语称未干的木料亦曰"生材"。《管子·形势》、《韩非子·外储说右》、《吕览·别类》、《淮南子·人间训》等载匠人造室曰"木尚生"云云,可相发明。(参观孙诒让《札迻》卷四)

第262页。赵汝鐩《耕织叹》注〔2〕。《诗》孔疏:"秄,雖本也。"《汉书·食货志》:"芋,附根也。"戴鸿森同志指出,即今语所谓"培土"。

第264页。洪咨夔《溦口》注〔3〕。戴鸿森同志指出,"粟"非"稻",而是小米、高粱一类的旱地庄稼;其地"荦确"、"无平田",不宜种稻,故特言"粟"。

第270页。王迈《简同年刁时中俊卿诗》注〔14〕。戴鸿森同志指出,不必远引《公羊传》等,王迈正用《旧唐书·裴度传》记度语:"吾受命为彰义军节度使,元恶就擒,蔡人即吾人也。"

附录　香港版《宋诗选注》前言

《宋诗选注》是北京人民文学出版社出版的。1985年第五次重印后,我又作了些小小修订,主要在注解里。1987年出版社要第六次重印,但因旧版磨损,势必全部新排,我就获得机会,把修订处补进书里。同时,香港陈松龄先生建议由天地图书公司也出版《宋诗选注》。多承负责人民文学出版社的江秉祥先生慨然惠允,这本书得以在京港台三地分别印行。我很欣幸,并向江、陈两位先生表示感谢。

陈先生还要我为港台版写一篇序文。这本书在1958年出版,受到一些公开批判,还能继续重印,已经历了"三十年为一世"。它当初不够趋时,但终免不了也付出趋时的代价——过时,只能作为那个时期学术风气的一种文献了。假如文献算得时代风貌和作者思想的镜子,那末这本书比不上现在的清澈明亮的玻璃镜,只仿佛古代模糊黯淡的铜镜,就像圣保罗的名言所谓:"镜子里看到的影像是昏暗的。"①它既没有鲜明地反映当时学术界的"正确"指导思想,也不爽朗地显露我个人在诗歌里的衷心嗜好。也许这个晦昧朦胧的状态本身正是某种处境的清楚不过的表现。恰巧七年前彦火先生访问我时,谈起这本书,记录下一段话。我省力偷懒,就抄袭他写的文字罢,因为他的也充得是我的,而我的何妨原是他的。

"这部选注是文学研究所第一任所长已故郑振铎先生要我干

---

① 参看斯丹福《诗歌的各种敌人》(W. B. Stanford, Enemies of Poetry)(伦敦:1980)63页考论由于制造材料的局限,古代"镜子"在希腊、罗马著作里往往成为错误糊涂观感的比喻。

的。因为我曾蒙他的同乡前辈陈衍(石遗)先生等的过奖,(他)就有了一个印象,以为我喜欢宋诗。这部选本不很好;由于种种缘因,我以为可选的诗往往不能选进去,而我以为不必选的诗倒选进去了。只有些评论和注解还算有价值①。不过,一切这类选本都带些迁就和妥协。选诗很像有些学会之类选举会长、理事等,有'终身制'、'分身制'。一首诗是历来选本都选进的,你若不选,就惹起是非;一首诗是近年来其他选本都选的,要是你不选,人家也找岔子。正像上届的会长和理事,这届得保留名位;兄弟组织的会长和理事,本会也得拉上几个作为装点或'统战'。所以老是那几首诗在历代和同时各种选本里出现。评选者的懒惰和懦怯或势利,巩固和扩大了作者的文名和诗名。这是构成文学史的一个小因素,也是文艺社会学里一个有趣的问题"②。

当然,不论一个时代,或一个人,过去的形象经常适应现在的情况而被加工改造,历史和回忆录等有许多随时应变而改头换面的好范例。我不想学摇身一变的魔术或自我整容的手术,所以这本书的"序"和选目一仍其旧,作为当时气候的原来物证——更确切地说,作为当时我自己尽可能适应气候的原来物证。

我只补充几句话。文学研究所成立时,我原是外国文学组的成员。郑先生以所长而兼任中国古代文学组组长,把我"借调"过去,从此一"借"不复还,一"调"不再动。我选注宋诗,是单干的,花了两年工夫。在当时学术界的大气压力下,我企图识时务,守规矩,而又忍不住自作聪明,稍微别出心裁。结果就像在两个凳子的间隙里坐了个落空,或宋代常语所谓"半间不架"。我个人学识上的缺陷和偏狭也产生了许多

---

① 最近看到胡颂平《胡适之先生晚年谈话录》(台湾:1984),20至21页评及《宋诗选注》,对选目很不满意,并认为迎合风气,却说:"注确实写得不错。"
② 彦火《当代中国作家风貌续编》(香港:1982)64至65页。

过错,都不能归咎于那时候意识形态的严峻戒律,我就不利用这个惯例的方便藉口了。

1988 年 1 月于北京